AMOR, MENTIRAS E ROCK & ROLL

Também de David Yoon

Frank e o amor

DAVID YOON

AMOR, MENTIRAS E ROCK & ROLL

Tradução
LÍGIA AZEVEDO

O selo jovem da Companhia das Letras

Copyright © 2020 by Alloy Entertainment, LLC e David Yoon
Produzido por Alloy Entertainment, LLC.

O selo Seguinte pertence à Editora Schwarcz S.A.

Grafia atualizada segundo o Acordo Ortográfico da Língua Portuguesa de 1990, que entrou em vigor no Brasil em 2009.

TÍTULO ORIGINAL Super Fake Love Song
CAPA E ILUSTRAÇÃO Ing Lee
PREPARAÇÃO Sofia Soter
REVISÃO Jasceline Honorato e Renato Potenza Rodrigues

Dados Internacionais de Catalogação na Publicação (CIP)
(Câmara Brasileira do Livro, SP, Brasil)

Yoon, David
    Amor, mentiras e rock & roll / David Yoon; tradução Lígia Azevedo. — 1ª ed. — São Paulo : Seguinte, 2021.

    Título original: Super Fake Love Song.
    ISBN 978-85-5534-167-0

    1. Ficção norte-americana I. Título

21-74005   CDD-813

Índice para catálogo sistemático:
1. Ficção norte-americana 813

Cibele Maria Dias — Bibliotecária — CRB-8/9427

[2021]
Todos os direitos desta edição reservados à
EDITORA SCHWARCZ S.A.
Rua Bandeira Paulista, 702, cj. 32
04532-002 — São Paulo — SP
Telefone: (11) 3707-3500
www.seguinte.com.br
contato@seguinte.com.br

*Para os nerds
e todo mundo que tenta ser fiel a si mesmo,
mas principalmente para os nerds*

sumário

origem 13

I

    raio 19

    farsa 30

    imortais 40

    pesquisa 52

    mamba 53

    solução 65

II

    acertando 77

    futebol 84

    soool 92

    molho 99

    vergonha 109

    criminoso 128

    originais 136

    amuletos 145

    coragem 159

bléim 168
prometo 180

III

mata-borrão 197
detonando 217
us$ 3000 227
féixta 235
sílfides 253
90% 255
patéticos 266
eucaliptos 273
prontos 280

IV

sunset 289
nerds 299
dó 306
legal 313
coldplay 323
acredite 329
beautiful 341

V

fim 351

Exibição é o que o tolo vê como glória.
Bruce Lee

Quando se encontra o falso, encontra-se o verdadeiro.
Gary Gygax

Qual a coisa mais constrangedora que você já fez por amor?

Uma vez, uma menina mandou flores para si mesma em nome de um admirador secreto para chamar a atenção de um menino, só que acabou sendo descoberta, porque a dona da floricultura era mãe de um amigo dele.

Uma vez, um menino bateu no carro de outro procurando uma desculpa para puxar papo, só que os dois acabaram no hospital e o que causou a batida foi acusado de negligência dolosa.

Uma vez, uma aluna nova fingiu que tinha sotaque francês para chamar a atenção de outra que era louca pela França, só que foi desmascarada com a chegada de um aluno francês de verdade.

Uma vez, um menino fingiu que era vocalista de uma banda de rock porque queria impressionar uma menina, só que…

origem

Todo super-herói tem uma origem. Todo vilão tem uma origem.

Todo nerd tem uma origem.

Sabia disso?

Eu tenho a minha.

Minha sentença oficial saiu no ensino fundamental. Um momento específico me definiu claramente como nerd. Congelou minha nerdice em carbonita, como se fosse o Han Solo.

Eu tinha treze anos. Minha família havia acabado de se mudar do pequeno, humilde e provinciano bairro de Arroyo Plato para o imponente e grandioso Rancho Ruby.

Na saída da aula de matemática, encontrei meu armário entreaberto, sem o cadeado. Tínhamos armários no ensino fundamental — eu sentia falta dos ganchos para pendurar a mochila na escola antiga e da fé implícita na bondade humana. Na prateleira de cima do meu armário, ficava meu bonequinho paladino, porque assim eu podia vê-lo nos intervalos.

Um paladino é um guerreiro abençoado com o poder da magia divina.

Eu tinha moldado o boneco com minhas próprias mãos, a partir de um bloquinho de gesso. Depois, pintei e borrifei uma camada de verniz para proteger de arranhões.

A espada. O escudo. O selo. As esporas.

Aquele era o único bonequinho paladino que eu tinha. Ainda não sabia fazer moldes, galvanizar, usar o aerógrafo ou qualquer outra das técnicas que aprenderia mais tarde.

Naquele dia, abri o armário e descobri que o bonequinho havia desaparecido. No lugar dele, estava uma linha de giz branco apontando para baixo. Um rabisco dizia:

POR AQUI, SUNNY DAE

Eu conhecia aquela caligrafia desajeitada. Desconfiava de que pertencesse a Gunner Schwinghammer, que já havia nascido grande e impressionava os adultos com sua habilidade sobrenatural de receber uma bola de futebol americano e correr com ela feito um aluno do ensino médio. Nunca tive mais que dois amigos — Milo e Jamal —, mas Gunner fazia coleção.

Enquanto eu seguia a linha, passando pelos chafarizes e pelo pátio do lado de fora, notei que ele reparava em mim, os olhos brilhando.

Ignorei. Gunner pesava vinte e cinco mil quilos, e eu pesava três. Gunner era a própria realeza, e eu era um servo com as botas sujas de lama fedorenta.

Naquele momento, só me restava torcer para que o bonequinho ainda tivesse conserto.

Continuei seguindo a linha de giz que pulava rachaduras, descia o meio-fio e adentrava o fedor escuro e fresco do estacionamento.

QUASE CHEGANDO, SEU TAPADO

Até onde ia a porcaria daquela linha?

Até o último carro, então entrava no vermelho cor de borracha do campo de beisebol. Descia três degraus e virava para a sombra do banco reserva.

Indiferente, o sol se ocupava de brilhar no orvalho em mais uma linda manhã, carregada do aroma da grama recém-cortada — que na verdade era causado por uma reação química que as pobres folhinhas mutiladas emitiam no esforço angustiado para se reconstituir.

A linha finalmente terminava na escuridão perpétua embaixo da arquibancada.

EIS SEU PRÊMIO
SEU NERD IDIOTA

O que vi foi pior que todos os olhares e cochichos. O que vi foi pior do que tudo o que Gunner ainda faria contra mim: xingamentos constantes, bandejas de comida jogadas no chão do refeitório, encontrões no corredor. Tudo o que me acompanharia por todo o ensino fundamental até o território do ensino médio, do outro lado do pátio.

O que vi foi o primeiro aviso.

O paladino Gray tinha sido reduzido a um toco, porque foi usado para traçar a linha que me levou até ali.

Este, a linha anunciava, *é o fim da sua infância.*

Naquele dia, eu compreendi.

Compreendi que ali, em Rancho Ruby, nenhuma parte do meu ser de treze anos estaria à altura do esperado. Compreendi que, dali em diante, cada dia seria um novo dia, da pior maneira possível: cada dia seria um novo desafio, e eu provavelmente fracassaria em todos.

Não podia chorar — não tinha mais nenhum lugar seguro —, então enfiei o calcanhar no chão de terra avermelhada até abrir um buraco, joguei o que restava do bonequinho ali e depois cobri. Bati o pé três vezes, para não deixar marcas.

Voltei para o sol, para desbravar o novo reino que se estendia à minha frente.

I

O polvo mímico é capaz de alterar sua forma e sua cor.
Transforma-se em algo diferente diante do pavor.

raio

Eu estava com dezessete anos.

Estudava do outro lado do pátio, na Escola Rancho Ruby.

Era segunda-feira. Eu estava em aula.

O que posso dizer sobre a escola?

Armários. Sinais. O panteão de arquétipos de alunos: a artista introspectiva, o atleta barulhento, a rebelde de preto. Guardem os celulares. Me ajuda a colar na prova? Quem vai sentar do meu lado no almoço? O professor bonzinho. O professor malvado. A vice-diretora durona que na verdade tem coração mole.

Tinha a menina popular, Artemis, cujo armário ficava ao lado do meu e que respondia a todos os meus ois revirando os olhos descaradamente.

Tinha os nerds: eu, Milo e Jamal.

É claro que não poderia haver nerds sem o babaca da escola — porque é o babaca da escola que faz os nerds —, e o meu era e sempre seria Gunner.

Gunner, o boneco colecionável das Crônicas Arianas™. Gunner (orig. *gunnar*, "guerreiro" em nórdico), agora principal e maior estrela dos Ravagers, o time da escola, elogiado pelo elevadíssimo número de rotações por minuto de seus pistões e pelo recorde de dancinhas guerreiras frenéticas depois de marcar touchdowns.

Gunner invadia minha mesa no almoço para roubar batata frita e dar de comer ao monstro de estimação analfabeto que sempre o acompanhava, ou derrubar nossas bebidas e coisas do tipo, hábito que fazia parte de sua rotina desde o ensino fundamental. Ele chamava de "pedágio nerd". Eu tinha desenvolvido um instinto que me permitia evitar os dois, tanto ele quanto seu ajudante, e consistia em demonstrar uma irritação que na verdade era medo mal disfarçado.

Tão clichê.

Eu via a Rancho Ruby com ceticismo, como se na verdade não existisse. Era como muitas outras escolas do país, todas repetindo os mesmos padrões, sem parar, por séculos, infinitamente.

Era na pista de atletismo — que a gente chamava só de "pista" — que eu conseguia ficar numa boa com meus dois melhores e únicos amigos, na hora mágica do crepúsculo californiano, enrolando por quase uma hora antes de alguns minutos de atividade intensa envolvendo salto à distância (no meu caso), arremesso de peso (Milo) e salto em altura (Jamal).

O que importava na Rancho Ruby era o futebol americano. Atletismo era só um tapa-buraco para os brutamontes do time e seus técnicos bajuladores preencherem cada minuto do dia com treinamento obsessivo. Ninguém estava nem aí para a prática em si. Ninguém assistia às competições.

Por isso eu adorava atletismo.

Permitia cumprir a exigência de educação física sem quase nenhum esforço.

— O treinador Veteraníssimo está vindo — disse Jamal. O nome de verdade do treinador Veteraníssimo era A Gente Não Estava Nem Aí Pro Nome de Verdade Dele. — Preparar para encenação.

Ele abriu os braços e fingiu que lançava flechas invisíveis: *fiu, fiu.* Jamal (jamaicano-americano de terceira geração) era tão alto e tão magro que parecia um graveto.

— Agora alongamento! — gritei.

Milo (guatemalteco-americano de terceira geração) deitou e rolou devagar de um lado para o outro, amassando a grama com seu corpo musculoso de super-herói, que ele não havia feito nada para conseguir e não fazia nada para manter. Milo usava óculos de armação preta e grossa, como se escondesse sua verdadeira identidade.

Eu, Sunny (coreano-americano de terceira geração), dobrei meu corpo nada notável e comecei a esfregar vigorosamente minhas panturrilhas, tão tenras e delicadas como as de um bezerro — esfrega-esfrega-esfrega.

Juntos, os três representávamos 42,85714286 por cento da população não branca da escola. De resto eram uma de família indiana, uma indiana, uma do leste asiático e uma latina. Quatro meninas e, portanto, proibidas, uma vez que Milo, Jamal e eu éramos incapazes de falar com meninas. No mar de gente parecida da Ruby, éramos únicos e vivíamos sozinhos.

— Alongando... alongando... — falei.

— Tchau, treinador. Tchau — disse Milo, baixinho.

O treinador Veteraníssimo, um senhor branco que tinha um rosto de árvore encantada e marcada pelo fogo esmeralda da guerra, não foi embora. Pelo contrário, ele se aproximou. Trabalhava na escola desde sua fundação, seis mil anos antes.

— Gostei dessa dancinha que estão fazendo aqui. Miles, tem certeza de que não quer ser recebedor da equipe de futebol americano? Um cara forte e rápido como você...

— Meu nome é Milo.

— Eu topo jogar futebol americano — disse Jamal.

O treinador olhou com pena para o corpo magro dele.

— É um esporte bem violento.

Jamal levou a mão fechada à boca e disse, fingindo que tossia:

— Masculinidade tóxica.

— Como? — estranhou Veteraníssimo.

— Como podemos ajudar, treinador? — perguntei.

Ele deixou a dúvida de lado e botou um sorriso no rosto.

— Está na hora de nos reunirmos para passar todas as informações sobre a disputa da semana que vem contra a Montsange.

Ao longe, um jogador de futebol americano levou as mãos ao rosto enquanto se esquivava de adversários imaginários. Era Gunner treinando.

— Manda bala, treinador! — disse ele.

Então deu uma secada digna de um homem de Neandertal nas meninas que estavam na pista, conferindo se elas estavam prestando atenção. Estavam, e automaticamente começaram a jogar os cabelos compridos e impecáveis.

Atletismo era a forma das animadoras de torcida sem nada na cabeça garantirem que seriam vistas a cada minuto do dia pelos miolos moles dos jogadores de futebol americano.

Sentei.

— Não sei se essa bala ajudaria muito.

O sorriso do treinador se desfez.

— Azar o de vocês.

Ele começou a se afastar.

— As notas são por frequência, e não desempenho — gritei.

— Nerds — resmungou o treinador Veteraníssimo.

— Não somos nerds — choraminguei.

— Então tá, nerds — disse Gunner.

— Nerds — disse uma das meninas, ao longe.

— Nerds — o vento pareceu sussurrar.

— Por que todo mundo está chamando a gente de nerd? — perguntou Milo, com cara preocupada, como se pensasse: *Será que alguém ficou sabendo do DIY Fantasy FX?*

Esse era o nosso canal no ScreenJunkie, onde fazia três anos que postávamos vídeos caseiros mostrando como até os mais descuidados e sem jeito nenhum para artesanato podiam criar efeitos especiais impressionantes com materiais que tinham em casa para seu próximo evento de LARP.

LARP, ou *live action role-playing*, era quando as pessoas se vestiam e agiam na vida real como seus personagens de *Dungeons & Dragons.*

Não fazíamos LARP. Nunca na vida. Naquele plano temporal, certeza de que seríamos descobertos e queimados vivos, ridicularizados até a morte. Para evitar, garantíamos que nossos rostos nunca aparecessem nos vídeos, o que tinha sido ideia minha.

Jamal se aproximou.

— Então... as coisas andam animadas no canal.

— Manda bala, Jamal! — gritou Milo, olhando ironicamente para as meninas, que reagiram com um olhar feroz, feito tigres tomando sol.

— Finalmente passamos de cem.

Eu e Milo nos entreolhamos. Cem seguidores. Estávamos um passo mais perto de anúncios e patrocínio.

— E... — acrescentou Jamal, com um sorriso desvairado — vendemos três camisetas. Três!

Eu e Milo voltamos a nos entreolhar. Dessa vez, ambos de queixo caído.

— Para concluir — disse Jamal, escondendo a alegria por trás de seus dedos muito compridos —, Lady Lashblade *curtiu* o vídeo da Bolsa de Reparos.

— Ela gostou da minha bomba de purpurina! — exclamei.

— Ela gostou da sua bomba de purpurina — disse Jamal.

Agarrei a grama como se minha vida dependesse disso.

Todo mundo sabia da importância de Lady Lashblade (melhor amiga de Lady Steelsash (produtora de *Que reinos virão* (com o ator Stephan Deming (marido da Elise Patel (que organizava a Feira

Fantástica (o maior festival renascentista e medieval a céu aberto de todo o país)))))).

— Isso é incrível — disse Milo.

Abracei Jamal, que se retraiu, porque não era muito de contato físico, então abracei Milo, que era grande fã de abraços, além de simplesmente grande.

— Temos que continuar postando vídeos — falei.

— Com certeza — disse Jamal, com um sorriso da largura do pescoço.

— Temos que escolher nosso próximo adereço.

Milo endireitou os óculos.

— Tipo, agora?

— Agora — respondeu Jamal.

— Então, eu estava pensando, e se fizéssemos um... — comecei a dizer, mas uma bola de futebol americano me acertou bem na lateral do rosto, e eu caí.

— Pega — disse Gunner.

— Cuzão — resmunguei.

— Quê? Do que foi que você me chamou?

O treinador Veteraníssimo reapareceu, saindo de uma nuvem fétida de aerossol mentolado.

— Mocinhas, parem com isso.

— Foi ele quem começou — eu disse, desejando na mesma hora não parecer tão chorão. Apontei para o meu rosto e para a bola caída na grama.

— Não quero saber quem começou — retrucou o treinador Veteraníssimo. — Agora vamos aquecendo.

— Ele disse pra aquecer, nerds — cantarolou Gunner, então correu atrás do treinador. Os dois se abraçaram e riram.

Levantei.

— Bem quando eu ia contar minha ideia...

— Cuzão — disse Milo, alto o bastante para fazer Gunner olhar para trás, mas se arrependendo em seguida. Aquilo fazia tanto sentido quanto um pit bull recuando diante de um chihuahua. Milo tinha tamanho e força para obrigar Gunner a pedir para voltar para o primeiro ano, se quisesse.

— Fica pra depois — falei, saindo no trote mais lento possível, ainda esfregando a têmpora. — Fica pra depois!

Dei alguns saltos, obtendo uma média de três metros de distância e quebrando meu recorde negativo.

Milo arremessou o peso a n metros, sendo n um número que ele não lembrava e que não fazia a menor diferença, porque arremesso de peso era tão significativo quanto jogar frisbee no escuro com um cadáver.

Jamal conseguiu ficar preso com o sarrafo entre as pernas no meio do salto e machucou um músculo da virilha próximo do testículo direito.

Mas quem ligava? Quem ligava para atletismo, ou para Gunner, ou para futebol americano? O que importava era que o DIY Fantasy FX tinha chegado ao ponto de virada. Uma nova fase estava para começar.

A semana passou depressa, um borrão multicolorido que atravessava o espaço e o tempo. Era assim sempre que eu me concentrava totalmente em um novo adereço. Dava para dizer que era o que eu mais amava no nosso canal: o efeito que tinha no tempo.

Passei o dia na escola rascunhando discretamente ideias de adereços, depois tirando fotos dos desenhos embaixo da carteira e mandando para Milo e Jamal. Assim realizávamos nossas reuniões de design.

Os materiais são caros demais e pouco comuns, Milo escrevia.

Muito legal, mas meio inviável para o mundo real, Jamal escrevia.

E esse então?, eu respondia, passando os conceitos anteriores para a pasta Arquivo de Ideias na nuvem. Lá eu tinha o registro de toda a minha amizade com Milo e Jamal, em mais de cem arquivos.

Milo era o consultor de produção. Jamal era o empresário.

Eu era o cara das ideias.

O grupo em que trocávamos mensagens chamava Guilda SuJaMi — de Sunny, Jamal e Milo.

Na aula de química, nos reuníamos no fundo da sala e ficávamos desenhando no caderno enquanto o restante dos alunos fervia palitos de madeira ou o que quer que tivessem mandado aqueles lemingues desdentados fazer.

Eu, Milo e Jamal nunca tirávamos nota máxima.

— Com licença — disse a professora Certinha. — O que vocês três acham que estão fazendo aqui atrás?

Pensei depressa.

— Steam.

STEAM é uma metodologia que abarca qualquer atividade relacionada à ciência, tecnologia, engenharia, artes e matemática. Cair do skate pode ser STEAM. Comer tacos pode ser STEAM.

A professora deu uma olhada nos meus rabiscos.

— Como?

— Steam — insisti.

— Steam — disse Jamal.

— Sim, mas… — ela tentou dizer.

— SteamSteamSteam — eu, Milo e Jamal repetimos.

Ela nos deixou quietos com nosso brainstorming.

Enquanto enrolávamos à luz dourada da tarde de sexta-feira em outro treino de atletismo, eu e/ou Milo e/ou Jamal — era difícil saber quem tinha dito primeiro — tivemos a ideia do Raio de Raiden: fios eletroluminescentes ativados por mola a partir de um dispositivo no punho.

— Preenche todos os nossos requisitos — disse Milo.

— Componentes baratos — eu disse, contando nos dedos.

— E disponíveis — disse Jamal, contando também.

— Fácil de montar — disse Milo, assentindo.

— Efeito incrível — disse Jamal, assentindo também.

— Portátil — eu disse.

— E seguro! — gritou Milo.

— Temos um plano, inumano — eu disse, me referindo, claro, aos mortos-vivos malignos.

Estiquei os dois braços para que Jamal e Milo batessem nas minhas mãos ao mesmo tempo. O tapa de Jamal teve a delicadeza de um chutinho de bebê. Milo poderia ter quebrado um bloco de concreto com sua força.

— Ei — gritou o treinador Veteraníssimo. — Fila pro pique, já.

— Agora, não — eu disse, irritado.

—Vocês, hein? Meu Deus do céu... — resmungou o treinador, sacudindo a prancheta, sem muito o que fazer.

Voltei a me virar para Milo e Jamal.

—Vou começar a trabalhar nisso no fim de semana.

— Sem perder tempo — Milo disse. — Boa.

— Deus ajuda quem cedo madruga, deixando a segurança de sua cama e se arriscando a ser destroçado por esse mundo cruel aos olhos da família horrorizada — falei.

Passei o sábado inteiro indo e voltando da Hardware Gloryhole e da Lonely Hobby, usando o Inspire NV safira (cor de menino) do meu pai, um carro elétrico que custa o triplo do salário anual de um trabalhador médio americano e que era crucial para causar a impressão que ele queria causar. Minha mãe tinha o mesmo modelo, só que vinho (cor de menina). Precisava levá-lo o tempo todo na oficina, porque "quanto mais caro o carro, mais atenção demanda — e mais atenção *você* recebe".

Devidamente abastecido, me tranquei no quarto.

Ali, eu me sentia a salvo. Me sentia livre. Livre para ser cem por cento eu mesmo. Cercado por tudo o que eu amava, escondido em meio ao branco ártico das minhas caixas organizadoras.

No meu quarto, havia clavas, escudos e espadas. Havia dragões, dados, mapas e bonecos colecionáveis de metal, com os mínimos detalhes pintados. Dicionários élficos e cancioneiros feéricos. Todos os tipos de alicates, colas, pistolas de solda, eletrônicos e madeiras.

Abri e fechei caixas, reunindo as ferramentas necessárias. Tinha todo um sistema. Preferia caixas opacas porque não queria que ninguém visse e consequentemente julgasse coisas tão importantes para mim. Coisas que me constituíam.

Abaixei a máscara protetora de acrílico e coloquei a mão na massa. Soldei. Colei. Testei. Testei de novo. Fiz anotações no caderno. Caí no sono, acordei na manhã seguinte e na mesma hora voltei a trabalhar. Entrei em um estado de fuga dissociativa profundo o bastante para assustar até minha mãe, que fez um intervalo de dez minutos em sua jornada de trabalho de vinte e quatro horas diárias e teve o cuidado de oferecer um prato de frutas secas para manter o filho mais novo vivo.

Ela tocou a orelha para silenciar a ligação — gesto que ao longo dos anos se tornara automático — e disse:

— Até nerds têm que comer.

Embora fosse domingo, minha mãe estava trabalhando. Seu figurino era incongruente — blusa social bege com calça de fazer yoga e tamancos cor de laranja de borracha —, porque só aparecia da cintura para cima nas chamadas de vídeo.

— Não sou nerd — falei, por trás da máscara. — Desenvolvo coisas inovadoras *para* nerds.

— Ah, claro, confundi totalmente — minha mãe disse, erguendo as mãos.

Na segunda-feira à noite, eu já estava na décima segunda versão do Raio de Raiden. Apaguei a luz, apontei a mão para a porta e apertei um botão, lançando um cone irregular de fios neon.

Os fios cruzaram a câmara de pedra em um lampejo brilhante e se enrolaram no capacete de aço de Gunner antes que ele pudesse movimentar sua espada maldita. Os outros se encolheram de medo quando um ninho de relâmpagos envolveu seu torso de armadura, transformando-o em uma marionete acometida por espasmos mortais frenéticos, sem absolutamente nenhuma esperança de resistir a um ataque mágico de bônus +9.

Os fios do Raio de Raiden retornaram devagar ao mecanismo acionado por mola, recolhidos por uma pequena bobina manual. Gunner ficou fumegando no chão.

Voltei a acender a luz. Subi a máscara protetora. Pisquei algumas vezes ao observar o quarto.

Abri meu caderno, que eu havia decorado meticulosamente com estilo ferro batido da forjaria medieval.

DIY FANTASY FX — SUNNY DAE

Dos pequenos braços de um pequeno cavaleiro, peguei uma pequena espada que na verdade era uma caneta e murmurei as palavras enquanto as escrevia:

— Raio de Raiden, sucesso total.

farsa

—Você não vai assim — minha mãe disse.

— Sempre uso essa roupa.

— Não pra jantar no clube.

Ela havia trocado a calça de yoga clássica do home office por uma saia longa de lã cinza.

Olhei para minhas próprias roupas. Camiseta vintage do Kazaa, com o símbolo verde-limão. Bermuda cargo com cor — e formato — de batata.

Meu pai apareceu de terno e gravata, o que sempre usava, deixou o celular de lado e suspirou ao ver meu quarto e minhas muitas caixas organizadoras, o recém-finalizado Raio de Raiden e eu. Balançou a cabeça.

— Ainda com esses brinquedos — murmurou para minha mãe. — A essa altura ele já não deveria estar interessado em meninas?

— O livro diz que cada criança tem seu próprio ritmo de amadurecimento — minha mãe murmurou em resposta.

— Eu estou ouvindo — falei. — E o Raio de Raiden não é brinquedo.

Meu pai voltou ao celular. Também trabalhava vinte e quatro horas por dia. Os dois eram da mesma empresa — donos e diretores.

— Vamos jantar no clube hoje — minha mãe disse. — Vista calça social, camisa, blazer, aquelas meias com estampa de losango e mocassim, por favor.

— Sem esquecer de cueca, pele, cabelo e dentes — eu disse.

— E uma gravata — meu pai acrescentou, sem tirar os olhos do celular.

— Fique apresentável. Agora, por favor — minha mãe disse, então se voltou para o celular, que vibrava.

Troquei de roupa, irritado, e me preparei para descer. Eu odiava escadas. As pessoas escorregavam e saíam rolando. Nossa antiga casa, em Arroyo Plato, não tinha sido amaldiçoada com uma escada.

Gray, meu irmão mais velho, uma vez falou que eu parecia um homem de cinquenta anos num corpo de quinze.

Agora ele nem falava mais comigo.

O Inspire NV azul de menino do meu pai cruzava silenciosamente as ruas da vizinhança.

Rancho Ruby é um bairro planejado do fim dos anos 1990, um megaenclave à beira-mar para novos-ricos. Foi o cenário do programa *Indecent Housewives of Rancho Ruby*. Tinha uma pista de pouso particular para todo tipo de executivo babaca de alto escalão.

Se alguém achava Playa Mesa chique, era porque nunca tinha visto Rancho Ruby.

Era um bairro 99,6 por cento branco. Nós, os Dae, éramos uma das poucas exceções, e uma das duas famílias asiáticas detentoras da riqueza necessária para morar nesse tipo de comunidade.

Ser minoria entre a maioria significava ter constantemente que se provar merecedor: ali, toda a nossa credibilidade dependia de quais milagres divinos realizávamos a cada passo. Para garantir isso, minha mãe era a principal voluntária na minha escola, independentemente de sua jornada de trabalho implacável. E meu pai fingia se importar profundamente com preparo e tacadas impecáveis no golfe em meio a infinitas alfinetadas e zombarias do pessoal do Clube de Campo de Rancho Ruby.

A empresa dos meus pais, Serviços de Gestão Empresarial Manny Dae, começou com meu avô paterno, Emmanuel Dae, um imigrante coreano que tinha deixado para seu único filho nome, carisma e uma lista de clientes. No começo, a sede da empresa era a casa do meu avô em Arroyo Plato, que depois da morte dele virou a nossa casa.

Na época, eu e Gray, meu irmão mais velho, abalávamos as estruturas do imóvel antigo pulando, correndo e não parando quietos. Os clientes — todos casais de comerciantes imigrantes do bairro, compreensivelmente intimidados pelo direito tributário americano — devolviam alegremente quaisquer bolas ou carrinhos que por acaso encontrassem largados na sala, onde meus pais faziam reuniões em inglês, coreano básico ou espanhol mais básico ainda.

Foi nessa época também que Gray me ajudou a fazer meu primeiro adereço — um capacete de papel-alumínio —, para que eu pudesse ser o escudeiro de seu cavaleiro. Juntos, conquistamos o território do quintal e empilhamos até dez cadáveres de goblins, ou travesseiros, muitas vezes na companhia dos filhos dos clientes, encantados pelo charme de Gray. Já naquela época, meu irmão tinha carisma como ninguém.

Míssil mágico!, ele gritava, e eu quase podia ver o míssil de verdade.

Míssil mágico!

Mas.

Meus pais — com muita dedicação e almejando chegar em todos os condados do sul da Califórnia — conseguiram seu primeiro cliente de alto escalão, com grana de alto escalão. Depois daquilo, não conseguiam nem pensar em voltar aos pequenos comerciantes, com seus cheques preenchidos à mão e todo o frango frito de brinde.

Conseguir mais alguns clientes de alto escalão — todos em Rancho Ruby, todos no boca a boca — permitiu que nos mudássemos para a monstruosidade de sete quartos que é nossa atual residência.

— Chegamos — declarou meu pai.

Voltei à realidade. O Inspire NV havia nos conduzido até a garagem ridiculamente imensa do Clube de Campo de Rancho Ruby. Três jovens funcionários — um para cada um de nós —, trajando verde-escuro, nos ajudaram a sair do carro. Todos de origem latina.

— Beleza? — cumprimentei um deles.

— Tenha uma ótima noite, sr. Dae. — O cara parecia ter uns vinte e um anos. Gray tinha vinte e um anos.

Meu pai entregou a chave do carro para ele.

— Muito obrigado pelo seu serviço, e o de toda a equipe.

O funcionário, que não estava acostumado com tanta sinceridade, sacudiu a chave com um sorriso.

— Disponha, sr. Dae.

Portas entalhadas com cabeças de leão se abriram, revelando um corredor opressivo com caixotão em carvalho no teto, que conduzia ao burburinho abafado de um bar forrado de veludo escuro e, mais além, o salão de jantar cavernoso em si, com seus bancos de couro em um carmesim enferrujado como um rim.

Um garçom — devidamente paramentado e com um guardanapo de pano dobrado sobre o braço — nos conduziu até a mesa.

— Obrigada, Tony — disse minha mãe.

— É um prazer, sra. Dae. Ao ponto para mal, com molho extra, para a mesa toda?

—Você conhece a gente tão bem — concordou minha mãe.

Ouvia-se um murmúrio ao longe. Era ali que o verdadeiro networking acontecia. Fiquei olhando para meus pais, que dividiam a atenção entre o salão e o celular, o salão e o celular.

—Vão precisar deste quarto lugar? — perguntou Tony.

— Hoje não — respondeu minha mãe.

Já fazia três anos que ela respondia aquilo.

O garçom começou a recolher o prato e os talheres.

Para distraí-lo, apontei e perguntei:

— Essa cabeça de veado é nova?

Tony olhou para a parede, então aproveitei para afanar uma colherzinha de chá.

— Não. Faz anos que isso me dá arrepios — disse ele.

Olhei para meus pais, mas eles não haviam notado o furto, claro.

Tony levou os pratos embora. Aquele quarto lugar era para Gray. Simpático da parte do restaurante continuar arrumando a mesa para ele, só por garantia.

Gray não tinha ido para a faculdade, a contragosto dos meus pais. Morava a quarenta minutos da gente, em Hollywood, o destino dos sonhos de cada raio de luz que cruzava Los Angeles, e estava na trilha para se tornar uma estrela do rock.

Pensei em Gray, iluminado de todos os lados por holofotes.

— Amor, você recebeu meu e-mail sobre a Hastings? — perguntou minha mãe, mexendo no celular. — Estão perguntando sobre permissão para revenda.

— E o que a gente sabe disso? — retrucou meu pai.

— Só inventa alguma coisa, você é o chefe — disse minha mãe.

—Vou tentar parecer convincente. — Ele estendeu a mão para que minha mãe desse um tapinha.

Os dois voltaram ao celular logo em seguida.

— Sunny — chamou minha mãe. —Você recebeu meu e-mail sobre mais tarde?

— Hum?

— Mandei hoje de manhã — insistiu ela, cada vez mais decepcionada.

Tony serviu a bebida à minha mãe, que graciosamente levou o copo à boca para dar um gole, sem interromper o contato visual comigo.

Eu era péssimo com e-mails. Ficava dias seguidos sem olhar. E-mails não passavam de um meio-termo desconfortável entre as cartas e as mensagens de texto. Era melhor escolher logo um ou outro. Até mesmo a ideia de correio eletrônico parecia vintage, como uma "carruagem motorizada".

Minha mãe franziu a testa.

— Ler os e-mails pela manhã organiza o resto do dia.

— E-mails são fundamentalmente incompatíveis com meu fluxo de trabalho.

Meu pai ergueu as sobrancelhas, mas continuou mexendo no celular e disse:

— Eu recebi, cara. Aquele falando dos Soh, né?

— Isso aí — respondeu minha mãe. Uma notificação apareceu em seu smartwatch imenso, mas ela a descartou com um toque. — Então, repetindo o que estava no e-mail: são nossos amigos da faculdade, consultores de desenvolvimento comercial. Você não os conhece. Eles estão vindo de Londres, vão passar de nove a dezoito meses aqui, trabalhando em um projeto híbrido gigantesco no centro de Los Angeles, mas, enfim, pedimos para o Trey, que deve aparecer hoje à noite para arranjar uma casa para eles na nossa rua. A filha deles, Cirrus, que você não conhece mas tem sua idade, vai começar na Ruby amanhã, então achamos que você podia mostrar as coisas para ela, porque os Soh sempre nos ajudam e vice-versa.

— Os Soh? — repeti.

— Jane e Brandon Soh, s-o-h — explicou meu pai.

— Cirrus não conhece ninguém — continuou minha mãe. — Então pensei que você poderia ser o guia dela.

— Sou o pior guia do mundo — eu disse, porque era verdade. Meu principal interesse era catalogar o espetáculo imbecil das tolices humanas, e não justificar seus costumes e regras sem sentido com explicações lógicas. Comecei a roer a unha, nervoso.

— Ela precisa de ajuda, Sunny — insistiu meu pai, com os olhos na tela.

Eu odiava conhecer gente nova. Morria de medo de gente nova.

— Obrigaaaaada — cantarolou minha mãe.

Meu pai tirou os olhos do celular e forçou a vista para enxergar a entrada do salão.

— Trey Fortune chegou. Ali, ó.

—Vai lá — sibilou minha mãe, dando tapinhas no ombro dele. —Vai, vai, vai.

Meu pai guardou o celular, respirou fundo e disse, baixinho:

— Mantenha uma atitude superultrapositiva.

— Esse é o meu diretor executivo — disse minha mãe, dando tapinhas agora nas costas dele.

Meu pai mergulhou na escuridão e, pouco depois, reapareceu com Trey Fortune.

Minha mãe deu um pulo da cadeira.

— Como é bom te ver, Trey — disse ela, animada.

Grunhi mentalmente e levantei também, como mandava a etiqueta.

— Oi — eu disse.

— Adorei a gravata, Gray — disse Trey Fortune.

Fiquei olhando para ele sem reação.

— Opa, Sunny. Confundi — disse Trey Fortune. — Vocês dois parecem gêmeos.

Tive vontade de comentar que meu irmão era treze centímetros mais alto e umas oito vezes mais bonito, mas não podia dizer isso. Fiquei calado. Por uns bons segundos.

— Todos os asiáticos tecnicamente são gêmeos idênticos, em termos genéticos — falei.

Trey ficou de boca aberta como se tivesse acabado de fazer uma baita descoberta.

Meu pai, que muitas vezes confundia meu humor com um grave desequilíbrio, irrompeu na risada mais falsa da história das risadas, que datava dos antepassados das morsas. Minha mãe fez o mesmo. Juntos, eles riram alto o bastante para acobertar o fato de que estavam horrorizados com o filho.

Deu certo, porque logo Trey Fortune era o terceiro a rir.

Todos riam, menos eu.

Mais tarde.

De volta ao meu quarto.

Quando voltei a vestir a bermuda cargo e fui guardar a calça em uma caixa organizadora, uma colherzinha de chá caiu.

Sorri.

Levei a colherzinha até o quarto de Gray.

Entrei. Sentei na cama perfeitamente arrumada, com anos sem uso. Quando Gray se mudou para o apartamento em Hollywood, levou apenas o necessário, deixando o resto no lugar — e o quarto agora parecia um navio que tinha sido abandonado no meio de um jantar.

Pôsteres, discos velhos, três guitarras, um baixo, amplificadores, folhetos de boates. Coturnos riscados, camisetas e calças pretas ainda penduradas no armário, uma jaqueta de couro.

Gray havia deixado tudo aquilo sem pensar duas vezes, criando um espaço congelado no tempo. Uma tumba com um monte de coisas legais.

Abri a gaveta da escrivaninha dele. Estava cheia de colheres de chá enferrujadas do clube, roubadas por nós ao longo dos anos. Era nossa piada interna, desde que chegamos a Rancho Ruby. Tínhamos iniciado aquele pequeno ato de insolência sem entender direito o motivo. Sem perceber que era nossa maneira discreta de reivindicar aquele bairro novo e desconhecido como nosso.

Guardei a colher nova e fechei a gaveta.

O que Gray devia estar fazendo? Eu o imaginava em um palco todo iluminado. Em uma cabine de estúdio, impressionando a equipe de produção com seu magnetismo de estrela do rock.

Gray tinha feito parte de algumas bandas no ensino médio — de pop, rap, folk ou o que quer que estivesse na moda —, mas os Mortais foi minha preferida. Eles eram sombrios. Metaleiros. Meu irmão tocava com afinação drop-D, pesado como o metal tinha que ser. Tocaram no lendário Miss Mayhem, na Sunset Strip; Gray tinha só dezoito anos na época.

Somos meros Mortais, dizia ao microfone. *E vocês também.*

Olhei para um papel amarelo-ouro colado à parede, atrás de um amplificador.

OS MORTAIS — 15 DE OUTUBRO — ÚLTIMA NOITE DO
2º FESTIVAL ANUAL DE ROCK ÁSIO-AMERICANO E DAS ILHAS
DO PACÍFICO, NO MUNDIALMENTE FAMOSO MISS MAYHEM,
NA SUNSET STRIP, HOLLYWOOD, CALIFÓRNIA — APOIO DO
SHOPPING DE CARROS KOREATOWN

Estava rasgado; com uma ponta pendurada.

Olhei no armário de Gray. Empurrei pro lado uma caixa de

papelão enorme com produtos promocionais dos Mortais: camisetas, isqueiros, adesivos. Encontrei uma segunda pele com estampa de caveira. Tirei o blazer e a gravata lamentáveis e a vesti. Ainda era legal?

Eu achava que sim.

Virei, tocando uma nota desafinada em uma guitarra. Um dia desses eu deveria tentar tocar alguma coisa além dos seis acordes que conhecia mal e porcamente.

Notei um brilho sombrio em cima de um amplificador.

Era o anel com aquele bode demoníaco que meu irmão usava.

Forjado em aço cromado em homenagem ao próprio Bafomé, para os metaleiros descolados e os nerds da fantasia.

Quando os Mortais ainda estavam na ativa, os três integrantes de banda de Gray uniam seus anéis idênticos em um gesto sagrado e grunhiam:

Ao metal.

Coloquei o anel e senti seu peso.

O elfo atirou comida!, disse meu celular. O toque era uma frase de um jogo de fliperama antigo, precursor do RPG, chamado *Gauntlet*. Fui ler a mensagem, me perguntando se Gray teria sentido as orelhas queimando a quilômetros de distância.

Não era Gray. Era meu pai, me escrevendo lá de baixo.

Cirrus Soh chegou!

imortais

Quando desci, a porta da sala já estava aberta. Diante do meu pai, vi uma menina de pele tão branca em meio à escuridão lá fora que parecia um fantasma de filme de terror japonês. Instintivamente, agarrei o corrimão com as duas mãos.

— Oi — falei, hesitante.

Meu pai convidou a menina fantasmagórica a entrar. Constatei que ela era de verdade. Usava sombra escura e pesada, batom azul, calça jeans branca e uma camiseta branca também dizendo MIM NÃO SABE KUNG FU e o desenho de uma mãozinha com dois dedos erguidos — o do meio e o indicador.

Seu olhar vagou pela casa lentamente, como se ela tivesse acabado de entrar em uma cripta, então parou. Em mim.

— Oi — ela disse, como se perplexa diante da minha existência.

Relaxei as mãos no corrimão. Me aproximei. Me mantive a uns bons dois metros dela.

—Você não é um fantasma.

Ela inclinou a cabeça.

—Você é?

— E começou! — disse meu pai, batendo as mãos, animado. Ele olhou para ~~minha camiseta~~ a camiseta do meu irmão, piscou e depois seguiu em frente, como se nada tivesse acontecido. — Cirrus, este é Sunny. Sunny, esta é Cirrus.

Imediatamente, senti a palma das mãos quente e úmida, como acontecia sempre que eu me via diante de uma menina bonita.

Você acabou de dizer que ela é bonita.

Bom, ela é.

Eu nunca disse que achava que ela não era.

Então na verdade estamos todos de acordo.

Cirrus bocejou alto.

— Acabei de chegar de Londres, estou exausta.

— Ótimo.

— Então seu nome é *Sunny* — disse Cirrus, assentindo muito séria para meu pai. — Achei que fosse apelido.

— Isso aí, Sunny Dae — disse meu pai, com uma risadinha, e virou para mim. — Sunny, Cirrus é...

— Filha de Jane e Brandon Soh — interrompi, como um autômato. — Nossos novos vizinhos. Seus velhos amigos.

— Seu nome é Sunny Dae — repetiu Cirrus, pensando. — E seu irmão é Gray Dae. *Sunny day. Gray day.* Um dia ensolarado e um dia nublado, entendeu?

— Seu nome vem de um tipo de nuvem — eu disse. Então sorri, para que meu comentário parecesse menos idiota, mas não adiantou.

Meu pai ficou olhando o filho e aquela menina, esperando para ver o que aconteceria.

Cirrus pareceu relaxar um pouco.

— Prazer. — Ela esticou a mão.

— Prazer. — Apertei com empolgação. E depois, com a mesma empolgação, recolhi a mão.

— Bom, vocês já foram apresentados! — gritou meu pai. Então virou para Cirrus: — Se precisar de alguma coisa, informações sobre a escola, lugares aonde ir na cidade, é só perguntar pro Sunny.

— Tudo aqui é tão diferente e exótico — brincou Cirrus, olhando em volta num gesto meio teatral. Ela sorriu. — Mas, falando sério, muito obrigada, sr. Dae. E obrigada, Sunny.

Ela falou meu nome de um jeito tão chocante e radiante como se fossem mil raios da luz branca das estrelas convergindo de uma vez só em meu rosto embasbacado.

— É claro pode deixar hum — falei, sem nem respirar.

— Sunny vai tomar conta de você — disse meu pai, então deu um tapa irritante nas minhas costas e foi embora.

Ficamos na entrada, de meias.

— Ótimo — eu disse para Cirrus.

— Opa — Cirrus disse, pulando ao sentir o celular vibrar no bolso. Então sorriu para a tela e começou a digitar. — Desculpa, é o AlloAllo. Você usa?

— Não, sim, usava, não muito — respondi, quase certo de que se tratava de um aplicativo.

De repente me senti um idiota completo por não saber o que era AlloAllo e prometi fervorosamente a mim mesmo que ia criar uma conta assim que possível, ainda que isso significasse abrir mão de toda a minha privacidade e direitos humanos básicos.

Cruzei os dedos sobre minha barriga trêmula. Pouco acima da clavícula de Cirrus, notei um triângulo diminuto de pele pulsando a uma frequência definitivamente mais baixa que meu próprio coração.

— Parece que meus amigos em Zurique já estão acordados — disse Cirrus. Ela guardou o celular quando terminou. — O pessoal lá é tão matinal.

— Eu sei.

Eu sei?

—Você já foi pra lá? — perguntou Cirrus.

— Não recentemente — respondi.

Do que eu estava falando? Nunca tinha ido para lugar nenhum além do sul da Califórnia.

Mariposas esvoaçavam em torno das luzes da entrada, então fechei a porta.

— Quanto tempo você vai ficar na América? — perguntei. Era a primeira vez que eu falava "América" em vez de Estados Unidos.

— Até ir embora — disse Cirrus, fazendo arminha com as mãos para indicar que estava brincando e depois jogando o cabelo preto e comprido para trás. — Mas, falando sério, provavelmente até eu me formar. Até a gente se formar, digo. Um segundo.

Ela voltou a pegar o celular, sorrir e digitar.

— As aulas acabaram de terminar em Sydney. Oi, Audrey. Oi, Simon.

— Sydney fica na Austrália — eu disse, firme.

Cirrus abaixou o queixo e olhou para a própria camiseta.

— Aliás, estou usando Simon.

A camiseta dela tinha sido de algum Simon? Simon era o nome da camiseta?

— Ótimo — falei, usando aquela palavra pela terceira vez com ela.

Estava enfrentando dificuldades. Cirrus era legal. Cirrus era muito, muito legal. Havia acabado de chegar de Londres. Tinha amigos no mundo todo. Amigos que faziam coisas legais e que, portanto, também eram legais. Ela vinha de um mundo cheio de coisas legais. Não pertencia a uma casa tão pouco legal, em um bairro tão pouco legal, com um nerd tão pouco legal quanto...

— Esta camiseta é uma criação do meu amigo Simon — disse Cirrus. — Ele é um artista extraordinário. O mais jovem a expor na galeria White Rabbit. Ele fez a camiseta para uma amiga nossa, Audrey. Ela tem uma banda de metal incrível chamada Mim Não Sabe Kung Fu, que protesta contra estereótipos asiáticos. Sacou?

— Gosto de arte — eu disse, secando o suor da testa. *Fala algo interessante.* — Odeio estereótipos asiáticos.

Interessante! Eu disse "interessante"!

Eu não conhecia nenhum artista. Nenhum músico, a não ser meu irmão. Não conhecia ninguém legal.

Queria gritar: *Meu irmão é músico!* Mas consegui me controlar. Em vez disso, me peguei fazendo a pergunta menos interessante possível.

— Onde, hum, no que seus pais estão trabalhando, o que eles fazem?

— Um prédio híbrido no centro. Porque aparentemente Los Angeles está com poucos shoppings e apartamentos de luxo.

— Está mesmo?

— É brincadeira.

Minhas orelhas ficaram vermelhas. Em geral minha habilidade de identificar piadas se classificava pelo menos entre o nível inter-mediário e avançado.

— Hahahahahaha — reagi, pego no pulo. — Shoppings são legais.

Cirrus sorriu um tanto perplexa para mim, como quem dizia: *Você tá mesmo elogiando um shopping?*

Me apressei a corrigir:

— Com "legal" eu quis dizer que com esse novo shopping a humanidade vai finalmente alcançar uma emissão de carbono tão grande capaz de transformar a Floresta Amazônica no deserto mais quente do planeta.

— Nossa, você é cínico mesmo — sussurrou Cirrus, impressio-nada.

Àquela altura, meus pés estavam tão quentes quanto minhas mãos e minhas orelhas. Meu corpo inteiro estava pelando.

— Como é o Reino Unido? — perguntei. Com Reino Unido

eu queria dizer Inglaterra. Então me lembrei do Brexit e da possibilidade de o Reino Unido se desfazer, e desejei poder refazer minha pergunta para provar que não era só um americano ignorante.

Cirrus pensou um pouco.

— Tem bastante coisa histórica lá. É meio cheio de gente. Chove bastante. Diferente daqui, o que parece ótimo.

— É, legal legal legal legal — eu disse, já pensando em acrescentar Londres ao meu aplicativo de clima e temperatura para comparar.

— Gostei da sua blusa.

Baixei o rosto na hora para olhar minha blusa e subi depressa. Eu tinha esquecido que não estava usando minha camiseta, e sim a segunda pele do Gray. Que era bem justa.

Cirrus tinha *gostado*.

— Ah, esse trapo velho idiota? — eu disse, alto demais.

O "velho" era verdade. Mas não mencionei que era do meu irmão, e não minha. O que talvez fosse a parte "idiota". Fiquei puxando as mangas.

— As caveiras dão um ar retrô.

Eu não tinha ideia do que ela queria dizer com aquilo, então me concentrei na camiseta dela.

— O que isso significa? — perguntei, erguendo dois dedos, o do meio e o indicador, como na estampa.

Cirrus repetiu o gesto, depois baixou o indicador, deixando só o do meio levantado.

— Significa *isso*, só que na Austrália — explicou.

Abaixei e levantei meu indicador: dedo do meio, dois dedos, dedo do meio, dois dedos.

— Então… vai se… vai se… vai se… vai se…

Cirrus cobriu a boca com as costas da mão para rir — tinha uma risada aveludada de vilã. Por um momento, fiquei fascinado.

Então escondi minha mão, como um mágico amador que guarda seu último e melhor truque.

Ela flexionou uma perna e depois outra, devagar, como se estivesse cansada depois de um longo período de...

Você deixou a garota na porta esse tempo todo?

— Por que não vamos pro meu quarto?! — gritei, já me encaminhando para a escada.

— Pode ser...

Cirrus me seguiu.

Cheguei no segundo andar e hesitei. Uma imagem passou pela minha mente: Cirrus sentada no meu quarto, em meio às pilhas de caixas organizadoras. Cirrus abrindo uma a uma. Então perguntando em voz alta: *Você tem uma porção de espadas, escudos e outras nerdices aqui. Por acaso é um daqueles meganerds?*

Parei tão abruptamente que ela literalmente deu de cara com as minhas costas.

— Opa — falou, passando por mim para entrar no quarto.

Só que no quarto de *Gray*.

— Aaaaaahhhh — comecei a dizer, mas não terminei.

A porta de Gray ficava sempre aberta, porque era assim que ele gostava. Já a porta do meu quarto ficava sempre fechada, porque era assim que eu gostava.

Minha porta era branca, sem nenhum adorno. Poderia guardar qualquer coisa: um armário, uma parede de tijolos, um universo paralelo.

A gente só tem uma oportunidade de causar uma boa primeira impressão, minha mãe gostava de dizer. Era um conselho raso, como os conselhos dela costumavam ser, mas havia certa verdade ali, e só agora eu me dava conta disso.

Segui Cirrus, entrando no quarto de Gray, à esquerda, em vez de virar no meu, à direita.

Ela já estava se sentindo em casa na cadeira giratória detonada dele. Tamborilava os dedos nas pernas, como se estivesse louca para que eu contasse qual era a daquele quarto.

Comecei a dizer uma coisa, então parei.

Comecei a dizer outra coisa, então parei.

Comecei a...

Cirrus olhava para mim, cada vez mais preocupada.

— Então você... — tentou ela.

— São guitarras — falei, de repente. Virei o rosto para elas. Enrolei, funguei, fiz todas as coisas que os amadores fazem quando se preparam para contar uma grande mentira. — São minhas guitarras.

O rosto dela pareceu se iluminar.

— Espera. Você tem uma banda?

— *Pfffff* — eu disse, enquanto um espasmo percorria todo o meu corpo. — É só uma bandinha. Mas sim. Tenho.

Cirrus voltou a olhar para as guitarras, como se tivessem mudado.

— Que legal.

Não ouvi nada disso, porque minha mentira ricocheteava no interior da minha cabeça oca, como uma bala perdida. Eu estava chocado com a facilidade com que tinha soltado aquilo.

— É mais do que legal — prosseguiu Cirrus. — É muito corajoso. A maioria das pessoas mal tem um hobby, nem se arrisca a fazer qualquer coisa. A maioria das pessoas deixa seus sonhos definharem e morrerem num porão da alma. Só visitam o cadáver apodrecendo quando elas próprias estão à beira da morte e se perguntam: *Do que foi que tive tanto medo esse tempo todo?*

— Nossa, você é cética mesmo — sussurrei.

Cirrus notou algo atrás das ~~minhas guitarras~~ guitarras de Gray: o folheto rasgado do show dos Mortais.

— É essa a banda?

Pigarreei, mesmo sem nada na garganta.

— Essa é, hum, minha antiga banda. A gente se separou. Estou trabalhando num lance novo agora.

— Legal, legal — disse Cirrus, assentindo, inexpressiva.

Então ela me olhou daquele jeito.

Que não era um jeito qualquer.

Era *aquele jeito*.

Eu o conhecia de quando Gray ainda estava na escola. Era um tipo específico de olhar que com frequência ele recebia, uma mistura de curiosidade ardente mal disfarçada por uma falsa indiferença. As pessoas estavam sempre loucas para conhecer Gray melhor; mas fingiam que não.

Aquele era o olhar despertado por pessoas que faziam algo bem e com paixão. Era uma atração instintiva pela criatividade — a mais elevada forma de empenho humano —, expressada por coraçõezinhos saindo dos olhos. Era se apaixonar um pouco por alguém que criava algo novo com as próprias mãos e a imaginação.

Eu sempre havia me perguntado qual a sensação de ser visto *daquele jeito*, e, conforme me dei conta, tinha acabado de descobrir.

Aquele olhar era um terror doce e mortal, *incrível*.

Desejei mais na mesma hora.

O rosto de Cirrus retornou à neutralidade. Ela indicou com a cabeça algo em cima de um amplificador antigo do meu irmão.

— O que é isso?

— Meu anel?

Foi ligeiramente mais fácil dessa vez, chamar o anel de "meu", como se mentir fosse uma habilidade desenvolvida pela prática.

Deixei que ela pegasse o anel de Bafomé. Quando experimentou no dedo, ficou impressionada.

— É pesado.

— É um bode demoníaco. — Como era o nome mesmo? Bartomate, Birtalmonte, Bacarate...? — Agora você fecha a mão e fala: "Ao metal" — eu disse, com um grunhido.

— Ao metal — repetiu Cirrus, e grunhiu também.

Então avaliou o anel pensativa, como se lembrasse algo triste. Ela o tirou e o devolveu. Coloquei-o no meu próprio dedo com uma destreza que sugeria que o usava havia anos. Minha pele absorveu o calor de Cirrus que ainda restava ali. Por um momento de idiotice, senti como se de alguma forma tivéssemos acabado de nos beijar.

— E qual é o nome da banda nova? — perguntou Cirrus.

Ela voltou a me olhar *daquele jeito* antes de desviar o rosto para nenhum lugar em particular. Eu sabia o que Cirrus estava fazendo: ela *queria* saber aquilo, ao mesmo tempo que *fingia* não dar importância.

Meu cérebro congelou. Remexi os dedos sobre a barriga, sentindo meu estômago se revirar um pouco. Enfiei as mãos nos bolsos e descobri que estava quente demais lá dentro, então voltei a tirá-las e apoiei, meio sem jeito, os dedos na costela. As pessoas paravam naquela posição o tempo todo, com exceção das que não paravam, que eram todas.

— O nome da nossa atual banda é Imortais.

Desejei poder voltar atrás imediatamente.

Cirrus sorriu.

— Então vocês eram os *Mortais* e agora são os *Imortais*.

— Ah, e daí?

— E pensar que eu me achava preguiçosa — disse ela, dando risada.

— Eu sei, eu sei — falei, dando de ombros como uma marionete descontrolada. — Acho que a gente queria que nos reconhecessem.

— Não, eu gostei. E tem uma vibe bobona meio *Dungeons & Dragons: Tolos, nunca poderão derrotar os imortais!*

— Você só está querendo me agradar — falei, entrelaçando os dedos. Ela tinha dito "bobona". Ela tinha dito *Dungeons & Dragons*.

— É verdade — insistiu Cirrus, então riu tanto que teve que segurar meu ombro para se apoiar, e nesse momento eu decidi que ela poderia continuar rindo pelo tempo que quisesse. A noite inteira, se dependesse de mim. — Mas falando sério. Eu nunca seria capaz de me expor assim. Adoraria ver o próximo show.

Tudo o que consegui fazer foi dar de ombros e ficar girando o anel no dedo. *Bafomé*. O nome do bode era Bafomé.

— *Pfffff* — respondi, assentindo sem parar.

Cirrus ficou em silêncio. Parecia estar considerando alguma coisa, então deu uma risadinha fraca diante do que quer que se passasse pela sua cabeça. Quando ela abriu a boca para falar, minhas entranhas se reviraram. Senti que estava prestes a aprender algo profundo, interessante e incrivelmente pessoal sobre aquela menina. Fazia só quinze minutos que tínhamos nos conhecido! Era nossa primeira conversa, de muitas que viriam!

Mas os lábios dela se transformaram em uma linha fina, e nada saiu dali.

Os olhos de Cirrus tinham voltado à neutralidade. Era como se um botão Tema de Conversa tivesse sido desligado por um dedo invisível. O celular dela voltou a vibrar — mais um pouco de Allo-Allo —, mas Cirrus nem pareceu perceber.

Fiquei branco. Seria possível que a tinha decepcionado de alguma maneira obscura sem nem perceber? Aquilo era inteiramente plausível — pode perguntar aos meus pais —, mas no momento eu não conseguia imaginar o que poderia ter sido.

— É melhor eu ir — disse ela, e se levantou.

— Tá legal — respondi, inexpressivo.

Mas não tinha nada de legal naquilo. Ela estava ali, por um segundo prestes a falar, e então resolveu ir embora de repente.

— Te vejo amanhã na escola?

— Hum, claro — respondi.

Eu queria dar um chute em mim mesmo, mas não sabia por quê, nem se era necessário.

Então fiquei observando Cirrus Soh descer a escada delicadamente e ir embora sem dizer mais nada.

pesquisa

Nome: Cirrus Soh
Etnia: coreana-americana
Línguas: desconhecidas (traços de sotaque britânico)
Presença nas redes sociais: aparentemente forte, procurar AlloAllo
Outros detalhes: desconhecidos, muitas perguntas

mamba

Acordei com um grito.

— Ahh!

Pesadelo. Eu estava sentado em um lindo campo verdejante, cheio de trevos de cinco folhas. Cirrus estava ao meu lado. Uma cortina de cabelo caiu sobre seus olhos cor de âmbar. Ela estava puxando para o lado quando uma bola de futebol americano acertou sua têmpora.

Neeeeeeeerdzzzzzzz, disse uma versão demoníaca de Gunner.

A porta do quarto se abriu. Meu pai enfiou a cabeça, os olhos fechados.

— Respeito sua privacidade, mas vim ver se está tudo bem.

Me estiquei para desligar o despertador analógico na mesa de cabeceira (está <u>provado</u> que dormir ao lado do celular dá <u>câncer</u>), que tinha disparado. Tirei a touca que usava para dormir e a agarrei junto ao peito.

— Foi só um pesadelo — respondi, ainda usando o protetor bucal. — Pode abrir os olhos.

Meu pai manteve os olhos semicerrados.

— Sei como as manhãs podem ser para os jovens e sei que certos sonhos podem causar certas reações, o que é totalmente normal e compreensível, ainda mais com a chegada de uma menina nova.

—Você já pode ir.

— Show — disse meu pai, e foi embora com alívio no rosto.

Tirei o protetor bucal e o larguei no pote de água destilada. Calcei as pantufas acolchoadas e gordas sem meia, vesti um roupão pesado para me proteger do frio incômodo da manhã e comecei a revirar as caixas organizadoras atrás de uma roupa limpa.

Hesitei diante da minha saia ManSkirt® cheia de bolsos — escolha ideal para um dia que prometia ser quente, mas uma isca banhada em sangue para os Gunners do mundo —, então peguei minha bermuda cargo cor de batata. Mas não ia servir. Não no meu primeiro dia como guia de Cirrus.

Ela tinha ido embora tão de repente na noite anterior. Repassei nossa conversa mentalmente mil vezes, sem conseguir descobrir se tinha sido algo que eu fiz ou falei. Será que eu tinha conseguido assustar a garota um minuto depois de conhecê-la? Esperava não ter sido inadvertidamente insensível. Alimentava o medo secreto de que às vezes podia ser inadvertidamente insensível.

Vesti minha camiseta vintage da Kozmo.com — original da época das ponto-com —, de que eu sempre gostei, por causa do laranja e do verde fortes, mas que agora parecia ridícula e inadequada. Todas as minhas roupas pareciam ridículas e inadequadas.

Abri a porta, verifiquei se o corredor estava livre e fui até o quarto de Gray. Lá, peguei uma camiseta com gola V do Linkin Park, com furos de traça estrategicamente localizados nos ombros e nas laterais.

Eu a vesti. As mangas compridas eram compridas demais e estavam puídas demais. Perfeito. Passei a mão pelo cabelo despenteado, para deixá-lo arrepiado. É claro que minha bermuda cargo não combinaria com essa camisa, então coloquei uma calça skinny preta tão justa quanto o anel de Bafomé no meu dedo do meio, onde se encontrava no momento. Passei a alça da guitarra pelo ombro. Ela ficou apontada para baixo do meu quadril, como uma arma.

Olhei no espelho. Estava tudo justo demais — dava até pra ver meu *troço* — e entrava ar pelos furos de traça, tocando minha pele em incontáveis lugares, mas foi inevitável me sentir um pouco mais feroz, um pouco mais vivo, como uma mamba se libertando das escamas cinza que eram seu antigo eu.

— Ao metal — eu disse para o espelho.

— Café! — gritou uma voz lá embaixo.

Me apressei. Não queria que meus pais me vissem brincando de me fantasiar no quarto de Gray.

Devolvi a guitarra ao suporte. Tirei a camiseta e depois o jeans, aos pulos, e enfiei ambos debaixo da cama. Voltei a vestir a bermuda e a camiseta da Kozmo.com. Minhas roupas normais agora pareciam grandes demais, sem graça demais e até um pouco *indiferentes*. Me preparei para descer e encarar o dia que se estendia à minha frente.

Então olhei para as roupas pretas espreitando debaixo da cama. Estavam longe de indiferentes — eram *diferentes*. Elas acenaram para mim. Me fizeram enfiá-las no fundo da mochila e levá-las para a escola.

Desci com cuidado, comi uma tigela de mingau de aveia — em flocos grossos, porque o índice glicêmico era mais baixo — e me despedi dos meus pais com um *à plus tard*.

Eles não disseram nada. Não notaram minha mochila estranhamente cheia. Já tinham começado a longa labuta diária da classe não operária americana, que só terminava quando era hora de dormir.

Na garagem, coloquei o capacete e os antiderrapantes, o que, depois de anos de prática, levava menos de um minuto — um investimento mínimo de tempo para um retorno enorme em termos de segurança física e, sim, estilo (pode perguntar a qualquer atleta nos X Games). Ajustei as alças da mochila para que o peso ficasse distribuído por igual. Subi nas plataformas que eram os pedais da minha bicicleta elíptica Velociraptor® Elite.

Então parei um instante.

Havia um provérbio japonês que dizia: *O prego que desponta é martelado.*

(Pelo menos os japoneses eram explícitos quanto a seu comportamento de manada e conformismo. A versão americana estaria mais para uma musiquinha hipócrita de animadoras de torcida: *In--de-pen-den-te! Tudo bem ser diferente! Desde que seja igual à gente!*)

Eu odiava minha bicicleta de corrida velha. Odiava como era ineficiente, como esmagava o períneo e irritava a virilha.

Mas tirei o capacete e os antiderrapantes e fui pegá-la mesmo assim.

Dez minutos depois, estacionei aquela bicicleta horrível no paraciclo da escola. Então olhei para o velho depósito no fundo do estacionamento. Pulei uma sebe baixa, casual como um ladrão de banco, e me esgueirei para o vazio empoeirado e enferrujado daquele lugar.

Dois minutos depois, emergi como uma mamba rumo à luz e à grama alta. Com a camiseta preta com gola V colada ao peito e aos ombros. A calça abraçando todo o resto. Meus sapatos pretos acabaram combinando, como uma espécie de versão adolescente do monstro do dr. Frankenstein.

— Ao metal — sussurrei, e então entrei na escola.

Conforme andava, me sentia um astronauta me aproximando de um pórtico fumegante. Olhos piscavam ao me ver, me seguiam e buscavam apoio em outros olhos, espantados.

Ao metal.

Continuei andando, o queixo erguido, olhando para a frente. Sentia uma confiança lá no fundo. Seriam as roupas que davam aquela sensação? O mesmo acontecia com Gray? Eram só roupas. Mas ainda assim.

Por toda a volta, as pessoas me olhavam *daquele jeito*.

Ri sozinho. Era tão fácil?

— Ali é... — comecei a dizer.

— O refeitório — completou Cirrus.

Deixamos o pavimento a céu aberto do anfiteatro e ficamos à direita para evitar ter que nadar contra a corrente de alunos apressados: a artista introspectiva, o atleta barulhento etc.

— Ali é... — continuei falando.

— Secretaria e enfermaria — completou Cirrus.

— Vou ficar só observando enquanto você se vira sozinha por aqui.

Passei meus livros e minhas coisas para o outro braço. Tinha deixado minha mochila da Pets.com no armário. Precisava lembrar de ver se tinha sobrado alguma mochila velha do meu irmão em casa.

Cirrus, por outro lado, não carregava nada. Nem mochila, nem almoço, nem mesmo um horário de aulas. Era só ela, seu belo vestido e óculos escuros, como se tivesse fugido de um enterro.

Me ocorreu que, com minhas roupas pretas e o vestido preto dela, estávamos combinando.

Ela olhou para mim pelas lentes enormes dos óculos.

— Gostei dessa camiseta.

— Valeu. Gostei da sua também. Do seu vestido. Vestidos são meio que camisetas compridas.

— Não.

— Por que você foi embora correndo ontem à noite? — perguntei. Só que não. Na verdade, não disse nada enquanto andávamos, concentrado em identificar uma possível aproximação de Gunner ou seus capangas até chegarmos aos armários.

— Esse é o meu, se precisar me encontrar um dia — falei, apontando meu armário.

Artemis, a menina popular, apareceu e virou o rosto para a gente na hora ao notar Cirrus.

— Quem é você? — perguntou, passando imediatamente ao modo Avaliação e Comparação.

Depois me avaliou, com um mecanismo de mapear a natureza de nossa relação.

Congelei. Mantive o controle até onde podia. Por um momento tenso me perguntei se ela ia entregar minha farsa, com seu semblante robótico se contraindo em um acesso de risos monotônicos. *O rei dos nerds está tentando parecer descolado na frente da aluna nova esquisitona!*

—Você primeiro — disse Cirrus, totalmente tranquila.

— Aff — disse Artemis, com repulsa. — Quê?

— É assim que funciona — disse Cirrus. —Você se apresenta primeiro. Depois a outra pessoa se apresenta também.

Talvez Artemis não tenha conseguido encontrar nenhuma informação significativa em seu limitado banco de dados que pudesse me ligar a Cirrus; talvez tenha calculado na ponte de comando vil que era seu coração que Cirrus não representava nenhuma ameaça a seus objetivos pré-programados.

Qualquer que fosse o motivo, um algoritmo codificado aleatoriamente devia ter considerado aquele encontro indigno de outro nanossegundo de seu tempo de execução, porque Artemis, a menina popular, cuspiu um último "Aff", encerrou o modo Avaliação e Comparação e fez sua saída dramática: bufou, bateu a porta do armário e se afastou em um desfile impecável, como se estivesse em uma passarela.

— O prazer foi todo meu — disse Cirrus.

— Desculpa por ela.

— Toda escola tem uma dessas.

O celular de Cirrus vibrou, e ela pegou para ver.

— Olha isso — falou Cirrus. — Uma amiga do Japão tem uma banda de grunge feminista chamada Hervana. Acho que você vai gostar.

Ela me mostrou um vídeo com quatro meninas inacreditavelmente descoladas tocando para uma multidão que balançava os braços em sincronia.

— Nossa, elas são demais — falei.

Cirrus deu um empurrãozinho no meu ombro.

— Uma estrela do rock reconhece outras.

— Rá.

Na cabeça de Cirrus, eu me encaixava em sua rede internacional de hipsters supercriativos trocando mensagens o tempo todo. Na cabeça dela, eu era tão legal quanto aquelas outras pessoas mundo afora. Talvez até mais, eu desconfiava.

Cirrus não sabia que, na verdade, eu era presa fácil para caras como Gunner. Ela não sabia que eu colocava em risco a reputação do meu próprio irmão e que ele me evitava na escola. Ela não sabia que eu sozinho correspondia a 33,33 por cento dos nerds da Ruby.

Eu sabia que aquela coisa toda era um erro.

Mas estava *adorando*.

— Ih, mais AlloAllos — disse Cirrus. Ela digitou alguma coisa antes de colocar o telefone no silencioso e guardar no bolso. — Agora chega.

—Você tem tantos amigos.

— Já estudei em várias escolas — disse ela, dando de ombros.

Andamos até chegar ao pátio principal. Cirrus subiu em um banco para dar uma olhada, de braços cruzados.

— Se ali estão as salas cento e pouco — disse ela, estreitando os olhos —, ali devem estar as duzentos e pouco. Depois as trezentos e pouco. E por aí vai.

Ergui as sobrancelhas, como quem dizia: *É isso mesmo.*

— O ginásio é ali — prosseguiu. — Os vestiários. A sala de musculação. As oficinas ali. As escolas sempre preferem manter ferramentas e afins na mesma área.

— É como se você fosse capaz de identificar a Matrix.

— Todas as escolas são iguais — murmurou Cirrus. — Às vezes sinto que fico voltando para o mesmo lugar. Várias e várias vezes. Como realidades alternativas em um multiverso infinito.

Era a coisa mais romântica que eu já tinha ouvido em toda a minha jovem vida.

Sentei no banco, mas me dei conta de que eu devia estar parecendo um tarado que queria olhar debaixo do vestido dela. Então levantei e me apoiei tão despreocupadamente quanto podia em uma lata de lixo próxima, mas me dei conta de que fedia a vômito solidificado pelo calor. Voltei à posição original e juntei as mãos, entrelaçando os dedos, tal qual um pajem bêbado.

Pigarreei. Ela olhou para mim como se eu tivesse acabado de me materializar ali.

— E aí, você sente falta do seu país materno? — perguntei, super-relaxado.

— Oi?

— Da boa e velha Inglaterra — respondi, já menos seguro.

— Não sou de lá, na verdade.

— Então, hum, qual é sua história?

Cirrus olhou para mim.

— Minha história?

— Onde você nasceu, blá-blá-blá, haha — eu disse, ainda que não tivesse nenhum motivo para rir.

— Ah, tá — disse Cirrus, e recorreu a uma resposta pronta. — Nasci na Suécia, meio que por acidente. Tecnicamente, sou cidadã sueca. Mas meu pai foi adotado por uma família alemã, então tenho passaporte europeu. E minha mãe é americana. Então…

— Legal — falei, como se tivesse entendido.

Por dentro, estava encantado.

— Todos os lugares costumam ser iguais.

— Total — concordei, com um aceno de mão ridículo que me fez parecer um jedi.

— Crianças querem amigos, adultos querem casa e trabalho.

— Somos todos pessoas.

— Se você está atrás de algo diferente, vá fazer uma trilha no Masoala ou experimentar aquelas larvas de escaravelho-vermelho de Sabá. — Ela arregalou os olhos, perplexa. — Gosto de insetos, mas nesse caso sou, tipo, "fica para a próxima", sabe?

— Claro — eu disse, contrariando qualquer lógica.

— Bom, mas também não consegui encarar um filhote de polvo vivo na Coreia, então talvez eu tenha um problema com comida que ainda está se mexendo, sabe?

— Sei, sim — eu disse de novo, como se soubesse mesmo.

— Estou falando muito, né?

— É fácil falar comigo — respondi, imediatamente encantado com a demonstração repentina e inesperada de sagacidade genuína.

— Tenho que admitir que ainda fico meio nervosa em lugares novos. Então obrigada.

— *Muito de nada.*

Meu sorriso ficou congelado no rosto, mas minha mente girava cada vez mais rápido, deslumbrada com o arrojo cosmopolita caleidoscópico que Cirrus era.

Quantos tipos de pessoas ela conhecia, eu me perguntava, e de quantos lugares diferentes? Quantos arquétipos havia em seu panteão de alunos?

Ela havia conhecido outros Sunnys antes de Rancho Ruby? O Sunny Nerd, o Sunny Machão, o Sunny Legal, o Sunny Legal Fake? Cada Sunny bem mais ou menos mas no mínimo melhor que o anterior, e assim por diante?

E quanto ao Sunny atual?

Comecei a me sentir cada vez menos especial.

O sinal tocou. Como tocava em escolas do mundo todo.

— Então sua próxima aula é… — comecei a dizer, mas Cirrus não estava ouvindo.

— Aqueles dois estão olhando pra gente.

Notei Milo e Jamal adiante e cerrei as mãos às costas.

—Vou te apresentar uns amigos — eu disse.

— Oiêêêêê — disse Jamal, todo jameloso.

— Uou! — disse Milo, hipmilozado.

Meus dois melhores amigos estavam vestidos como sempre, ou seja, uma combinação tão básica de calça de moletom e polo lisa que ultrapassava o estilo tiozão e entrava no sub-estilo tiozão despojado no fim de semana.

Preciso dar um jeito no guarda-roupa deles, mas logo tentei deixar essa ideia pra lá.

A incoerência abjeta deles devia ter encantado Cirrus, porque ela cobriu a boca com as costas da mão — um gesto muito refinado — e riu.

— Oiê pra vocês tambééééém! — ela disse, com os olhos tão arregalados que pareciam dois ovos. —Vocês devem ser os Imortais.

Jamal e Milo ficaram intrigados, como esperado. Por trás de Cirrus, assenti com muita vontade. *Só concordem.*

Milo foi o primeiro.

—É.

— Nós mesmos — disse Jamal, imitando obedientemente meu aceno de cabeça.

— Legal — disse Cirrus.

Milo e Jamal perderam o fôlego em meio a um prazer nerd que beirava o profano. Não estavam acostumados a ouvir o termo "legal" direcionado a eles, e agora se refestelavam, como cachorros depois de achar um pedaço de chocolate no chão.

Cerrei meu próprio pescoço com as duas mãos, tentando dizer para eles: *Parem com isso.*

Eles pararam. E ficaram esperando por mais instruções.

Então baixei as mãos devagar, como se tentasse acalmar um cavalo irritado. *Relaxem.*

— Esta é Cirrus Soh, filha de velhos amigos dos meus pais. Eles acabaram de se mudar para Los Angeles para construir nosso próximo grande ícone arquitetônico.

— É um shopping — disse Cirrus.

Milo fez um gesto com as mãos.

— Quando você chegou, seu avião? Aeroporto?

Cirrus reprimiu outra risadinha.

— Desculpa. Ainda estou desregulada com a mudança de fuso horário, então tudo me parece muito divertido no momento. Estou no belíssimo bairro de Rancho Ruby há menos de uma semana.

— Esse troço de fuso horário é um pé no saco — disse Jamal, dando de ombros de maneira tão pouco ortodoxa que ele teve que dar um passo para o lado para manter o equilíbrio. — Tipo, PQP.

— Desculpa, mas só tenho mais alguns minutos para mostrar o resto da escola a ela — falei depressa. —Vamos?

— Foi legal conhecer vocês — disse Cirrus para Jamal e Milo.

— Foi legal conhecer você também — gritaram de volta.

Enquanto eu levava Cirrus para longe dali, Jamal olhou para mim como quem dizia: *O que foi isso?*

Acenei com a cabeça para ele. *Depois te conto!*

Mas eu não tinha ideia de como faria aquilo sem parecer ter ficado maluco.

solução

No fim do dia, tirei o uniforme do meu irmão, voltei pras minhas roupas de civil e coloquei o capacete e os antiderrapantes. Saí para um passeio noturno pelas ruas tranquilas de Rancho Ruby na minha bicicleta elíptica Velociraptor® Elite, propelida pelo movimento fluido nas compridas plataformas para os pés. O nível de conforto era amplamente superior ao das bicicletas sem marcha que os mais trouxas usavam — uma coisa era certa: nunca se via homens mais velhos andando com isso, e o motivo era a boa e velha saúde.

Velociraptor® Elite. Corra atrás de sua saúde.

Eu estava com meus fones de ouvido com fio (fones bluetooth causam câncer de cérebro, <u>ver fonte</u>), ouvindo um cara chamado David Bowie, que eu tinha acabado de descobrir. O nome da música era "Let's Dance". Concordei com ele e dancei enquanto pedalava. A lanterna no meu capacete dançava comigo, para lá e para cá.

— *Under the moonlight* — eu cantava. — *The Cirrus moonlight.*

Sem falsa modéstia, eu era um cantor de alto nível. Tinha estudado canto no ensino fundamental e conseguia atingir notas com a precisão e a pureza divina de um coroinha que ainda não chegou à adolescência.

Quando cheguei à casa de Jamal, peguei a entrada de pedra em padrão espinha de peixe, atravessei a garagem principal, passei pelo átrio naturalmente iluminado e estacionei na garagem de visitas, que já estava aberta, à minha espera.

— Aí está você, veloz e furioso — disse Jamal, que ajeitava um lençol pendurado.

— Ficamos o dia inteiro esperando por esse momento — disse Milo, que estivera mexendo na câmera.

Os dois pararam o que estavam fazendo e ficaram olhando para mim.

— Por quê? — perguntei, embora soubesse o motivo.

— Pra você se explicar — disse Jamal.

Abri um sorriso fraco, quase revelando que meus nervos estavam à flor da pele. Eu ia ter que contar a eles sobre a mentira, claro, mas também precisava contar a solução em que tinha pensado.

—Vou me explicar. Mas, primeiro, um importante trabalho nos espera.

—Você está matando a gente de curiosidade — disse Jamal.

Juntei as duas mãos, como se fosse rezar, e disse:

— Um importante trabalho, com meus dois melhores amigos, que eu amo e para quem posso confessar as coisas mais constrangedoras, não importa quão desesperadas e patéticas sejam.

— Impressionante — disse Milo, prendendo a câmera no tripé.

Logo entramos os três em um ritmo já familiar: Milo, o diretor visionário, fez ajustes de câmera e definiu o enquadramento da cena que pegava apenas meu braço e o resto do cenário discreto criado por Jamal. Fizemos uma tomada com a câmera aberta, uma em câmera lenta e uma em close-up, focando no Raio de Raiden e em seus componentes.

Fui eu quem fiz o áudio da narração, porque era o que tinha a melhor voz para isso. Jamal editou tudo em seu estúdio, juntando os títulos, as filmagens, a narração e uma música de fantasia contagiante, que ele próprio tinha gravado no teclado.

Assistimos ao vídeo finalizado.

— Perfeito — disse Milo, que tinha o melhor olho para identificar problemas. — Pode subir.

Jamal fez o upload, adicionou tags e usou todos aqueles truques para garantir que fosse fácil achar o vídeo, porque ele tinha a melhor cabeça para aquele tipo de coisa.

Finalmente sentamos, abrimos um refrigerante japonês importado chamado Ramune e nos deleitamos com a satisfação de ter subido outro episódio enquanto uma caixinha de som sem fio (carcinogênica) tocava o que Milo chamava de "música de verdade", não as "toxinas para os ouvidos" que estavam na moda. Com os pés no mesmo pufe laranja enorme, nós três nos mantínhamos em formação radial, como os braços de um capacitor de fluxo de 1,21 gigawatts cientificamente impossível, mas ainda assim muito legal.

— Lady Lashblade vai compartilhar — disse Jamal. — Estou sentindo.

Fizemos um brinde:

— A Lady Lashblade.

Eu tinha outro brinde em mente: *Ao metal*.

Lendo meus pensamentos sem precisar fazer qualquer esforço, Jamal disse:

— Então...

— Hoje cedo — acrescentou Milo —, uma aluna nova e bonita chamada Cirrus nos perguntou se éramos imortais.

— Nos perguntou se éramos *os* Imortais — corrigiu Jamal.

— Isso, *os* Imortais — repetiu Milo.

Meu estômago se revirou em um passo de dança novinho em folha chamado "o idiota".

Abri um sorriso feroz, como se estivesse me esforçando para não soltar um pum.

— Haha, hum…

Eu queria poder inventar uma história na hora que fosse menos patética que a verdade.

Jamal olhou para mim.

—Você não parece bem.

— Faz sentido, porque não me sinto bem — falei, e dei risada.

— Qual é o problema? — perguntou Milo.

Má notícia. Quando Milo perguntava qual era o problema, não desistia até que sua pergunta tivesse sido devidamente respondida. Era como um buldogue. Um buldogue grandão e bonzinho que atacava emoções reprimidas e as sacudia com uma fúria raivosa até conseguir arrancá-las com sangue pingando das poderosas mandíbulas de sua compaixão.

— Não é nada — eu disse, contraindo o rosto diante do meu próprio erro.

Ouvir "não é nada" era o equivalente a sentir cheiro de sangue para Milo.

As mandíbulas emocionais dele apertaram mais forte.

— Conta pra gente o que está rolando, Sunny Dae.

Levei as mãos aos ouvidos.

— Desculpa, a ligação está cortando.

— Quer que a gente mande mensagem?

Xeque-mate. Senti os dentes de Milo perfurarem minha pele psíquica.

Toda a energia deixou meu corpo, como se eu fosse um animal abatido. Desisti. Expliquei a situação toda. Os amigos do meu pai, minha função de guia. A serenidade avassaladora de Cirrus. Sua beleza espantosa. Sua sagacidade incisiva.

— Ela é bem graciosa — disse Milo.

— *Graciosa?* — repetiu Jamal.

Virei para Jamal.

— Acho que perdi meu monóculo, sr. Jamal.

— Acredito que o tenha colocado por equívoco na gaveta junto com suas polainas e jarreteiras, sr. Sunny — disse Jamal.

— Tem algo de errado com a palavra "graciosa"? — perguntou Milo.

Jamal socou o ar, triunfante, ao se dirigir a mim.

— Eu sabia que tinha uma boa explicação para sua mudança de guarda-roupa.

— Eu bem que queria ter alguém pra guiar também — comentou Milo.

— Estou apaixonado por ela — disse Jamal.

— Cala a boca — disse Milo. — Sunny chegou primeiro.

— Não tem nada disso. Cirrus não é minha nem de ninguém.

— Então me deixa ficar com ela — disse Jamal.

— Ela é tão… *incrível* — falei. — Só isso. Mal nos conhecemos.

Minha boca se retorceu em uma careta enquanto eu recordava a noite anterior, no quarto de Gray, e a mentira.

— Fora que eu não sou exatamente quem ela pensa.

Milo olhou para mim, intrigado.

— Ah, eu menti pra ela — expliquei, com um suspiro pesaroso.

Jamal ergueu as sobrancelhas.

— Já?

— Cala a boca, cara de bunda — falei.

— Cala a boca você, cara de bunda com cãibra — retrucou Jamal, com facilidade e confiança.

— Já chega — disse Milo, olhando para mim em seguida, para que eu continuasse contando.

— Eu disse a ela que tinha uma banda — contei. — Porque queria parecer legal.

Milo e Jamal olharam um para o outro por um momento, enquanto absorviam aquela informação.

— Ah, por isso os Imortais — Jamal disse para Milo.

— A banda do irmão dele chamava Mortais — explicou Milo, coçando o queixo.

— Interessante — comentou Jamal.

— E nem um pouco criativo — disse Milo.

— Calem a boca — falei.

— Por que você acha que está tentando ser especificamente como seu irmão? — perguntou Milo.

— Não estou tentando *ser* meu irmão. Mas achei que talvez pudesse, não sei, aaah!

Jamal e Milo ficaram só olhando para mim, à espera.

Apertei os olhos com as mãos.

— Eu estava lá, ela estava lá, ela achou que o quarto de Gray fosse meu e eu meio que não corrigi! Todas aquelas guitarras... Fiquei nervoso, tá legal?

— Não tem problema nenhum em mandar mal com garotas — disse Milo. — Nós três mandamos mal com garotas. Sabemos bem disso. Você só recorreu ao único modelo de sexualidade masculina bem-sucedida que conhece: seu irmão. Está tudo bem.

— Sou tão idiota — falei. — Sou tão idiota que achava que "umami" era tatibitate.

Jamal, que adorava brincar de "sou tão idiota que", se juntou a mim.

— Sou tão idiota que achava que calcinha fio-dental era usada pra limpar a bunda.

— Incrível. — Reconheci a vitória de Jamal.

— É perfeitamente normal se sentir idiota — disse Milo, com toda a delicadeza. — Porque o fato é: admitir pra ela que mentiu seria quase tão bizarro quanto ter mentido.

Assenti, como se dissesse: *Exatamente.*

— Admiro muito seu trabalho — Jamal disse para Milo.

— Revelar uma mentira que surgiu no calor do momento só serviria para masturbar a situação — disse Milo.

— Exacerbar — corrigiu Jamal.

— Estou aqui para te dizer que você cometeu um erro que qualquer um de nós poderia ter cometido — prosseguiu Milo. — Você não é idiota. Só está desesperado. E sendo incoerente.

— Também somos incoerentes quando estamos com garotas — acrescentou Jamal. — Tipo: ei, oi, ng fnzzt shhphtphbpht.

— Dã, hã, hum, por favor, me escolhe, sou virgem, hauhauhauhau — disse Milo.

— Estamos ajudando a mastigar sua ansiedade? — perguntou Jamal.

— Mitigar — falei, olhando para meus dois melhores amigos.

Tomei um longo gole do refrigerante, o que era impossível, devido ao formato da garrafa de Ramune, então meio que só inclinei a cabeça para trás e me preparei para o que viesse.

— Então... pensei em contar logo a verdade para Cirrus.

Milo também tomou um gole.

— É o caminho mais acidentado, velho amigo. Uma difícil prova, que apenas o mais sagrado dos paladinos, como você...

— Mas depois pensei em outra solução — interrompi.

Jamal me olhou de soslaio.

— Não — disse, devagar.

— Só escuta — insisti.

Fiquei agachado e estendi as mãos. Milo e Jamal reconheceram minha postura de "só escuta, sou o cara das ideias".

— Eu estava achando que fosse uma escolha entre continuar mentindo, o que é impossível, ou confessar, o que me faria parecer um sociopata. Mas encontrei uma terceira opção.

Jamal se afastou um pouco.

— Sei o que você vai dizer.

— Me escuta. Bandas se separam o tempo todo.

— Não — insistiu Jamal, com firmeza.

Minhas mãos continuavam firmes no alto.

— É melhor eu ir pra casa — disse Jamal.

—Você já está em casa — lembrou Milo.

— Me ouve — eu disse. — É muito simples. Aprendemos uma ou duas músicas. Ficamos de bobeira na sala de música da escola. Cirrus por acaso nos encontra lá. Então dizemos, tipo, "Ah, oi, Cirrus, e aí? Estávamos ensaiando".

— E por quanto tempo vamos insistir nisso? — perguntou Jamal.

—Aí é que está! — gritei. — A gente finge que brigou. Diferenças criativas, dinheiro, não importa. A banda se separa. Problema resolvido.

Milo abriu a palma das mãos como se fosse um livro.

— Com a morte dos Imortais, também morre a mentira.

Jamal bateu na minha cabeça.

—Você só quer que a gente te ajude pra não perder a menina.

— Não tem essa história de perder, porque ela não é minha, pra começo de conversa. Mas é mais ou menos isso.

— Olha — disse Jamal —, você sabe que nenhum de nós quer te ver saindo magoado dessa situação que você criou para si mesmo sem o menor pudor.

— A verdade é dura — eu disse. — Obrigado por ter dito isso.

Milo uniu as mãos.

—Você está falando de criar uma nova mentira para acobertar a anterior.

— Só temporariamente. — Virei e apontei minhas mãos como um canhão para Jamal. —Você pode tocar baixo.

— Nunca toquei na vida — disse Jamal.

— Mas você toca piano! Quão diferente pode ser? Piano é essencialmente um instrumento de percussão, e muitos dizem o mesmo do baixo. É tipo trocar seis por meia dúzia!

Jamal inclinou a cabeça para um lado e para o outro, com dificuldade de acompanhar meu raciocínio.

Virei para Milo.

— E você é atlético! Tenho certeza de que consegue tocar bateria!

— Nunca na vida toquei bateria.

— Mas pode aprender. É só por um tempo.

Meu olhar desvairado se alternou entre os dois. Milo bateu um pé, depois o outro, então tamborilou semicolcheias perfeitas nas coxas, como se testasse a aptidão de seu corpo. Encolheu os ombros grandes e musculosos, depois sorriu.

— Pode ser divertido — falou.

— Para — disse Jamal.

Bati palmas uma vez.

— Amo vocês. Demais.

— Assim fica impossível, com você dizendo isso — retrucou Jamal, levando as mãos à cabeça estreita.

— Também te amamos — disse Milo, e me puxou para um abraço de urso.

Estiquei o braço para Jamal.

—Vem. Por favor.

Jamal convulsionou por uns três segundos, então se juntou a nós.

—Você vai ficar nos devendo uma.

—Vai nada — Milo disse. — Não dá bola pro Jamal.

Me afastei para encarar os dois.

— Obrigado.

— Então a gente faz isso por um tempo — disse Jamal. — Só o bastante para a menina acreditar. E depois voltamos à programação normal, com o DIY Fantasy FX.

— Beleza — concordei.

Jamal e Milo aceitaram, e eu ensinei os dois a fazer um brinde "ao metal", ao estilo de Gray e os Mortais.

Me despedi e saí pedalando noite afora.

— *Under the moonlight* — cantei, movimentando as pernas.

O tempo estava maravilhoso. Era uma ligeira descida da casa de Jamal até a minha. Uma brisa batia nas minhas costas e eu voava.

Iria para casa, me trancaria no quarto de Gray e vasculharia os instrumentos dele. Aprenderia sozinho. Me prepararia. Treinaria guitarra. Talvez até tentasse cantar junto. Planejaria meu grande plano.

Cheguei em casa, abri o portão eletrônico da garagem e desci da bicicleta. Entrei em silêncio, para não acordar ninguém.

Mas estava todo mundo acordado. Deu para ouvir. Quando entrei na sala, eles estavam ali.

— Oi — disse Gray.

II

A cobra muda de pele conforme ganha corpo.
O que fica para trás é um fantasma oco.

acertando

— Ah.

Meus pais estavam sentados no sofá com Gray, parecendo sonolentos e pesarosos.

Ter Gray como irmão mais velho era como ser parente de uma estrela pop adolescente reclusa. Gray, com sua mandíbula feminina e quadrada; com seu rabo de cavalo bagunçado, cor carbono azul; com sua musculatura esguia, tão precisa como a de um esboço de mangá. Ele usava uma jaqueta de camurça com franjas curtas e um colar de prata, opala e turquesa. Talvez um estilo country moderno começasse a despontar.

Ver Gray de repente, depois de meses, me fez considerar minha própria mandíbula (que era redonda) e minha própria musculatura (inexistente) com desagrado.

Ele bufou entre dentes.

— O que quer que estiver pensando, Sun, me faz um favor e guarda pra você.

Gray não podia ter ideia do que eu estava pensando, que era: *Eu deixei alguma coisa no quarto dele? Deixei as coisas de Gray largadas? Ele pode desconfiar de algo?* Reprimi a vontade de olhar escada acima. Em vez disso, baixei os olhos e notei duas malas e um estojo de guitarra no chão.

—Você... voltou? — arrisquei.

Gray pressionou o punho fechado no braço macio do sofá.

— Estou aqui com tudo o que tenho no mundo numa maldita terça-feira à noite. Pensa, Sun.

— Gray — minha mãe disse. — Seja bonzinho com seu irmão.

Ela nos mandava ser "bonzinhos" um com o outro desde que éramos pequenos.

Esfreguei o braço como se tivesse levado um soco de Gray.

— É bom te ver também, nossa.

Gray debochou — *pfff* — e levantou. Pendurou uma mala em cada ombro e pegou a guitarra.

—Vou dormir.

Mas não foi lá para cima, e, sim, *lá para baixo*, para um dos cômodos no vasto porão que ninguém nunca usava. O som de seus passos ecoou no silêncio do resto da casa.

Senti uma onda de alívio que rapidamente se transformou em perplexidade. Por que ele não subiu para o quarto?

— O que está acontecendo? — perguntei depois que meu irmão saiu.

— A banda se separou — respondeu meu pai, ainda usando o headset, o que era impressionante.

— Qual banda? — perguntei.

—Tinha mais de uma?

Minha mãe tirou o headset minúsculo que meu pai usava, desligou-o com cuidado e o jogou em um baleiro de cristal.

— Os dois amigos que dividiam apartamento com ele começaram a namorar e se mudaram para Seattle — explicou ela. — Dissemos que Gray podia ficar aqui enquanto se acertava com a banda nova.

Quanto tempo isso vai levar?, eu queria perguntar.

— Nossa — foi o que eu disse. Gray tinha acabado de passar

por uma bela decepção. (Ainda assim, não era motivo para me tratar daquele jeito.)

— Isso ia acabar acontecendo alguma hora — meu pai falou.

— Não diga isso a Gray — minha mãe falou.

— Pode crer, cara. Só quis dizer que música não é exatamente uma fonte de renda superestável.

— A indústria musical é brutal.

— Com certeza.

— Estou feliz por ele ter voltado.

— É. Eu também.

— Eu também — eu não disse. Já estava com medo de minhas futuras interações com ele.

Apesar disso, acabei me esgueirando sozinho lá para baixo depois que meus pais foram dormir. Entrei no porão tão imaculado que ainda cheirava a carpete novo. Não sei bem por que fiz isso. Talvez quisesse espionar. Descobrir algumas coisas sobre a nova vida dele. Parecia que eu não sabia mais nada sobre Gray, e ali estava ele.

Ao pé da escada, dei uma olhadinha em volta. Meu irmão estava no salão de jogos, em uma poltrona velha, cor de cocô. Jogava um video game antigo com o volume no máximo.

Carregando!

Dez segundos!

Você perdeu!

— Droga — disse Gray. Seus olhos pareciam de outra pessoa. Pareciam furiosos.

Ele me notou ali. Aquilo não fez seu olhar se abrandar ou mudar. Seus olhos eram assim agora.

— Ei — falei, mais por surpresa do que em cumprimento, e entrelacei os dedos sobre a barriga.

Gray baixou os olhos.

— Andou mexendo nas minhas paradas? — bufou.

O anel de Bafomé. Ainda estava no meu dedo.

— Não — choraminguei, de repente de volta aos treze anos, a idade em que nos distanciamos de maneira irreversível. Esperei que Gray começasse a me encher de perguntas. *O que você foi fazer no meu quarto? No que mais mexeu? Você começou a se vestir que nem eu pra conquistar uma menina?*

Mas Gray não perguntou nada. Simplesmente voltou para o jogo.

— Não ligo. Só tem porcaria lá.

Fiquei bravo. Não tinha porcaria. Eram coisas *importantes*.

Mas, se fossem mesmo, Gray chamaria de porcaria?

Ele continuou jogando. Como se eu não estivesse ali. Por um momento absurdo, quis que ele começasse mesmo a me interrogar. Quis que ele descobrisse o erro grosseiro que eu tinha cometido com Cirrus e talvez até tirasse sarro de mim, ainda que eu fosse me sentir péssimo por isso.

Porque Gray simplesmente me ignorou, e eu me senti péssimo do mesmo jeito.

Ele olhou para trás, irritado. Para o irmão mais novo, que ainda hesitava no batente.

— Me deixa — ele disse, e fechou a porta.

Quando dei uma espiada no antigo quarto de Gray na manhã seguinte, estava exatamente como eu o havia deixado. Intocado. Um templo perdido. Ele devia ter passado a noite no salão de jogos.

Só para garantir, fiz a longa viagem até o andar de baixo, onde meus pais já estavam às voltas com ligações de trabalho, depois segui até o porão. Quando cheguei à porta do salão de jogos, parei e fiquei ouvindo.

Roncos.

Abri a porta sem fazer barulho. Gray ainda estava na poltrona, com o controle na mão. O video game continuava ligado. Pelo menos a televisão tivera o bom senso de entrar em modo descanso. O salão abafado cheirava mal. Ainda assim, mesmo ferrado no sono, Gray era descolado. Tinha vestido um agasalho inacreditavelmente maneiro com estampa de granadas e Snoopys; usava um chapéu de veludo de marca (<u>compre agora por duzentos dólares</u>) baixado sobre os olhos.

Fechei a porta. Só queria ter certeza de que poderia revirar o guarda-roupa de Gray sem interrupção — não esperava que aquilo fosse me deixar deprimido. Era como se meu irmão estivesse ali só fisicamente, mas não de verdade.

No café da manhã, meu pai desviou os olhos de sua bagunça de celutablaptop para perguntar:

— Será que dou uma olhada no Gray?

— Deixa ele vir quando quiser — disse minha mãe.

Me despedi e ouvi um coro monótono de "hums" dos meus pais, então fui para a escola. Estacionei a bicicleta velha e troquei de roupa, vestindo uma camiseta preta camuflada e jeans rasgado.

Parte de mim queria que Gray pudesse ver como eu me sentia bem comigo mesmo, mas sem ver que eu tinha pegado as coisas dele emprestadas.

No ensino médio, meu irmão já era uma estrela do rock. Era tão charmoso que, menos de um ano depois de termos nos mudado para Rancho Ruby, apesar de ser o único que andava sozinho na turma inteira, Gray conseguiu se tornar universalmente popular, conquistando todos os subgrupos do panteão: atletas, patricinhas, o pessoal do teatro, a galera do grêmio e todo o resto.

Foi mais ou menos naquela época que Gray parou de falar comigo em público. Nem preciso dizer que deixamos de jogar *Dun-*

geons & Dragons juntos. Num âmbito mais particular, fomos parando de roubar colherzinhas.

Levei meses para entender a distância cada vez maior que Gray estabelecia entre nós: como aluno do ensino médio, ele não podia ser visto falando com alguém do fundamental, muito menos um nerd como eu. Sua popularidade sofreria com minha falta de popularidade, e ele não podia arriscar.

Eu achava que entendia. O que mais poderia fazer?

Assistia às apresentações do meu irmão mais velho do fundo do auditório, tão impressionado quanto o resto da multidão. Gray, inclinando seu corpo todo de roupas pretas, rasgadas, amarrotadas e com tachinhas sobre o pedestal do microfone como se fosse um cajado, detonando na guitarra e subjugando o público com suas chamas.

Eu tinha visto com meus próprios olhos doze meninas brancas lá na frente se apaixonarem instantaneamente por Gray. Isso muito antes que o K-pop encontrasse o caminho para o coração da cultura pop americana e botasse seus ovos ali; o país nunca tinha visto uma estrela que parecesse com Gray. Meu irmão não dava muita atenção às garotas. Ele olhava para além da multidão com uma intensidade digna de Grande Gatsby, concentrado na placa de saída piscando em verde bem lá no fundo. Sua indiferença só fazia com que as garotas o desejassem mais.

Agora, usando as roupas que Gray havia usado em seus anos de estudante roqueiro, eu me sentia incrível. Me sentia em chamas.

Jamal e Milo arregalaram os olhos para mim.

— Acho que essa coisa de roqueiro cai bem em você — disse Milo.

Jamal olhou para seu próprio moletom com tênis.

— Eu sempre pareci um senhorzinho que mora na Florida? — perguntou.

—Tem um monte de roupas no armário de Gray pra você provar — respondi. — Aliás, ele voltou.

Milo e Jamal congelaram.

— Está tudo bem? — perguntou Milo.

— A banda se separou — expliquei. — Fora isso, é difícil saber, já que ele não fala comigo.

— Então ele continua meio babaca — disse Jamal.

Dei de ombros. *É.*

— A volta de Gray representa um problema para nossos planos? — perguntou Milo.

— Para os planos de Sunny, você quer dizer — corrigiu Jamal.

— Ei. Nosso amigo precisa da gente.

— Eu sei, eu sei — disse Jamal.

Pensei em Gray me ignorando e respondi:

— Não deve dar em nada. Falando nisso, que tal a gente ver esse lance todo de banda depois da aula, na sala de música?

Jamal e Milo olharam um para o outro: *Beleza.*

O elfo atirou comida!, gritou meu celular. Precisava lembrar de mudar aquele toque temporariamente para um mais convencional e amplamente aceito, ou seja, sem graça.

Quer almoçar comigo?, escreveu Cirrus. **Ontem comi na sala da orientadora e o lugar parecia Berlim dos anos 30.**

Abri o sorriso mais ridículo da história. Mostrei a mensagem para Jamal e Milo.

Jamal olhou para mim, embasbacado.

— É quase um pedido de casamento.

Seu desejo é uma ordem, respondi.

futebol

— Está pronta para um almoço genuinamente americano em uma escola genuinamente americana? — perguntei.

Encontrei Cirrus de pé sobre um banco de concreto à frente do anfiteatro ao ar livre, que já estava gravado na minha cabeça como um lugar sagrado de grande significado e procedência. Ela observava, de braços cruzados e com o olhar severo de uma pastora do deserto, o mar de adolescentes barulhentos.

— Me mostre todos os segredos do seu país — disse, com um sorriso.

Eu estava cheio de coragem, então ofereci ajuda para ela descer. Cirrus bateu na minha mão e desceu sozinha, com um pulo.

— Vou sentar com os populares! — ela disse.

Fingi uma cara de despreocupado.

— Vamos.

Senti a vaidade crescendo dentro de mim. Estava andando com uma aluna nova misteriosa e linda, que por acaso morava na minha rua, nada de mais.

A vaidade congelou e se estilhaçou assim que botei os olhos no refeitório. Do outro lado estavam Milo e Jamal, olhando feio para Gunner, que, como que seguindo sua deixa, roubou o cestinho de batatas fritas de Milo e aproveitou para derrubar o isotônico dele da bandeja. Seu amigo careca de pele acinzentada riu por entre os dentes podres e disse:

— Nerds pagam pedágio.

A cena acabou com toda a minha confiança, que escorreu do meu corpo e se espalhou pelo chão, já azeda.

Comecei a hiperventilar. Cirrus achava que eu era legal. Achava que eu era corajoso. Porque achava que eu era outra pessoa. Porque eu tinha dito que era outra pessoa.

Quando a gente fica amigo de alguém e depois descobre que essa pessoa é diferente, tem que começar do zero com a versão verdadeira? Ou desiste?

— Aqui — falei, mudando de curso e seguindo na direção de uma parede branca atrás de alguns vasos.

Sentei no chão. Cirrus me imitou, animada, sem saber do que se tratava. Ela não imaginava que aquele lugar não era nem um pouco descolado. Como imaginaria?

Eu queria voltar no tempo e dizer: *Na verdade, esse quarto não é meu. É do meu irmão.*

Mas a viagem no tempo ainda não havia sido e nunca seria inventada, não importava a fantasia que os filmes de ficção científica mais preguiçosos inventavam sem fazer uma pesquisa apropriada.

Aquele era um problema muito, muito idiota, e eu me odiava por tê-lo criado.

Dei uma espiada e notei Gunner se afastar. Milo escoou o líquido da bandeja em um ralo no chão, com toda a prática. Me senti mal por não ter estado lá com eles para ajudar a absorver e neutralizar aquele abuso. Em vez disso, estava em segurança ali com Cirrus. Era muito egoísmo.

Abrimos as mochilas e pegamos o almoço. Ela desembrulhou um sanduíche de porco ao estilo mexicano no pão de pretzels, o que era bastante surpreendente. Gemi, tomado por um desejo quase sexual ao ver aquilo.

— O que é isso? — perguntei.

— Um teste. Meus pais me deixam pedir o que eu quiser do mercado, já que quase sempre fico sozinha em casa. Acabo fazendo essas misturas, só pra me distrair.

Revelei meu almoço: sanduíche de pão pita, não com carne desfiada comum, mas com sobras de bulgogi e bastante molho de pimenta. Meus almoços eram sempre aleatórios, uma montagem descuidada com o que quer que eu encontrasse na geladeira. Mas sempre ficava bom.

—Vamos trocar! — disse Cirrus, de olhos arregalados.

Trocamos. E comemos.

— Isto está ótimo — eu disse.

— *Isto* está ótimo — Cirrus disse. — E nada úmido. — E, quando olhei, confuso, ela explicou: — Prefiro comida seca. Não gosto de cereal, de quase nenhuma sopa nem de pasta de atum.

— Bom saber.

— O meu almoço e o seu com certeza são melhores que os desses filisteus geneticamente modificados.

O "de sempre" de uns podia ser novidade para outros.

Uma onda repentina de náusea me atingiu. Porque agora eu estava curtindo muito andar com Cirrus. E dava para notar que ela estava curtindo andar comigo. Ou com a pessoa que ela achava que eu era.

— Então a boa é ficar sentado aqui porque os americanos querem essa coisa de se separar da manada? — perguntou Cirrus. — Acho que vi uma propaganda que dizia algo parecido.

— Os americanos sofrem lavagem cerebral desde muito novos para acreditar que são os filhos abençoados de Deus com total autonomia e soberania e controle individual ilimitado sobre seu destino, independentemente dos preconceitos sistêmicos e das desvantagens que carreguem de nascença, o que por sua vez permite que o governo se abstenha de toda a responsabilidade social e se concentre em rastejar pela sarjeta para permitir que os grandes parasitas que são os capitalistas amorais avancem pelas ruas enfermas do corpus da nação sem ser impedidos ou questionados.

— Legal. — Cirrus riu. —Você é esquisito.

Falei demais? Às vezes eu falava demais.

Lembrei da minha roupa. Lembrei que eu era *legal*.

— Sinceramente, como aqui porque é tranquilo — eu disse. — Não quero ouvir gente discutindo aos berros sobre qual filtro fica melhor na foto.

— Ou que cabelo vai ajudar um candidato a ser eleito.

— Ou quantos pontos nosso time precisa marcar para ganhar do outro. A resposta é "mais". A resposta sempre é "mais".

Rimos juntos, dois malucos apoiados na parede. Comemos.

— Isso é algo que desperta minha curiosidade nesta sua terra exótica — Cirrus disse. — Futebol americano. Parece muito importante aqui.

Peguei o celular, entrei no site da escola, que tinha um visual péssimo, e mostrei fotos profissionais muito lisonjeiras do nosso time para ela.

— E é — falei. — A escola inteira gira em torno de futebol americano.

— Aquele esporte em que meninos de calças muito justas e sedutoras fazem infinitas reuniões ao ar livre sobre o destino de uma bexiga de porco inflada enquanto fingem não ter desejos latentes uns pelos outros?

Parei de mastigar e só fiquei olhando para Cirrus, impressionado. Porque ela era impressionante.

— Esse mesmo — falei.

— Ao contrário daquele outro futebol, em que torcedores violentos e abertamente racistas tiram sarro uns dos outros, em uma competição para ver quem conseguiu cavar uma falta com uma atuação mais convincente? — acrescentou, com um sorrisinho travesso.

Gazelas provavelmente gostariam de pular alto o bastante para se equiparar à graciosidade dela.

— Exatamente. — Sorri para ela.

—Também ouvi falar de um baile, acho.

Gemi.

— Ah, sim. E o conceito revolucionário por trás desse evento em particular é que são as meninas que convidam os meninos, e não o contrário.

— Isso me lembra do Dia Branco na Ásia. O conceito revolucionário por trás é que são as meninas que dão chocolates para os meninos.

— Só isso?

— Não precisa de muito

— Fascinante.

Rimos mais um pouco.

— Então acho que temos alguns itens na nossa lista de afazeres culturais — disse Cirrus.

Me peguei sorrindo tanto que minha cabeça explodiu com a luz que consumia nosso planeta e se transformou em uma nova estrela rival.

Cirrus acabou de comer o sanduíche, amassou a embalagem biodegradável e jogou na lata de lixo a três metros de distância, acertando com facilidade. Depois arremessou a embalagem do meu sanduíche também: cesta!

Então voltou a olhar para o meu celular.

— Parece que o próximo jogo de futebol americano é amanhã à noite — disse ela.

— É mesmo — respondi, cauteloso.

— Como é um jogo de futebol americano?

— É um exemplo espetacular do que acontece quando toda uma cultura reprime sua sexualidade em nome do esporte.

Na verdade, eu não sabia — nunca tinha ido. Por que desperdiçaria meu tempo com aquele tipo de coisa?

— Deve ser muito engraçado de assistir — comentou.

Com aquilo eu decidi que, sim, deveria ir ver uma partida de futebol americano.

— Eu passo na sua casa amanhã e podemos ser testemunhas oculares — falei.

Foi uma das coisas mais corajosas que eu já disse em toda a minha vida. Não só porque nunca tinha ido a um jogo de futebol americano estudantil antes, mas porque nunca tinha convidado uma menina para fazer alguma coisa comigo. Mas então lá estava meu primeiro convite. E o nome da menina em questão era Cirrus.

Ela se afastou um pouco. Me avaliou.

— Esqueci de dizer que gostei da sua roupa — comentou, com um sorriso que poderia reviver plantações dizimadas por uma bomba atômica. — Você vai tocar hoje à noite ou algo do tipo?

— Que nada. Ainda é quarta-feira.

Boa!

Ainda é quarta-feira!

— Bom — Cirrus disse, inclinando a cabeça —, achei mesmo que essa roupa ficou superlegal.

Tudo ficou em silêncio, a não ser pelo L do "legal" se estendendo.

Superlegallllllll...

— ... — disse Cirrus. — ....

Fiquei admirado quando, perto de nós, um skate parou sem fazer qualquer barulho. Um grupo de alunos estudando irrompeu em risadas mudas. Portas de salas de aulas se abriam e fechavam silenciosamente.

— ? — disse Cirrus. — ? ?, ?!, ?!?!

O mundo retornou com um *vush* e um estalo, então me dei conta de que Cirrus tinha levado a mão ao meu ombro.

— Oi — disse ela.

— Ooooooo — eu disse — iiiiiiiii…

— … iiiiiii — disseram duas vozes se juntando a mim.

Milo e Jamal, que olhavam como se dissessem: *Aí estão vocês!* Levantamos do nosso esconderijo.

— Não vieram fantasiados hoje? — perguntou Cirrus, indicando as escolhas de roupa deles.

Os dois olharam para mim com as sobrancelhas apenas um milímetro mais baixas, o bastante para que eu soubesse que estavam totalmente comprometidos com a minha mentira. Eu só podia agradecer pelos amigos que tinha.

— Nos atemos ao básico quando não estamos em serviço — disse Milo. — Afinal, não somos o vocalista da banda.

Cirrus virou para mim com outros olhos. Fingiu que gritava a um microfone. Então deu um soco no meu ombro.

O sinal tocou.

— Vocalista da banda — disse, e foi embora.

— Tchau — eu disse devagar, como se tivesse acabado de aprender os cumprimentos básicos.

Continuei sorrindo enquanto Cirrus sumia em meio à comoção que nos cercava.

— Expresso rumo a um processo cognitivo mais desenvolvido, embarcando agora — anunciou uma voz pelos alto-falantes. Era a vice-diretora. — Todos motivados?

— Eu estou motivado — gritei. Disparamos a uma velocidade de 0,25 metro por segundo.

— Seu visual está muito convincente — disse Milo.

— Sério? — perguntei, puxando minha camiseta.

— Ela te deu um soquinho — observou Milo.

— Eu queria que alguém me desse um soquinho — disse Jamal.

— Nunca mais vou lavar o... como que chama esse músculo do braço?

— Acho que você nem tem esse músculo — disse Milo.

— Olha — disse Jamal, de repente muito sério. —Você pode se divertir e tudo mais, mas já vou avisando: não exagera.

— É só uma camiseta preta com calça preta — argumentei.

— Só quero dizer que, se ela se apegar demais a essa versão sua, vai sair correndo quando concluirmos nossos planos e você voltar a ser quem realmente é.

—Valeu? — respondi.

—Vamos tocar, fingir brigar e nos separar — disse Milo.

— Então tudo vai voltar ao normal — completou Jamal.

—Tá — concordei.

Mas não estava sendo sincero. Gostava de como me sentia naquelas roupas. Gostava até mesmo que as outras pessoas me notassem, o que era uma surpresa.

— Primeiro ensaio dos Imortais depois da aula — falei, com minha melhor pose de vocalista da banda. —Vamos atacar essa questão com extrema urgência.

sooo|

— Então esta é a sala de música — disse Jamal.

— A gente nunca vem aqui — disse Milo.

Não mesmo. A gente nunca ficava de bobeira na sala de música. As únicas pessoas que frequentavam aquela sala eram alunos focados na banda marcial da escola, em música clássica ou jazz. A sala de música era um estúdio de última geração, equipado com cabos, mesa de som, alto-falantes e portas que pareciam fechar hermeticamente. O lugar exalava seriedade.

Não havia ninguém na sala naquela hora, porque as aulas tinham acabado.

A escola se encontrava tranquila a não ser pelo zumbido das luzes no teto, o ocasional latido distante ou o grupo de dançarinos que acompanhava a banda marcial, treinando a coreografia em algum canto. Era legal ficar ali até mais tarde, quando o lugar era todo nosso.

Você acha legal continuar na escola depois que as aulas já acabaram. Não dá pra ser mais nerd que isso.

De um lado da sala de música tinha tímpanos, contrabaixos e um piano — tudo de que uma orquestra precisava.

Do outro tinha bateria, amplificador, guitarras e microfones — tudo de que o rock precisava.

O sr. Tweed, professor de música, disse que podíamos ficar o tempo que quiséssemos ali, porque ele sabia que a música tinha o poder de recordar à humanidade de ser generosa e humana.

Havia um pôster grande com desenhos de instrumentos de todos os tipos, nos encarando com seus olhinhos. Eles declaravam em uníssono: MÚSICA É MÁGICA!

Dei batidinhas em uns pratos. Eram parte de um instrumento que parecia uma bateria montada verticalmente, como uma lata de lixo brilhante com uma tampa chique de latão.

— Essa bateria chama cocktail — expliquei, tão reverente quanto um guia de turismo. — Prince tocava uma.

— Não — disse Jamal. — Ele nunca faria isso.

Meus relutantes colegas de conspiração olharam para mim, esperando que eu desse as ordens.

— Por que não nos familiarizamos com as ferramentas do ofício? — sugeri.

— Você disse mesmo "ferramentas do ofício", tiozão? — perguntou Milo.

Jamal pegou um baixo e o inspecionou, como se fosse um mosquete.

— Como é que isso funciona?

Encontrei uma guitarra e passei a alça pela cabeça.

— Pega assim.

Jamal pendurou o baixo no ombro e quase tombou com o peso. Puxou algumas cordas.

— Não sai som.

Conectei o baixo, liguei o amplificador e dei a ele tampões de ouvido novinhos para proteger as delicadas células ciliadas no fundo da cóclea, que, uma vez danificadas, não têm conserto. Fiz o mesmo com minha guitarra e com meus ouvidos.

Milo estava agachado diante da bateria, resmungando consigo mesmo.

— Esse pedal deve ser pro bumbo. O outro deve ser pra esse par de pratos. Beleza.

Milo se acomodou no trono da bateria como se fosse um piloto novato. Brandiu as baquetas.

— Beleza.

Jamal e eu nos entreolhamos.

— Beleza.

— E agora? — perguntou Jamal.

— Me dá um sol — sugeri.

— Me mostra como.

Apontei para a guitarra.

— Essas quatro cordas mais grossas são, descendo, mi, lá, ré, sol. As suas também.

— É bem diferente de *Guitar Poser VR* — comentou Jamal.

— Fica com a mão assim — mostrei. — Segura assim.

Jamal processou as instruções rapidamente. Com o indicador, ele segurou a última corda, grossa como um cabo de metal, na terceira casa.

— Três semitons pra cima do mi, o que significa que o sol deve ser aqui — disse, e puxou a corda apertada.

Sooooool, soou o amplificador.

Jamal segurou a corda, que parou de soar.

— Acho que é meio percussivo mesmo.

— Conta aí — eu disse para Milo.

Ele sorriu, como se sempre tivesse alimentado um sonho secreto de fazer a contagem com as baquetas num show de rock. Então bateu uma baqueta na outra.

— Um, dois, três, quatro!

SOOOOOOOL

Milo bateu em tudo o que havia a sua frente: caixa, tom-tom, pratos.

Eu e Jamal dedilhamos nossa poderosa e única nota. Até brincamos um pouco. Como verdadeiros roqueiros.

SOL SOL SOL SOOOOOOOOL

Eu me debrucei no microfone e comecei a cantar uma baboseira rock 'n' roll:

— *Baby baby baby baby!*

Meu coração estava acelerado. Eu podia sentir a energia emanando de Jamal e Milo também. Por causa de uma única nota. Imagine se acrescentássemos outra!

— E um mi? — gritei.

Fizemos uma pausa para alterar a posição dos dedos, descendo cuidadosamente, fazendo os instrumentos guincharem e rangerem enquanto contávamos uma, duas, três casas, mas acabamos descobrindo que mi era um acorde aberto que não precisava de nenhuma corda apertada pelos dedos da mão esquerda. Os amplificadores esperaram pacientemente, com seu zumbido elétrico. Milo fez a contagem de novo, o que não era exatamente necessário.

MIII MIII MIII MIIIIIIIIIIIIIIIIII

Repetimos o processo com outros acordes simples. Juntos, fizemos música de uma maneira imprecisa e supernerd, mas que não deixava de ser música. Não mandamos bem. Muito pelo contrário.

Mesmo assim, eu podia ver nossa melhora. Podia ver nossa sintonia.

BUM! BA-BUM! TSSS!

Milo se levantou atrás da bateria esquisitona e gritou:

— Nós! Somos! Os...

Ele girou as baquetas, que saíram voando, porque suas habilidades naquele quesito eram bastante limitadas.

— Imortais! — murmurou, já se abaixando para pegá-las do chão.

Quando voltou, notei suas bochechas vermelhas de alegria. As de Jamal também. Eles tinham tocado a música mais simples e idiota que existia — mas dava para ver que acharam legal.

— E eu que achava que o rock 'n' roll tinha morrido — disse o sr. Tweed. Ele tinha entrado na sala carregado de apostilas espiraladas e nem havíamos notado. O professor nos cumprimentou com a mão chifrada, super rock 'n' roll. — Quando vocês começaram a se interessar por música?

— Foi de repente — respondi.

— Imagino que seja por causa do show de talentos — arriscou ele.

— Hum?

Senti os olhos de Jamal e Milo em mim, como miras laser. Olhei para eles e balancei a cabeça.

—Vai ter um show de talentos? — perguntei, em minha ignorância genuína.

Não tinha ouvido falar disso.

—Vocês têm que caprichar. A escola alugou o Miss Mayhem, na Sunset Strip. Vai ser enorme.

Miss Mayhem. Visualizei imediatamente o folheto amarelo--ouro na parede do quarto de Gray.

OS MORTAIS

NO MUNDIALMENTE FAMOSO MISS MAYHEM

NA SUNSET STRIP, HOLLYWOOD, CALIFÓRNIA

Era o mesmo lugar em que meu irmão e os Mortais tinham tocado anos antes.

— Acha que, hum — eu disse —, acha mesmo que somos bons o bastante para tocar no Miss Mayhem?

— Com esse falsete de rock clássico? — perguntou o sr. Tweed.

— Com certeza.

Falsete, do italiano *falsetto*, que significava "falso", era quando um cantor usava um tom acima de seu alcance natural. Não havia nada de *falso* quando eu fazia: minha voz era naturalmente aguda. Eu nunca tinha sentido orgulho disso até então.

— Arrã — fez Jamal.

Ele estava me encarando, como quem dizia: *Nem pensar.*

Olhei para Milo, cujo rosto dizia: *Tô com Jamal.*

— Estamos mais pro metal que pro rock clássico — eu disse.

— Um grupo de headbangers, que legal — disse o sr. Tweed.

— Bom, Jamal e Milo: como baixo e bateria, vocês são a espinha dorsal da banda. Troquem olhares. Se comuniquem. O trabalho de vocês é dar ao vocalista, Sunny, uma base sólida pro bate-cabeça. Isso por si só já vai colocar vocês acima dos grupos de dança, das meninas imitando Ariana Grande e dos idiotas cantando *Hamilton*.

— É um ótimo conselho, muito obrigado — eu disse.

Jamal pareceu preocupado.

— Espera aí…

— Já vi muitos shows de talento, sabe? — continuou o sr. Tweed, fazendo *pff* em seguida. — Eu adoraria se vocês mandassem um bom e velho rock 'n' roll, pelo bem da minha alma cansada.

Ele nos entregou um folheto rosa-flamingo.

SHOW DE TALENTOS DA RUBY — NO LENDÁRIO MISS
MAYHEM, NA SUNSET STRIP, EM HOLLYWOOD, CALIFÓRNIA —
SEM PRESSÃO, HAHAHA

— Vamos quebrar tudo — falei, pensando secretamente em Cirrus.

— Não vamos quebrar nada — corrigiu Jamal.

O sr. Tweed considerou toda a situação à sua frente com seus olhos castanhos e riu sozinho.

— Vocês sabiam que os roqueiros mais famosos começaram como nerds autodidatas?

Olhei para mim mesmo e para meus amigos e me perguntei: *Está tão na cara assim?*

— A popularidade vem depois — disse o sr. Tweed. Ele limpou as lentes dos óculos de armação de tartaruga. — Confiem em mim.

— Aham — falei, assentindo com firmeza.

— O que está acontecendo? — sussurrou Jamal.

O sr. Tweed deu um tapa no pôster na parede.

— Repitam comigo.

— Música é mágica! — entoamos.

— Essa sala é de vocês, dia e noite — disse o sr. Tweed. — O código da porta é meia-meia-meia.

— O número da besta — eu disse.

—Viva o metal — disse o sr. Tweed.

molho

Troquei as roupas de Gray por minhas roupas normais, voltei para casa e olhei para a ponta dos meus dedos, vermelha e dolorida das cordas da guitarra. Cheirei minha mão.

Cheirava a *metal*.

— Oi? — chamei.

Ninguém respondeu. Lembrei que meus pais iriam ao clube para outra reunião enfadonha com pessoas detestáveis que seria crucial para angariar milhões em possíveis novos negócios.

Gray apareceu, segurando dois pratos e uma caixa de pizza.

— Mamãe mandou a gente jantar junto — ele disse, e sumiu lá fora.

Dava para ver a noite caindo do quintal dos fundos. Nosso jardim tinha vista para um vale tão cheio de grandes propriedades e fileiras de ciprestes que quase poderíamos acreditar que estávamos na Toscana, não fosse pelos retângulos azuis das telas de TV imensas piscando por toda parte.

Fiquei olhando para uma fonte bonita com dois golfinhos de mármore regurgitando sobre seis tartarugas também de mármore, que pareciam não se importar. As luzes automáticas acordaram, perceberam que horas eram e imediatamente entraram em modo romance. Eu queria que fosse Cirrus sentada na minha frente. Jantando com Cirrus, eu entraria fácil em modo romance.

Jantando com meu irmão, eu não estava nada em modo romance.

Comemos, ao som da música desanimada da nossa mastigação.

— Essa pizza é horrível — Gray disse de repente.

— Você está sentado no enorme quintal de uma casa de um zilhão de dólares no clima perfeito de setembro comendo pizza feita por um chef famoso, que pôde pedir por aplicativo. Mas a pizza é horrível.

— Um zilhão de dólares não é nada em Rancho Ruby.

— E dizem que não tem casas acessíveis por aqui — brinquei. — Olha só a nossa!

Eu queria arrancar uma risada de Gray — adorava fazer meu irmão rir —, mas ele só baixou a cabeça.

— Esquece, você não entende — meu irmão disse.

—Vamos ver.

Gray só mastigou. Pensou em algo e soltou uma risada seca, com aversão. Então deve ter pensado em outra coisa, porque seu rosto ficou triste. Meu irmão estava tendo todo um diálogo interior bem na minha frente. Por fim, ele congelou. Parecia estar querendo chorar.

— Ei — eu disse. — O que tá rolando?

— Nada. Não tem nada rolando, então o que eu poderia dizer? Pensa por um segundo, Sunny, usa a porcaria da cabeça.

Para Milo podia não ser, mas para mim, "nada" era como um balde de água gelada no fogo da minha compaixão.

— Então tá — falei, e continuei comendo a pizza.

Gray respirava alto enquanto mastigava, produzindo um som bem nojentão que me lembrava um cara soterrado por comida tentando comer tudo para abrir caminho. Ele atirou uma borda de pizza no gramado. Um esquilo apareceu imediatamente e a levou para os arbustos.

— Nossa — disse Gray.

— É como se ele estivesse esperando.

Bufamos, impressionados. Então lembrei que eu deveria estar irritado com meu irmão. Mas, quando olhei, ele não parecia irritado comigo. Estava mais para arrasado.

—Vou pegar molho — disse Gray, e saiu.

Não fui atrás. Decidi que ia comer minha pizza, limpar meu prato e *dar espaço a ele*.

Mas eu mal tinha dado mais três mordidas quando Gray voltou correndo, todo animado por causa do que trazia na mão.

— Papai voltou a comprar essa porcaria? — perguntou, mostrando um pote de vidro.

— Ah, é. Molho La Victoria. Acho que ele desistiu da versão fina.

Gray tinha o estranho hábito de comer pizza com molho, e no momento ele fazia aquilo quase chorando de alegria.

Talvez só precisasse de um pouco de molho no fim das contas.

— Cara, não como La Victoria há um século — disse Gray.

Ele deu uma mordida e revirou os olhos de prazer.

— É muito bom. Experimenta.

Depois de um momento de hesitação — quando tinha sido a última vez que Gray dividiu comida comigo? —, dei uma mordida.

— Tem gosto de sopa de legumes regurgitada em cima de queijo-quente torrado em uma chapinha de cabelo — falei. — Delícia!

— La Victoria, cara — disse Gray, mastigando e assentindo animado. — *Guardem na prateleira de cima pra não congelar, meninos.* Lembra? Do lado dos aspargos em conserva e da mostarda dijon, na geladeira vagabunda que a gente tinha em Arroyo Plato?

— A Gigante de Gelo! — gritei, lembrando que às vezes não conseguíamos fechar a porta da geladeira de tanto gelo acumulado. Detalhes da nossa velha cozinha em Arroyo Plato surgiram na minha mente, como gotas de aquarela caindo no papel. — Lembra que mamãe e papai faziam estoque de Pepsi diet quando estava em promoção? E aquela cerveja aguada?

— E aquela margarina nojenta? E o molho de pimenta?

— Hot Pockets — falei, esticando o dedo a cada item. — Cup Noodles de camarão… aquelas bolachinhas salgadas… spray de queijo… as tortas de carne…

— Carne em lata, e ainda naquele formato esquisito.

Gray estreitou os olhos com o impacto de uma visão sombria:

— Salsichinhas!

— Credo!

— Você chorou quando fomos embora daquela casa — lembrou Gray.

— Você também. Então fica quieto.

Ficamos os dois sentados ali, com os olhos indo de um lado para o outro. Vi a mim mesmo em um capacete encantado de papel-alumínio, seguindo Gray, o Valente, pelo corredor com uma espada de trena, e de escudo, um leque quebrado com o símbolo do *sam taegeuk*.

Fiquei pensando se Gray também lembrava das nossas aventuras, mas não perguntei, porque estava morrendo de medo de que ele pudesse dizer "Na verdade, não", ou pior: "A gente era nerd demais". Tinha a sensação de que lembrávamos da infância de formas muito diferentes.

Mas eu sabia que nenhum dos dois tinha esquecido da antiga casa de Arroyo Plato e de todas as porcarias baratas que comíamos.

Nossas risadas se transformaram em suspiro, como todas as risadas acabam se transformando, e Gray encheu outra fatia de pizza com molho. Deu uma mordida. Mastigou.

— Dez bandas em três anos — declarou então.

Parei. Ouvi.

— Sabia que alguns lugares só pagam em bebida? — perguntou. — Hollywood é bizarra.

Continuei em silêncio. Gray se encontrava num estado delicado, e eu queria que ele continuasse falando. Queria saber do lance da música. Queria saber da vida dele.

— Só tem poser e traíra, cara — disse ele, balançando a cabeça. Fechou a cara. — Los Angeles não é tão grande quanto as pessoas pensam. A quantidade de casas noturnas é limitada, assim como as horas na noite. É tudo uma bagunça. Sabe qual era o nome da minha última banda? Fim de Jogo.

Ver Gray daquele jeito me deixava desconfortável. Ele já tinha sido o rei não coroado da escola.

— A próxima banda vai estourar — eu disse, por experiência própria, com base no progresso que nossos vídeos do DIY Fantasy FX vinham fazendo, um a um. O trabalho criativo não era a explosão triunfante que as pessoas imaginavam; estava mais para um gotejar constante e lento, que alcançava coisas como Lady Lashblade, e idealmente além.

— A próxima banda — desdenhou Gray.

— É sério — insisti. — E se não essa, a próxima.

Gray fez uma careta.

— Sunny...

— Você vai dar um jeito.

Percebi que eu tinha me inclinado todo para a frente. Estava sedento por qualquer atenção de Gray. Por um sorriso, um aceno de cabeça. Aceitaria até mesmo que bagunçasse meu cabelo, o que eu sempre achava irritante.

Mas Gray só jogou longe outra borda de pizza, dessa vez nos arbustos.

— Papai disse que vai falar bem de mim no clube — comentou, olhando para o horizonte.

Meus olhos devem ter parecido interrogativos. *Falar bem?*

Gray olhou para baixo e depois para longe, a boca franzida, com asco.

— Já chega de pizza — falou, derrubando a cadeira ao sair e indo direto para o porão.

Fiquei olhando para a cadeira no chão.

Fechei a caixa de pizza. Levantei a cadeira. O sol já sumia. Desejei não ter dito nada. Desejei ter falado de qualquer outra coisa: esquilos, ou video games antigos. Me culpava por ter chateado Gray. Mas que culpa eu tinha?

De não conseguir entender por que Gray não era mais o mesmo.

Meia-noite. Entrei no antigo quarto de Gray. Sentei em meio à escuridão azul e respirei fundo. Dava para ouvir meu irmão jogando video game no porão, com a TV ensurdecedora no último volume.

Em uma das guitarras, havia palavras escritas na caligrafia precisa de Gray, formando um círculo infinito.

BELEZA É VERDADE É BELEZA É VERDADE É

Tirei a guitarra do suporte, liguei no amplificador e coloquei fones de ouvido. Afinei o instrumento em drop-D. Toquei um riff simples de metal que me lembrava da época dos Mortais.

O corpo da guitarra brilhava no escuro. As cordas eram um lampejo de seis paralelas.

Até que toquei bem.

Toquei bastante, me esforçando para lembrar como subir e descer na escala pentatônica, o fundamento dos solos de guitarra no rock, em todos os lugares, em todas as épocas. Criei alguns riffs próprios — alguns bobos, alguns claramente cópias, alguns até legais de verdade.

Notei um engradado cheio de cabos, pedais e afins, então deixei a guitarra de lado e fui dar uma fuçada.

Encontrei uma foto de mim e de Gray numa moldura sem vidro, com marcas cor de laranja de alguma pilha que tinha vazado.

Então encontrei uma tecnologia muito antiga: um iPod de tela rachada, com o cabo do carregador enrolado em volta, todo grudento e encardido. Atrás, tinha uma fita adesiva colorida com "testes dos Mortais — propriedade de Gray Dae" escrito em branco.

Desenrolei o cabo nojento e liguei o iPod. Tinha um número irrisório de aplicativos básicos, e cliquei em um de que nunca tinha ouvido falar: SongEdit Free. Era um editor de faixas simples. Imaginei Gray — o Gray que eu conheci — gravando sessões de improviso na van de algum colega de banda, ou nos bastidores de um show, ou mesmo bem aqui, no quarto dele, altas horas, em uma noite como aquela.

Desconectei o fone de ouvido do amplificador e conectei no iPod, que parecia comicamente fino, pequeno e obsoleto. Mas, naquele momento, era como uma relíquia alienígena contendo todos os segredos de uma sociedade perdida.

Ali estavam todas as músicas que os Mortais já haviam tocado, em vários estágios de desenvolvimento. Eu já conhecia a maioria. As que eu não conhecia estavam nomeadas como Vocais, Ritmos Aleatórios 08 ou Projeto Sem Nome 32 — um esboço de ideias entrecortadas que não poderiam ser chamadas de música.

E ali, no topo da lista — ou seja, mais recente — havia um arquivo chamado Beleza É Verdade Final.

BELEZA É VERDADE É BELEZA É VERDADE É

Apertei o play.

Para entender minha reação a essa música, ajudaria saber que uma música típica dos Mortais, como todo power pop-punk, seguia cliques precisos e uma estrutura tradicional para produzir algo como:

VERSO 1 → REFRÃO

VERSO 2 → REFRÃO

PONTE → REFRÃO

"Beleza é verdade" não seguia uma estrutura tradicional. Não seguia nada, na verdade. Durava sete minutos — o dobro de uma música típica. Seu ritmo estava em algum lugar entre a lentidão de um hino e a rapidez de um mosh. Era um pouco de tudo, ignorando os limites dos gêneros. A estrutura era mais ou menos assim:

INTRO → VERSO 1 (ROCK) → REFRÃO A

BREAKDOWN EDM → REFRÃO B → VERSO 2 (ROCK)

PONTE 1 (TRAP) → VERSO 3 (ACÚSTICO) → PONTE 2 (A CAPELA)

REFRÃO FINAL → ENCERRAMENTO (TECHNO)

A música terminou. Examinei o iPod, maravilhado. Apertei o fone nos ouvidos.

Ouvi de novo.

A música ficou ainda melhor. Eu não conseguia entender como havia acontecido.

Na quarta vez em que ouvi, já sabia o bastante da letra para ir cantando junto em silêncio. Nesse meio-tempo, peguei a nossa foto emoldurada e descobri que estava com um pouco de vontade de chorar.

Até onde eu sabia, Gray trabalhara naquela música em segredo durante seu último ano na escola. Ela nunca tinha sido tocada num palco. Vivia apenas naquele aparelho eletrônico esquecido. Meu irmão não havia contado a ninguém a respeito. Por que não? Ele achava que as pessoas não iam gostar?

Por que Gray nunca tinha contado para mim?

A música terminou — de novo —, e eu me peguei balançando a cabeça, embasbacado.

Era a coisa mais Gray que eu já tinha visto. Gray puro.

Como os personagens de um jogo, todas as pessoas nascem com formas de magia específicas. Ao contrário dos jogos, no entanto, sem a dedicação e o cuidado devidos, na vida real essa magia vai sumindo com o tempo. Poucas pessoas têm a força necessária para se agarrar a ela por muito tempo. Vai ficando cada vez mais difícil, conforme os ramos da magia afinam mais e mais, até se tornarem um galho ressecado que se quebra com um estalo.

Aquela música de Gray — "Beleza é verdade" — era mágica.

Eu queria poder dizer aquilo a ele, mas meu irmão não parecia a fim de ouvir ninguém no momento.

Percebi que eu estava com sono. Tirei o fone de ouvido e ajeitei a guitarra no suporte. Desliguei o amplificador.

BELEZA É VERDADE É BELEZA É VERDADE É

O ciclo começava com beleza? Ou com verdade?

Fui para o quarto e deitei na cama. Não usei a touca nem o protetor bucal nem nada, percebendo que no momento não me importava com halitose, termorregulação cefálica adequada ou os perigos do bruxismo.

Só fiquei ali, com saudade de Gray, embora ele estivesse dormindo dois andares abaixo. Olhei para nossa foto manchada de laranja.

Peguei um lenço e com todo o cuidado limpei as manchas ao máximo, então deixei a foto de lado e bati palmas para apagar a luz.

vergonha

Quinta-feira. Depois da aula.

Com os dedos ainda doloridos de tocar, acendi a luminária da escrivaninha e abri meu caderno.

DIY FANTASY FX — SUNNY DAE

Peguei a caneta diminuta do cavaleiro diminuto e escrevi "ideias de adereços".

Tinha dez minutos antes de ir encontrar Cirrus na casa dela para seguirmos juntos para o jogo de futebol americano, então pensei em adiantar o brainstorming.

Passei os quatro minutos seguintes só batucando com a caneta.

Tap-tap-tap. Tap-tap-tap.

Cir-rus-Soh. Cir-rus-Soh.

Olhei para a página. Tinha um monte de pontinhos de tinta.

Toc-toc, alguém bateu à porta, então meu pai enfiou a cabeça para dentro do quarto. Estava de terno e olhava o celular.

— O jantar está servido, se estiver com fome — falou.

—Vou comer no jogo.

Meu pai ergueu os olhos, surpreso.

— Desde quando você vai a jogos?

— Cirrus nunca viu futebol americano — expliquei.

— Cirrus?

Ele baixou o celular e me encarou com seus olhos cristalinos.

— Pai.

Ele continuou me encarando com seus olhos crista...

— Pai! — repeti.

— Certo — disse ele. — Bom, então, legal. Ei, queria pedir sua ajuda.

— Aperta o botão de aumentar o volume e o de baixar o volume e segura o botão da lateral.

— Não é com o celular — explicou.

— Pra cima, pra cima, pra baixo, pra baixo, esquerda, direita, esquerda, direita, B, A, start.

— O Inspire NV tem quarenta e oito câmeras dentro e fora do veículo, todas gravando o tempo todo, vídeo e áudio.

— Como isso é permitido? — comentei.

Meu pai sacudiu um dedo.

— Todos os vídeos estão disponíveis no portal do cliente do Inspire, SABIA?

Franzi a testa.

— Você quer me mostrar as imagens emocionantes de todas as suas idas e vindas do trabalho?

Meu pai segurou firme o celular.

— Alguém riscou meu carro. PQP, que tipo de FDP faria uma sacanagem dessas comigo?

— Com o carro, não com você.

— Meu Deus, que vergonha!

— Que vergonha?

Meu pai apertou a ponte do nariz.

— Agora todo mundo vai pensar: *O que esse cara fez pra merecer esses riscos? Ele deve ser um babaca!*

— É deprimente que as pessoas acreditem mesmo que o carro expresse o valor de um ser humano — falei.

—Você não está ajudando. O caso é: não estou conseguindo entrar no portal do Inspire.

—Você tentou usar a digital? — perguntei. —Tentou reconhecimento facial?

— Não faço essas coisas — meu pai disse.

Jhk, meu celular soou. Eu tinha trocado o toque de *O elfo atirou comida!* por um rosnado curto da guitarra do Dave Grohl no começo de uma música do Foo Fighters.

Tô pronta, escreveu Cirrus. Vem de bike.

Você tem bike???, respondi.

Jhk jhk. Cirrus mandou uma foto de uma linda bicicleta dobrável com rodas pequenas em um cômodo vazio. Seria o quarto dela? Todos os cômodos teriam aquela mesma cara na casa dela?

— Depois eu dou uma olhada — falei pro meu pai. — Tenho que ir.

Ele verificou as horas no relógio de ouro, diamante e unobtânio.

— Droga, eu também.

Segui na ponta dos pés até o quarto de Gray. Assim que cheguei ao armário, ouvi passos. Agarrei e vesti a primeira coisa que encontrei — um moletom preto chamativo cravejado de cruzes prateadas invertidas.

Ficou meio largo em mim, como se fosse um manto de adivinho. Ainda tinha um delineador velho no bolso.

Me esgueirei de volta para o corredor. Minha ideia era correr para a escada antes que alguém pudesse me ver...

— Ei, o que você está fazendo? — perguntou Gray.

Levantei a cabeça de imediato.

— Nada, minha jaqueta, vai fazer frio, nunca saio à noite?

Gray abriu um sorriso de deboche.

— 2015 ligou querendo as roupas de volta.

Olhei bem para Gray.

— E o que é que *você* está fazendo?

Da cabeça aos pés, Gray usava camisa de pai, gravata de pai, calça de pai e, finalmente, mocassins de pai, tudo em tons variados de marrom. Ele parecia ter quarenta anos. Parecia um defunto de quarenta anos.

Meu pai surgiu, passando óleo de sândalo nas mãos.

—Você está ótimo, Gray!

O rosto do meu irmão se contraiu de humilhação.

Meu pai olhou para mim.

— Esse moletom é novo?

— Mais ou menos — eu e Gray dissemos ao mesmo tempo.

— Está bom pro jogo, esquenta bem — disse meu pai.

— Jogo? — estranhou Gray.

— Ele vai com uma *gatinha* — disse meu pai, como um amador sussurrando para a plateia num palco off-Broadway. Então deu um tapinha nas costas do meu irmão e se dirigiu à escada. — Vamos apertar algumas mãos, cara! Trey Fortune nos espera!

Gray estendeu a mão para mim.

— Só… fica quieto — murmurou.

Fiquei quieto. Tinha uma dezena de comentários prontos para fazer sobre a sede de sangue canibal do corporativismo americano, mas não fiz. Porque agora Gray descia a escada atrás do meu pai, tão devagar quanto numa marcha da morte. Ele parou à porta da garagem. Parecia querer dizer alguma coisa, mas desistiu.

Por fim, abriu a porta e entrou com um passo lento e longo.

Saí para a noite. Queria estar usando minha lanterna de cabeça, que obviamente era a escolha mais inteligente e versátil em termos de iluminação portátil. Mas me conformei com refletores-padrão, populares entre os ciclistas, ainda que inúteis na prática, por só possibilitarem ver de relance os carros homicidas vindo um segundo antes do impacto fatal.

Quando cheguei à casa de Cirrus, ela já estava na calçada, de capacete.

— Sua bicicleta é incrível — falei, e na mesma hora desejei ter começado com algo mais socialmente aceito, como "oi" ou uma variação popular do tipo "e aí?".

Ela ligou a lanterna embutida no capacete, o que era uma boa ideia.

— É uma bicicleta dobrável Blitzschnell Tango CAAD12, com freio a disco hidráulico. O canote do selim amortece o choque — disse Cirrus.

Eu queria contar a ela tudo sobre minha Velociraptor® Elite, mas meu cérebro travou em meio à indecisão. Eu podia me enveredar a falar de uma nerdice daquelas? Ou ia sair do personagem e levantar suspeitas?

—Você acha minha bicicleta ridícula — falou.

— Não — respondi. Queria falar mais, só que não conseguia.
— Não é, não.

—Todo mundo tem em Copenhague — disse ela.

—Aposto que sim.

— Fiz umas tortinhas de presunto e queijo pra gente — disse Cirrus. —Você gosta de fontina?

— O que é fontina? — perguntei.

—Você vai ver. Vamos?

Partimos juntos. Cirrus usava botas de cano alto e uma saia comprida e rodada que esvoaçava como um manto. O saco com as tortas balançava ligeiramente na cestinha de vime. Ela pedalava e mudava de marcha com uma graciosidade natural que era ao mesmo tempo atlética e elegante, de um jeito que nenhum americano seria capaz de reproduzir. Cirrus era muito legal. Cirrus fazia qualquer coisa parecer legal, eu imaginava.

—Vai na direção daquela luz — eu disse.

Cirrus apertou os olhos.

— Isso é... música?

Viramos numa rua, depois em outra, passando pela névoa noturna antes de chegar a uma catedral iluminada.

O campo de futebol americano.

Eu já tinha ido ali muitas vezes durante o dia e ficado à toa ao sol dourado da tarde quando deveria estar treinando salto. Mas nunca tinha visto o lugar à noite. Por que veria? Sempre enxerguei o futebol americano como um jogo deprimente, com rodinhas de jogadores, revisão de jogadas e muita burocracia.

Mas a partida em si era só metade do futebol americano. Eu nunca tinha visto a outra metade: as bexigas, a multidão, as dezenas de faróis no estacionamento enorme. Nunca havia sentido a batida estrondosa dos tambores anunciando ao longe a guerra iminente.

Era eletrizante.

Cirrus parou a bicicleta e colocou o pé no chão.

— É incrível — ela disse, ofegante.

— Pois é. Futebol americano é assim — comentei, o mais indiferente que pude, em uma tentativa de reproduzir a postura "é ruim mas é bom" que os fãs assumiam sempre que apresentavam sua paixão a outra pessoa.

—Toda quinta é assim? — perguntou Cirrus.

— Na verdade, mudou de dia porque parece que amanhã vai chover — respondi com autoridade, repetindo o que tinha lido mais cedo no site da escola. — Costuma ser às sextas, toda semana. Tipo igreja.

Dei uma piscadela de apresentador de programa de perguntas e respostas na TV para ela. Exagerei?

— Na Austrália, jogam rúgbi faça chuva ou faça sol — disse Cirrus.

— Aqui no sul da Califórnia a gente derrete como a bruxa do *Mágico de Oz* se pega chuva.

— Vamos mais perto.

Prendemos as bicicletas a uma árvore e nos enfiamos na multidão. Havia quatro picapes enfileiradas com uma churrasqueira acesa bem no meio, cercada por alguns torcedores paramentados com toda a parafernália dos Ravagers.

— Que horas os fãs costumam chegar? — perguntou Cirrus.

Você é o especialista aqui, eu disse a mim mesmo. *Aja como tal.*

— A gente fala "torcedores", e [acho que] eles sempre fazem isso — expliquei. — Chegam aqui ~~seis horas antes~~ bem cedo [ou foi o que ouvi dizer] e trazem ~~carne processada~~ comida e bebida [e botam aquela música country tenebrosa estourando nas caixas de som].

Talvez tenha sido a energia contagiante do lugar que fez Cirrus levantar o punho e gritar para o pessoal:

— Vai, time!

Todos pararam na hora para responder, com seus rostos pintados.

— Aquele cara tem uma mãozona de espuma — comentou Cirrus.

Nos aproximamos de uma barraquinha com as palavras NAÇÃO RAVAGER NACHO PIZZA HOT DOG REFRI.

— Bom, é aqui que a gente encontra todas as comidas clássicas de futebol americano — eu disse. — Tipo nacho, pizza, cachorro-quente e refrigerante.

Cirrus franziu o nariz.

— Mas eu fiz tortinhas.

Me inclinei para ela e disse:

— A comida daqui é péssima, pra ser sincero.

Eu não estava sendo nem um pouco sincero, óbvio, porque nunca tinha comido ali. Embora desse para saber só de olhar.

Cirrus pegou o saco e me ofereceu uma tortinha ainda quente. O gosto era como eu imaginava que devia ser na boa e velha Londres da época do Sweeney Todd.

— Está uma delícia — eu disse.

— Depois das quatro horas que passei na cozinha, é melhor mesmo — disse Cirrus.

Gritos chamaram nossa atenção.

— Boa sorte, Gunner.

— Acaba com eles, cara.

Gunner apareceu trotando, já paramentado para o jogo, depois de ter feito xixi (ou sei lá o quê) no banheiro químico ali perto. Eu sabia que era ele mesmo de capacete, porque estava escrito GUNNER na camisa vermelho-sangue.

Camisas de futebol americano não costumam ter o sobrenome do jogador?, pensava eu quando Gunner me avistou e se encheu de desprezo.

— Quem deixou esse nerd entrar? — ele disse por trás da máscara de proteção do capacete, já vindo na minha direção.

Congelei.

Gunner estava prestes a fazer o que vinha fazendo muitas vezes ao longo do nosso relacionamento simples e abusivo. Estava prestes a me dar um esbarrão e me jogar no chão, enquanto ele próprio seguia em frente. Em geral, minha bandeja do almoço estaria ali para me fazer companhia na queda, mas dessa vez a tortinha ia ter que servir.

Era noite, eu estava em território estrangeiro — no território de Gunner — e a energia da multidão e de todas as luzes só o motivavam mais.

Ao meu lado, Cirrus pegou o celular e tirou uma foto. Ela estava se divertindo. E por que não estaria? Não sabia de nada.

Gunner se aproximou com intenção e objetivos claros. Eu não podia deixar que aquilo acontecesse. Estava usando um moletom com cruzes prateadas para me proteger, pelo amor do Anticristo. Eu era uma estrela do rock.

Então comecei a aplaudir e a vibrar.

— É isso aí, Gunner, arrasa! Estamos com você, cara!

Contagiada pelo meu falso entusiasmo, Cirrus se juntou a mim e começou a entoar, meio sem jeito:

—Vai, Gunner! Vai, Gunner!

Ela me olhou como se perguntasse: *É assim que se faz?*

Os torcedores em volta a corrigiram, cantando com uma cadência mais apropriada:

— Gun-ner! Gun-ner!

Meu truque funcionou. Gunner logo se deu conta de que não podia derrubar um torcedor inocente sem nenhum motivo na frente de todo mundo.

— Te vejo depois, Sunny — ele soltou, claramente desconcertado. Então desviou de mim e correu para o campo verde e brilhante, empolgando a multidão.

—Vocês se conhecem? — perguntou Cirrus.

Congelei de novo, dessa vez por um motivo diferente. Em condições normais, eu teria dado as costas e fugido de Gunner. Era a primeira vez em que me mantinha firme, e a firmeza era uma sensação maravilhosa. Reconhecia toda a ironia de ganhar confiança fingindo ser outra pessoa. Talvez fosse por isso que as pessoas se apresentavam no palco. Para abandonar antigos medos.

Uma voz explodiu acima de nós.

— SENHORAS E SENHORES, MENINAS E MENINOS, POR FAVOR, FI-QUEM DE PÉ PARA O HINO NACIONAL!

Com um apito, a banda marcial deu início à relíquia escrita por Francis Scott Key, e a multidão entoou a letra ultrapassada, como sempre omitindo a terceira estrofe, que ameaçava de morte ex-escravizados, antes de explodir em um grito feroz.

—Vamos sentar — eu disse, e levei Cirrus para as arquibancadas.

— E AGORA AMBAS AS EQUIPES GOSTARIAM DE FAZER UM MOMEN-TO DE SILÊNCIO E REFLEXÃO SEM DISTINÇÃO DE CRENÇAS E TOTAL-MENTE OPCIONAL! — explodiu a voz.

Naquele momento, todo mundo em volta começou a murmurar em uníssono.

Senhor, agradecemos pelo privilégio de jogar futebol americano nesta noite gloriosa.
Por favor, abençoai-nos com determinação e energia.
Concedei-nos a graça de aceitar a vitória ou a derrota,
Qualquer que seja o julgamento que recaia sobre nós.

Cirrus me olhou, embasbacada.

— Parece mesmo com a igreja — sussurrou.

— Eu falei — retruquei, daquele jeito "é ruim mas é bom".

Por dentro, no entanto, estava tão impressionado quanto ela. Era incapaz de compreender por que tantas pessoas veneravam um jogo entediante e o tratavam com tanta seriedade. No entanto, ali está-vamos nós, cercados por elas.

Cirrus tocou uma das cruzes prateadas no meu braço.

— Seu rebelde herege.

Para meu choque, ela inclinou a cabeça, tocou a testa na minha e riu enquanto a multidão continuava rezando.

Rogai por nossos bloqueios e corridas.
Rogai pela saúde e pela felicidade de nossos entes queridos, jovens ou velhos.
Que comemoram Vossa glória, em nome de Deus, amém.

— Lá-men — eu disse, então levantei os olhos e Cirrus estava a centímetros de mim. Aqueles olhos... Ela se endireitou no assento e observou a multidão. Então me ofereceu outra tortinha.

— E agora? — perguntou.

— Ah, agora vem o... hum... — comecei a dizer, tentando ganhar tempo.

— POR FAVOR, RECEBAM CALOROSAMENTE A EQUIPE ADVERSÁRIA: OS DELGADO BEACH AVENGERS!

Da arquibancada esparsamente ocupada do lado oposto à nossa, veio um time de futebol americano muito parecido com o da Ruby, vestido de vermelho e branco, em vez do nosso branco e vermelho. As animadoras de torcida deles pareciam com as nossas animadoras de torcida; o técnico deles gostava tanto de malhas de gola V quanto o nosso. Poderia muito bem ser uma imagem espelhada da mesma escola.

Aquela era mais uma escola no multiverso de escolas, e se tivesse saído cara quando a moeda celeste do destino tinha sido jogada, eu me encontraria do outro lado do espelho à nossa frente, torcendo pela Delgado Beach.

Mas tinha dado coroa, e, portanto, eu estava *deste* lado do campo.

O público deste lado do campo aplaudiu educadamente os visitantes.

— E AGORA... — explodiram os alto-falantes. — AQUI VÊM OS NOSSOS RANCHO RUBY RA-VA-GEEEEERS!

A multidão começou a bater os pés imediatamente e a banda marcial inundou o campo com metais furiosos e o rufo veloz dos tambores. Todo mundo à nossa volta começou a bater palmas e vibrar.

Eu tinha o hábito de ridicularizar torcedores. Os jogadores trocavam de time o tempo todo. Às vezes, os times mudavam de cidade. Então o que era um time além de uma combinação de cores de uniforme e uma logo?

Mas vendo Cirrus ali, batendo palmas maravilhada na arquibancada de alumínio tremendo sob nossos pés, eu me perguntava: se estar em determinado lugar em determinado momento dependia de uma oscilação da física, se tudo era igual — Ravagers e Avengers —, por que não se integrar?

Por que não participar?

Percebi que as pessoas torciam para um time não necessariamente porque ele era fundamentalmente melhor que o outro em determinado aspecto. Mas só porque pertenciam àquele grupo.

Porque a sensação de pertencer a algo, ou a alguém, era boa.

Olhei para Cirrus, que estava olhando para mim também.

Jogadores em branco e vermelho irromperam de um enorme hímen de papel decorado e adentraram o campo em meio a duas fileiras de animadoras de torcida vibrando feito loucas. No lado oposto, jogadores em vermelho e branco faziam o mesmo.

O público instintivamente sincronizou os aplausos com o ritmo da música que começou a tocar. Eu pensei "quer saber?" e bati palmas junto. Cirrus ergueu a mão para que eu fizesse o mesmo e batêssemos palmas em dupla, o que se provou surpreendentemente difícil. Acertamos algumas vezes, mas logo saímos de sincronia e no fim estávamos só empurrando nossas mãos unidas para lá e para cá, de um jeito estranho, como se fôssemos uma máquina com mau contato. Aprendemos os coros da torcida. Demos high-five em desconhecidos. Gritamos e ficamos com as bochechas vermelhas na noite cada vez mais fria.

— A-ven-gers! — gritou Cirrus no meio da multidão. — Ah, não! Ra-va-gers! Desculpa, gente!

Ela deu uma cambaleada, e eu a segurei com ambos os braços.

Quando os Rancho Ruby Ravagers — o nosso time — perderam, Cirrus e eu nos juntamos às pessoas descendo as arquibancadas e ficamos vendo a multidão se desfazer na noite, em meio a murmúrios, tapinhas nas costas e abraços.

— Vai ter troco — diziam. — Na próxima a gente ganha.

— Virei torcedora dos Ravagers! — disse Cirrus. — Adorei!

Eu também.

A volta para casa foi tranquila e silenciosa, e as fileiras de plátanos centenários e orvalhados montando sentinela enchiam o céu das cores aveludadas da folhagem noturna: verde-água, azul-petróleo, grafite. Eu nunca tinha percebido como o caminho de volta para casa era bonito. Até aquele dia.

Até Cirrus.

Seu cabelo caía no rosto, então ela tirou as mãos do guidão por um momento para prendê-lo atrás da orelha, habilmente.

— O pessoal da Ruby ficou tão triste no fim do jogo — disse Cirrus.

— Não tem por quê, né?? — comentei, me preparando para ridicularizá-los por puro hábito. Eu teria ido adiante, mas dessa vez me contive.

— Eles acreditam mesmo no time — prosseguiu Cirrus. — Faz parte da vida deles. É bonito de ver.

Uma imagem de Milo, Jamal e eu juntos passou pela minha cabeça. Eles fazem parte da minha vida. São meu time. Cirrus era nova na cidade. Não tinha time.

— ~~Posso fazer parte da sua vida — eu disse.~~

— Você pode fazer parte da minha vida — eu disse.

— Podemos fazer parte da vida um do outro — eu disse.

Risquei tudo. Percebi que não conseguiria dizer nada. Quem rompeu o silêncio foi Cirrus, com um sorrisinho irônico.

— Mas então, estou me adaptando muito bem, obrigada por perguntar.

— Meu Deus, não tenho um pingo de consideração e só penso em mim mesmo — falei, estreitando os olhos. — Como está sendo sua adaptação, Cirrus Soh?

Ambos paramos de pedalar ao passar por uma lombada.

— Ter você por perto ajuda bastante — disse ela.

Suas palavras me deixaram anormalmente quente. Tudo o que ela dizia e fazia me deixava anormalmente quente.

— Me ter por perto faz você... hum... — eu disse, encurralado sintaticamente.

Cirrus olhou para mim.

— Você é estranho.

— Estranha é sua mãe — eu disse.

— Não que ela costume estar presente pra que a gente possa confirmar — bufou Cirrus.

Ela tinha lançado alguma coisa no ar, que perdurou de forma ameaçadora. Eu sabia muito pouco sobre a vida de Cirrus em casa. Minha imaginação preenchia as lacunas de maneiras imprevisíveis. Comecei a repassar mentalmente os possíveis cenários: ela não tinha pais, Cirrus na verdade havia fugido de casa, e dali por diante.

Eu queria perguntar. Mas, a julgar pela expressão dela, aquele era um assunto delicado. E se eu cutucasse algo tão dolorido que ela acabasse se afastando?

Por isso, disse apenas:

— Acho que só sendo mesmo muito estranho pra xingar a mãe dos outros assim. Você venceu.

Cirrus riu, e o momento agourento caiu por terra e ficou para trás.

Àquela altura, eu suava um pouco. Desci o zíper do moletom e deixei o ar noturno entrar.

— Opa, é uma longa subida ali na frente — Cirrus disse, e reduziu a marcha da bicicleta. — Então... ouvi dizer que os Imortais tiveram ensaio ontem.

Suspirei, algo que eu fazia quando estava nervoso.

— Ouviu dizer?

— Jamal me contou. Acho que ele está apaixonado por mim.

— Eu não ficaria surpreso.

— E talvez Milo também.

— Eu não ficaria surpreso — repeti.

— Eu adoraria ver vocês tocando — disse Cirrus, quase tímida.

Entramos na rua dela e nos aproximamos da casa. Ficamos de pé e pedalamos com força até chegar lá, então meio que permanecemos ali, nas bicicletas, recuperando o fôlego.

— Posso entrar pra ver como está a casa? — perguntei, minha respiração saindo quente no ar frio.

— Não — respondeu Cirrus na hora, com os olhos de repente alertas. — Desculpa... é que ainda tem caixa pra todo lado, e não tem nada pra ver. Quando estiver arrumado, sem problemas, mas agora não, tá?

— Claro — eu disse, meio intrigado.

Cirrus voltou seus olhos lindos e inocentes para mim.

— Foi mal.

— Relaxa. O lugar está cheio de caixas, eu entendo.

Pisquei diante da ironia que era eu também ter um monte de caixas no meu quarto que não queria que Cirrus visse. Só que as minhas eram permanentes.

Estávamos perto um do outro. Os lábios de Cirrus não estavam a mais de trinta centímetros dos meus. Eu queria muito reduzir em mais um centímetro a distância entre nós, mas não podia. Cada músculo do meu corpo se recusava a se contrair, por puro terror. Os músculos da minha boca eram os únicos tensos ali.

Cirrus parecia congelada também. Era possível que quisesse me beijar? Ou — ah, não — era possível que não quisesse? Aquilo não fazia sentido... Se não quisesse, por que ela só não ia embora logo? Talvez só estivesse com tanto medo quanto eu.

Poderíamos ficar parados ali a noite toda se não fosse por alguém dizendo:

— Que noite agradável.

Aquelas palavras, cantaroladas num tom sonhador, tinham vindo da silhueta de uma senhora, emoldurada pela janela indistinta da casa ao lado.

— Muito — Cirrus concordou, devagar.

Ficamos esperando ali, mas a mulher não foi embora.

Cirrus chegou mais perto e sussurrou:

— Ela continua na janela?

— Sua vizinha é assustadora — sussurrei.

— Ela deve ser sonâmbula. Tudo isso deve ser um sonho pra ela.

— É melhor tomar cuidado para não acordar sua vizinha então.

De alguma forma, nossos lábios agora se encontravam a um metro um do outro. Uma distância normal. O momento tinha passado. Eu não sentia mais calor — na verdade, estava congelando. A névoa em nossa volta tinha se transformado em umidade. E a umidade agora estava se transformando em chuva de verdade.

— Acho que é melhor eu entrar — disse Cirrus, sem sussurrar.

Pisei num pedal.

— Te vejo amanhã? — retruquei.

— Não se eu te vir antes — disse Cirrus, então fez careta. — Nem entendo direito o que essa expressão significa, na verdade.

— Que se você me vir primeiro vai poder me evitar — expliquei.

— Aff, que horror. Retiro o que eu disse. Te vejo amanhã?

— Não foi assim que essa conversa começou? — perguntei.

— Tchau — Cirrus disse.

— Tchau — eu disse.

— Tchau — Cirrus disse.

— Tchau — eu disse.

— Vai embora! — disse Cirrus, com uma risada fofa. — Você está se molhando todo!

— Tchau — eu disse, e também ri enquanto pedalava para longe.

Mais tarde.

Fiquei deitado na cama, desperto. O mundo inteiro dormia, embalado pela carícia arrebatadora de uma vasta cortina de chuva cobrindo a terra.

Sentei. Na penumbra, meu quarto parecia o quarto de um daqueles hotéis inteiros de gelo. Blocos e mais blocos de caixas cor branco-ártico formavam paredes e desfiladeiros que brilhavam no escuro.

De repente, me senti um acumulador. Olhei em volta.

É claro que sou um acumulador. Este quarto não é normal.

Como eu nunca havia notado aquilo?

Nenhum adolescente americano normal vivia assim. Meu quarto não era normal, porque eu não era normal. Até mesmo Milo e Jamal diziam que meu quarto era uma loja de ferragens com cama.

Um adolescente americano normal teria beijado Cirrus aquela noite.

Saí do lençol e enfiei os pés automaticamente nas pantufas, só para depois tirá-las violentamente, um chute após o outro. Tudo me parecia idiota — meu quarto, minhas pantufas, tudo. Baguncei meu cabelo. Senti que estava explodindo de tanta energia maníaca acumulada.

Me sentia frustrado comigo mesmo? Sim.

Era porque eu sabia que nunca, nunca levaria Cirrus para o palácio da memória psicótico que era meu quarto? Um pouco.

Mas principalmente porque eu tinha acabado de perceber que passei a vida inteira pensando que era melhor, mais esperto e mais inteligente que todos os outros idiotas no planeta, quando na verdade só estava com medo. Enquanto isso, todos os outros idiotas estavam ocupados se divertindo muito.

Descobri que a palavra que melhor definia minha versão ensino médio era:

VERGONHA

Naquele momento exato, também cheguei a uma conclusão:

Chega.

Me esgueirei pelo corredor e entrei no quarto de Gray. Deitei na cama perfeitamente arrumada dele à luz azulada da noite. Aquele era um quarto normal. Aquele era o tipo de quarto que eu queria: um quarto ao qual eu poderia levar Cirrus, um quarto com uma arrumação comum; onde coisas ficavam expostas, e não escondidas em pilhas regulares de caixas brancas. Um quarto que orgulhosamente representava quem eu era.

Eu sabia que o quarto de Gray não representava mais quem ele era.

E quem ele era?

No passado, Gray tinha sido Gray. Até que nos mudamos de Arroyo Plato e ele se tornou outra coisa. Meus pais antigamente também eram meus pais, até deixarem de ser.

Eu não. Eu seria tão flagrantemente eu mesmo quanto possível, à vista de todos, e os Gunners do mundo que se ferrassem. Eu ia tirar tudo de dentro das caixas brancas. Ia até instalar *prateleiras.*

Talvez Cirrus achasse aquela minha versão perturbadora.

Ou talvez se apaixonasse. Talvez o amor de Cirrus funcionasse como um escudo protetor, afinal, corriam boatos de que o amor era como uma mega-armadura bônus.

Não dava para saber o que ia acontecer.

Só me restava assumir o risco.

criminoso

— Café!

Abri os olhos. Era manhã. À minha volta, a chuva continuava caindo.

Estalei a língua pegajosa. Minha boca estava com um gosto nojento. Minha cabeça estava fria. Meu corpo todo estava frio. Rígido como se eu tivesse reumatismo.

Eu havia dormido no quarto de Gray. Em algum momento, encontrara um travesseiro no qual babar.

A última coisa de que me lembrava era de fechar os olhos, deitado, e ouvir "Beleza é verdade" só mais uma vez.

— Sun — disse Gray, já subindo a escada.

— Ah, não — eu disse.

Levantei correndo da cama, agitando os braços como um protótipo de androide malfeito. Esbarrei na guitarra de Gray, que ainda estava apoiada no amplificador. Ela caiu no carpete com um pesado *béééim*.

Não tive tempo de botá-la de pé. Saí do quarto de Gray, atravessei o corredor e entrei no meu próprio quarto, pulei as caixas organizadoras e me enfiei embaixo do lençol.

Segundos depois, uma batida à porta. Gray enfiou a cabeça pela porta entreaberta.

— Ainda que ela pudesse muito bem fazer isso sozinha, mamãe me obrigou a vir até aqui mandar você ir tomar café, porque sou seu irmão mais velho e tenho que cuidar de você ou sei lá o quê, *aff...*

— Tô indo — resmunguei, na minha melhor imitação de protesto matinal.

Depois de confirmar que Gray havia ido embora, voltei ao quarto dele para escolher o figurino do dia em meio à cornucópia de opções sombrias e introspectivas. Enfiei a roupa na mochila, com o objetivo de fazer minha visita diária ao antigo depósito perto do bicicletário.

A mesa já estava posta para o café. Toda a louça tinha detalhes em prateado ou dourado, digna de um hotel, como minha mãe sempre sonhara. Arrastei os pés até a cadeira, sentei e comecei a comer metade do que estava servido.

Meus pais comeram em silêncio. À minha frente, Gray ficou encarando com desprezo a tigela gigante enquanto o cereal multicolorido murchava. Ele estava com outra camisa, com outra calça cáqui. Parecia empalhado para ser exibido aos visitantes.

— Como foi com o Trey Fortune? — perguntei a ele, e soube na mesma hora que aquilo tinha sido um erro.

— Vou lá pra baixo — disse Gray, levantando da cadeira.

— Você está aqui, Gray — disse meu pai. — Então esteja aqui. Conosco.

— *Pff* — fez Gray, e voltou a se sentar.

— O que todos os vencedores têm em comum? — perguntou meu pai.

— Uma atitude superultrapositiva — resmungou Gray.

— Muitas pessoas contratariam o filho mais velho de Manny Dae Junior em um nanossegundo — disse meu pai. — Lembre-se disso.

— Bom, foi ótimo — disse minha mãe. — Trey quer apresentar seu irmão à equipe toda.

Com a palma da mão voltada para cima, ela fez um gesto abarcando Gray de cima a baixo, como se fosse uma prova visual do que dizia.

— Que... — comecei a dizer, querendo ecoar o "ótimo" da minha mãe, mas mudei de tática quando vi meu irmão abaixar o rosto triste quase até a tigela. — Né?

—Você deveria estar orgulhoso — disse minha mãe.

— Nós estamos — disse meu pai.

— Com toda a certeza — disse minha mãe.

Gray passou a colher para um lado da tigela e depois para o outro.

— Ah, ei, Sun — disse meu pai. — Antes que eu esqueça, faz aquilo pra mim?

Ele me passou seu celular, aberto na página de login do cliente do Inspire NV.

— Amor, temos uma chamada em quarenta segundos — disse minha mãe.

— Posso participar do seu lado, cara — disse meu pai.

— Grr — fez minha mãe, e começou a digitar no tablet. Ela empurrou meu pai para fora. — Vamos lá, sr. Diretor Executivo. Cara séria.

— Isso aí — disse meu pai.

Os dois saíram, deixando meu irmão e eu a sós. Olhei para Gray. Gray olhou para o cereal. Ele se manteve totalmente imóvel, a não ser por um único joelho, que sacudia loucamente. Pensei no moletom do Anticristo que eu havia usado na noite anterior. Era mais meu que de Gray agora.

Voltei a atenção ao celular do meu pai. No fim das contas, pra resolver o problema do login, eu só tinha que desabilitar um bloqueador de conteúdo. Recarreguei a página, usei a senha gravada para logar e de repente me vi dando uma olhada nas quarenta e oito câmeras disponíveis.

Cliquei na do lado do motorista, frontal e inferior. Meu pai voltava para casa de sua vaga reservada no escritório reluzente da Serviços de Gestão Empresarial Manny Dae. O carro seguiu seu caminho e entrou na garagem, então meu pai saiu. Depois de um momento, as luzes se apagaram e todas as cores se reduziram a um modo noturno branco e preto. Nada de especial.

— Não estou entendendo — murmurei.

— O quê? — perguntou Gray.

Mostrei a ele o que eu estava fazendo.

— Estou tentando encontrar quem foi que riscou o carro do…

Parei, porque Gray tinha parado. Ele olhava para o celular como se fosse uma cobra-real.

— Não — soltou Gray.

Ele tentou pegar o celular, derramando cereal em tudo.

Quando olhei para a tela, vi uma figura fantasmagórica passando no escuro. Voltei alguns segundos. Uma mão segurando uma chave de fenda riscava a lateral do Inspire NV. Mas dentro da garagem?

Gray levantou. Me debrucei no celular para impedir meu irmão de pegá-lo.

Voltei cinco segundos e levei as mãos à cabeça, sem conseguir acreditar.

Ali estava Gray, encarando o carro como um criminoso.

Os anéis multicoloridos de cereal foram levados por um delta estreito de leite que escorria pela borda arredondada da bancada de quartzo.

— Fecha essa aba — disse Gray.

— Que porra é essa?

— Eu só...

— Por que você fez isso? — insisti.

— Não sei, não sei. Pega um pano de prato pra mim.

— Pega você.

Gray pegou e limpou a lambança. Observamos o pano de prato absorver o leite. Então ele tentou pegar o celular do papai de novo.

— Fecha essa aba, cara — insistiu.

— Papai vai perguntar de qualquer jeito — eu disse, segurando o celular atrás de mim. — E aí?

Gray parecia querer arrancar todos os cabelos da própria cabeça.

Baixei a voz a um murmúrio.

— Por que você fez isso?

Gray pareceu procurar as palavras. Era como se um minuto inteiro tivesse se passado. Apurei os ouvidos além do ruído de fundo da chuva e confirmei que meus pais ainda falavam num tom autoritário e empresarial no cômodo ao lado.

— Papai só fica falando como está orgulhoso de mim por "tomar a decisão certa e voltar pra casa" — disse Gray, sem tirar os olhos do pano de prato.

Franzi a testa.

— Voltar pra casa? Tipo, de vez?

— Eu tentei deixar claro que ia voltar pra Hollywood — explicou Gray. Ele pegou o pano de prato e o torceu. — E o papai ficou todo "ah, é só uma reuniãozinha entre amigos", quando na verdade era uma merda de entrevista em grupo com todo mundo comendo e bebendo.

— Então era mesmo uma entrevista de trabalho? — perguntei.

— Vou voltar pra Hollywood — insistiu Gray. — Não importa o que aconteça.

Ele torceu mais o pano de prato, limpou mais leite e voltou a torcê-lo, ao ponto de quase rasgá-lo.

Eu não sabia o que dizer. Se Gray queria voltar para Hollywood e começar a trabalhar com aquela tal banda nova, por que não ia de uma vez?

Meu irmão continuou limpando a bancada, ainda que ela já estivesse limpa.

— Aí, quando voltamos ontem à noite, os dois ficaram, tipo, "é melhor não misturar paixão e trabalho, porque se a música se tornar uma profissão você não vai mais gostar tanto, vai virar um trabalho como qualquer outro".

— É um péssimo conselho — eu disse, revoltado.

— Eles estão basicamente me dizendo pra desistir da música, pra manter só como um hobbyzinho. Pra deixar todos os meus sonhos de lado.

Meu irmão olhou para a porta, tentando ouvir se eles continuavam falando, e prosseguiu:

— No caminho de volta, o papai veio cheio de "Gosto de definir meus sonhos concretamente, esse sempre foi meu carro dos sonhos, e agora olha só a gente nele". *Pfff...*

— Ele comparou um carro a um sonho? — perguntei.

Gray riu de desespero.

— Né? O papai vem dizendo esse tipo de bobagem sem parar desde que eu voltei. Sem parar mesmo.

Eu nunca tinha visto meu irmão tão cansado. Eu o visualizei mais velho, tão velho quanto meu pai e ainda mais. Ele voltou a torcer o pano de prato na pia.

— Eu te ajudo com isso — falei.

— Já acabei.

Ele estendeu o pano de prato pra secar e jogou o cereal no lixo. Era como se o acidente não tivesse acontecido.

Gray tirou os anéis de cereal que continuavam grudados em sua camisa molhada, depois ajeitou o cabelo. Quando falou, estava mais tranquilo.

— E aí, como estão as coisas com Milo e Jamal?

— Sinto muito por mamãe e papai estarem agindo assim.

Gray nem pareceu me ouvir.

— Aquela Cirrus parece legal, hein? Fico feliz por você, cara.

— Ei.

— Você está feliz, né? — Gray sorriu. — Dá pra notar na sua vibe geral.

Eu queria sorrir com ele, mas quando vi o sorriso de Gray murchar — pesado de tristeza —, entendi que não era o momento.

— É melhor eu me trocar — disse Gray, então virou para ir embora.

Já fazia alguns dias que meu irmão tinha voltado. Desde então, eu não o ouvi tocar violão nem uma única vez.

— Você chegou a tocar "Beleza é verdade"? — soltei.

Gray parou, mas não disse nada. Então se afastou, voltando ao submundo que agora habitava.

Peguei o celular do meu pai, liberei o aparelho com a senha que eu havia hackeado visualmente (ou seja, só olhando) muito tempo antes e retornei à aba do Inspire. Fiz o logout. Então tentei fazer o login no site, usando uma senha errada de propósito. Depois de três tentativas, recebi um alerta do sistema em vermelho:

ENTRE EM CONTATO COM O SERVIÇO DE ATENDIMENTO AO CLIENTE NO NÚMERO 1-888-555-5150 PARA DESBLOQUEAR SUA CONTA

Em meio a sua imensa lista de afazeres, meu pai ia levar meses para resolver aquilo. Àquela altura, Gray já estaria protegido de sua fúria. Tentei me colocar no lugar do meu irmão. Quão mal eu teria que estar para riscar o carro do meu próprio pai?

Eu queria descer até o porão e abraçar Gray. Queria que ele largasse tudo e me levasse para Los Angeles. Queria que me mostrasse todos os lugares onde comia, se divertia, tocava e dormia.

Olhei para o relógio. Estava atrasado para a aula. Vesti uma capa de chuva, ajeite as alças da mochila e saí pedalando na garoa cada vez mais forte.

originais

—Vamos logo com essa bobagem de ensaio para voltar ao trabalho no DIY Fantasy FX — disse Jamal, abaixando a cabeça e já colocando a alça do baixo no ombro.

Mais de uma semana havia se passado desde nossa primeira vez na sala de música. Estávamos no quinto ensaio, e Jamal já estava conseguindo posicionar o baixo sem atingir acidentalmente Milo, eu e o equipamento à sua volta.

Jamal apoiou os próprios braços compridos no braço do baixo.

— Mais vinte pessoas se inscreveram no nosso canal essa semana — disse ele, abrindo e fechando todos os dedos duas vezes. — Temos que postar um novo vídeo, atacar enquanto o ferro-gusa dos anões ainda está quente.

— E vamos fazer isso — eu disse.

Em uma lousa portátil ali perto — o sr. Tweed era das antigas —, tinham começado a aparecer trechos de letras, sugestões para nossos ensaios, como "I wanna be sedated" e "With your feet on the air and your head on the ground". Hoje, na letra precisa e quadradinha do sr. Tweed, estava:

We could be heroes just for one day

Podíamos ser heróis apenas por um dia?

Nós procurávamos as músicas, claro, e aprendíamos a tocar. Eram todas no nível de dificuldade perfeito.

Valeu pela força, sr. Tweed.

Me ajoelhei para ligar o amplificador e fiquei olhando para os botões, sem conseguir acreditar.

— Alguém mexeu no meu ajuste! — choraminguei. — A distorção estava exatamente no ponto em que eu queria!

— Sacanagem — disse Milo, na bateria.

Jamal jogou uma caneta pra mim.

— Marca como você quer — sugeriu. — Foi o que eu fiz.

Ajustei tudo e marquei os números certos. Na placa de controle, acrescentei:

★ OS IMORTAIS

— O que vamos tocar, chefe? — perguntou Milo.

Pendurei a alça da guitarra no ombro. Por um momento, meus amigos me olharam em silêncio. Nos ensaios mais recentes, tínhamos superado nossa incompetência geral e chegáramos ao ponto de conseguir tocar as músicas simples sugeridas pelo sr. Tweed, assim como clássicos do rock de bandas como Ramones, Nirvana e Hole.

— Bom... — eu disse.

— Green Day! — soltou Milo.

— Green Day é lixo não reciclável — disse Jamal.

— Não, eu... — comecei a dizer.

— Weezer? — sugeriu Milo, já um pouco chateado.

— Weezer é Green Day sem sal — disse Jamal.

— Retira o que disse — disse Milo.

— Então... — tentei dizer.

Mas Jamal já tinha começado a reclamar.

— Por que temos que tocar rock? Ninguém mais toca rock.

— É exatamente por isso que está na hora do rock voltar — eu disse. — Fala uma banda importante de rock que surgiu nos últimos três anos.

Jamal ficou pensando.

— Japandroids?

Milo fechou os olhos com a graça de um sábio de nível vinte.

— A Japandroids é de 2006. Tem catorze anos.

— Estou ficando velho — disse Jamal.

— Yo La Tengo — voltou a sugerir Milo, perdido em seu mundinho.

— O rock morreu, longa vida ao rock — eu disse, distraído.

Imaginei como seria tocar com a porta aberta. Eu faria com que nossas primeiras notas coincidissem com Cirrus passando, garantiria que ela pudesse nos ouvir. Nem precisaria ter que me aproximar. Cirrus seguiria a música como se fosse um aroma. Então entraria na sala e ficaria fascinada por eu ser tão legal e irresistível.

— Fall Out Boy — disse Jamal.

— Sleater-Kinney — disse Milo.

Todos suspiramos, porque estávamos secretamente apaixonados por Sleater-Kinney, muito embora tivéssemos idade para ser filhos delas.

— Thirty Seconds to Mars — disse Milo.

— Parece musiquinha de RPG japonês — disse Jamal. — Best Coast.

Abri a mochila.

— Quero que vocês escutem um negócio.

— Train — sugeriu Milo.

Eu e Jamal olhamos para ele. *Train?*

— Minha mãe cantava muita música melódica do começo dos anos 2000 quando eu estava na barriga dela — disse Milo, na defensiva. — Todos os grandes: Norah Jones, Jason Mraz...

Afastei da cabeça a imagem do Milo adolescente no ventre da mãe.

Que idiotice. Olha só pra gente.

— Uma banda de verdade não tocaria cover — falei.

— Não somos uma banda de verdade — disse Jamal.

— Estou falando do *efeito* que estamos tentando causar — insisti. Eu não queria usar a palavra "farsa" em voz alta.

— Jamal está certo — disse Milo. — A ideia não é só fazer com que ela veja a gente tocando pra ilusão estar completa? Que diferença faz o que a gente toca?

— A diferença é que uma banda de verdade toca músicas originais — argumentei. — Alguns amigos de Cirrus têm banda, sei disso. Ela deve ter assistido a um milhão de shows dos bastidores.

— Legal — disse Jamal. — Então basta a gente gastar todo o nosso tempo trabalhando em uma música original incrível até que Lady Lashblade perca o interesse, e aí só vai faltar postar a pá de cal no nosso canal no ScreenJunkie, dizendo: "Caros fãs, foi uma honra ter estado aqui por tantos anos, mas...".

— Podemos usar isto — eu disse.

Tirei o iPod da mochila.

Milo inclinou a cabeça para ler o que estava escrito na etiqueta.

— "Propriedade de Gray Dae".

Virei o iPod.

— Ninguém precisa saber disso.

— Nem mesmo Gray? — perguntou Jamal, estranhando.

— Tem uma música aqui que ele nunca tocou pra ninguém e nunca vai tocar. Estava no fundo de um engradado. Podemos muito bem colocar pra jogo.

Jamal e Milo se olharam, provavelmente se perguntando no que haviam se metido. No que *eu* havia metido *os dois*.

— Só escutem — insisti, dando play.

"Beleza é verdade" explodiu dos alto-falantes, preenchendo o estúdio com seu caleidoscópio de gêneros e harmonias. Fiquei só vendo enquanto a música fazia o ânimo de Jamal e Milo subir, descer, depois voltar a subir com ondas de energia de todas as nuances.

Quando a música finalmente chegou ao ambicioso fim de fortes batidas em quatro por quatro, abri os braços.

— E aí? Não é isso tudo?

Milo coçou o queixo, perdido em pensamentos.

— Seu irmão é um gênio.

— Era — eu disse, triste. — Não sei se ainda é.

Jamal assentiu.

— A gente nunca vai conseguir tocar isso.

— Concordo totalmente — disse Milo. — Temos zero da competência necessária.

Fui até a lousa e escrevi tão rápido que o giz quebrou.

— Olha. Tirei os acordes da primeira parte. Não é tão ruim.

— Você tirou os acordes — comentou Jamal. — Já veio preparado.

Porque, na verdade, estou levando isso muito a sério.

— Sol, sol sustenido — disse Milo.

— Sobe pra si na escala cromática — disse Jamal.

— Vamos tentar, bem devagar — falei. — Milo, conta aí.

— E um e dois… — começou Milo, como um líder de uma big band tocando para o Exército americano nos animados anos 1940.

Aquilo já parecia idiotice antes mesmo que produzíssemos uma única nota.

Começamos a tocar, se podíamos chamar assim.

Foi terrível. Eu e Jamal parecíamos estar tocando duas músicas completamente diferentes.

Milo batia freneticamente em todas as partes da bateria, como se fosse aquele joguinho de acertar a toupeira, se esforçando para acompanhar a gravação.

O rosto de Jamal se contorcia de um jeito teatral e ridículo, se alternando entre sorrisos e dentes arreganhados enquanto ele arrancava sons cada vez mais profundos do baixo.

Não estávamos tocando rock. Estávamos sofrendo uma convulsão.

Cantei. Minha voz doce e aguda cortou o ar com a mesma intensidade de um raio de sol divino que culminava na mais imaculada concepção, elevando nossos barulhos a um culto de adoração ao divino.

Para piorar, e muito, Jamal foi até um microfone e começou a fazer um "back up" pros meus "vocais", improvisando lamentos em falso gaélico.

Nunca fiquei tão chocado na vida. Tínhamos destruído a obra-prima de Gray, passando uma bela camada de nerdtella nela. Senti a nerdice voltar a correr em minhas veias.

Como corria antes de Cirrus entrar na minha vida.

"Beleza é verdade" chegou ao fim como uma freira morrendo ao pé de uma escada sem que ninguém além de ratos cheios de doenças notasse.

— Acho que foi, hein? — comentou Milo.

— Eu também! — disse Jamal, impressionado consigo mesmo. —Você fez uns tempos incríveis.

— O que são tempos? — perguntou Milo.

— Eu cantei bem? — perguntei, baixinho. — Acho que sou meio-soprano.

— Eu achei perfeito, cem por cento profissional — disse Milo.

—Também achei ótimo — concordou Jamal. — Podemos trabalhar no DIY Fantasy FX agora?

Eles pareciam dois maníacos assentindo.

Eu quis socar minha própria cara. Não sabíamos nada. Éramos três imbecis elogiando uns aos outros por coisas que não entendíamos nem no nível mais básico.

Eu estava com a impressão de que, não importasse que rumo seguisse, sempre acabaria nos arbustos espinhosos da Terra dos Nerds. Tínhamos que conseguir. Tínhamos que ser mais rock 'n' roll.

—Vamos tentar mais uma vez, rapidinho, dessa vez totalmente focados em acertar o contratempo em quatro tempos? — eu disse, com as mãos entrelaçadas em súplica. — Contratempo é...

—A base do rock 'n' roll tradicional, eu sei — disse Milo.

Jamal gemeu como um peixe-boi no cio.

— Lá se vai nosso lugar na mesa de Lady Lashblade na Feira Fantástica.

— Oi? — eu disse.

— Lady Lashblade mandou uma mensagem pra gente — disse Milo. — Ela quer testar nosso próximo adereço. Isso quer dizer que ela *gosta* da gente. Isso quer dizer que... hum, Sunny?

Eu olhava fixo para o cone do amplificador. Tinha acabado de perceber que não sabia qual era minha principal preocupação: descobrir como impressionar Cirrus com minha banda falsa ou fazer o DIY Fantasy FX crescer o bastante para que pudéssemos expor na Feira Fantástica.

— Só mais uma vez — eu disse. — Por favor. Estou implorando.

Jamal ajeitou o baixo no ombro e avaliou meu rosto. Minha expressão devia ser patética, porque ele assentiu e disse:

—Tá.

Bati palma uma vez.

— Milo. Faz *tum-tss, tum-tum-tss*.

Depois de certa hesitação, Milo chegou a uma batida de rock estável. Seus olhos pareciam suplicar: *Por quanto tempo tenho que continuar fazendo isso?*

Apontei para Jamal, que começou sua parte. *Bum bum bum bum, ba bum bum.*

Então entrei com a guitarra, sufocando acordes distorcidos com a mão da melhor maneira que conseguia, como Gray costumava fazer.

Jhk jhk jhk ja jhk ja jhk ja ja jhk

Fomos capengando, como um caminhão com um pneu furado carregando eletrodomésticos quebrados. O ritmo ficava mais lento e mais rápido conforme avançávamos aos trancos e barrancos pela sequência de acordes desenhada na lousa.

Me aproximei do microfone e gritei algumas palavras. Ao ouvir minha voz, Milo e Jamal levantaram a cabeça, depois se entreolharam e seguiram em frente.

Teria sido porque eu estava cantando bem?

Percebi que cada um de nós olhava para seu próprio instrumento em vez de olharmos um para o outro, e que provavelmente era por isso que não tocávamos em sincronia. Me aproximei de Jamal e chamei a atenção dele com uma expressão que tinha visto Gray usar com seus colegas de banda quando era hora de fazer alguma mudança. Jamal notou minha expressão e transmitiu para Milo.

Entramos no acorde seguinte, mais ou menos juntos.

O sinal havia funcionado.

Na época da escola, Gray chamava o fenômeno da comunicação não verbal entre colegas de banda de "olhadela". Fiquei contente ao perceber que, depois de todos aqueles anos, eu finalmente tinha entendido o que ele queria dizer.

Conforme nos aproximávamos do fim da música, dei outra olhadela. Ergui um pouco a guitarra para ter certeza de que acertaríamos a nota final. Quando chegou a hora, baixei o braço.

Eu não diria que acabamos com a música. Mas a música acabou. E pelo menos acabou de uma vez só, como deveria ser.

— Foi incrível — disse Milo.

— Conseguimos — disse Jamal, com os olhos arregalados de adrenalina.

Só para deixar claro: tinha sido ruim. Mas eu sabia que, se continuássemos ensaiando, íamos acabar conseguindo dominar a música.

Sabia mesmo.

amuletos

Você sabia que a chuva pode causar danos ao cérebro?, escreveu Cirrus.

Cirrus!

Levantei a máscara protetora, me afastei da bancada e segurei o celular com as mãos em prece.

Oi!, escrevi.

Vi todos os vídeos de chá de revelação zoados que existem na internet, ela escreveu. Acho que não sair de casa está me deixando maluca.

Prendi o celular no suporte ergonômico, sentei com as costas eretas e comecei a digitar no teclado com mecanismo borboleta.

Que coincidência, estou pirando também!, escrevi. As teclas iluminadas por trás em todas as cores do arco-íris fizeram tique-tique-tique a uma velocidade impressionante. Eu era capaz de digitar cem palavras por minuto — cento e dez, se estivesse especialmente empolgado.

Vamos surtar juntos!, escrevi.

Então apaguei uma letra, depois uma palavra, depois a linha inteira.

Três pontinhos surgiram. Jamal dizia que aqueles três pontinhos pulsantes eram como alguém assoprando uma bolha de sabão, mas eu considerava uma das piores convenções de interface de usuário já criadas. Era pior que a rolagem infinita, o botão de curtir ou a necessidade de clicar para recarregar uma página, que fazia eu me sentir como se estivesse diante de uma máquina de caça-níqueis ou como se fosse uma cobaia de laboratório humana apertando os botões de um painel de controle para receber ou um choque elétrico, ou uma dose de morfina, ou absolutamente nada, ou um biscoito para devorar enquanto era mantido encurralado, olhando para os cantos da minha jaula de ferro atrás de câmeras escondidas.

Bom, se você quiser largar tudo e vir me resgatar do abismo dessa chuvinha deliciosa de sábado de manhã, seria legal, Cirrus finalmente escreveu.

Tirei a máscara protetora do rosto. Adereços de fantasia podiam esperar. Todo o resto podia esperar.

Pronto, já mandei tudo pelos ares, escrevi. **Onde nos encontramos?**

Na minha casa?, Cirrus escreveu.

T, escrevi.

á, escrevi.

!, escrevi.

Enviar!

Vesti a primeira roupa que encontrei — uma regata do Microsoft Zune e um short extremamente raro da LimeWire —, então me dei conta de que não podia ir à casa de Cirrus como se tivesse acabado de chegar de uma maratona corporativa que começou no início dos anos 2000.

Fui para o antigo quarto de Gray, o que já era um hábito àquela altura. Peguei o que me lembrava que meu irmão usava quando estava de bobeira dois anos antes — calça de moletom justa e casaco de moletom camuflado preto — e guardei tudo na mochila.

Peguei óculos escuros também, um daquele tipo espelhado de policial e que cobria a metade do meu rosto.

No alto da escada, pulei, agarrei o corrimão e fui deslizando de meia pela lateral, silenciosamente. Eu adorava aquela escada grandiosa e sem propósito. Retirei qualquer crítica que pudesse ter feito a ela no passado — agora adorava todas as escadas, onde quer que estivessem.

— Tchau — falei.

Ninguém respondeu. Levantei o rosto. Meus pais estavam em volta da ilha da cozinha, comendo em pé e curvados sobre a tela dos laptops, em silêncio completo, se matando de trabalhar mesmo numa manhã de sábado. Outros pais faziam churrasco, iam ao cinema ou se dedicavam a hobbies no fim de semana. Eu nem sabia se meus pais tinham hobbies.

Debruçados nos pratos daquele jeito, meus pais ainda tinham ideia do que se passava?

Eu provavelmente poderia vestir as roupas de Gray ali mesmo, e ninguém notaria. Mas não queria arriscar. Tudo menos perguntas, ou até um comentário casual com Jane ou Brandon Soh.

Assim que Sunny conheceu Cirrus, começou a usar as roupas de Gray para chamar atenção.

Como os pássaros que trocam de pena para atrair parceiros!

Que gracinha!

Etc. e tal. Não.

Insisti um pouco:

— Tchau?

Minha mãe levantou os olhos, mas sua expressão era tão vazia quanto a de alguém hipnotizado que ouvia um sino tocar.

— Tchau, amor.

— Faça a coisa certa — disse meu pai, sem nem levantar o rosto.

— Pode deixar comigo — eu disse, e fui embora.

Mas podia mesmo?, pensei na hora.

Como não havia nenhum galpão velho entre minha casa e a de Cirrus, concluí que os zimbros que ficavam na entrada lateral da casa dos Cernosek iam ter que servir. Mas havia tão poucos carros passando pelas ruas amplas e impecáveis de Rancho Ruby (e o trânsito de pedestres era ainda menos movimentado) que eu provavelmente poderia ter me trocado sem nem me esconder. De qualquer modo, cumpri toda a minha rotina de troca em dezesseis segundos, um recorde pessoal.

Quando bati à porta de Cirrus, estava sem ar, embora o trajeto de bicicleta até ali quase não tivesse gasto calórico.

Eu arfava, com o coração acelerado.

A porta se abriu, revelando Cirrus em um avental preto todo profissional, do tipo que os chefs usavam em programas de culinária na TV. Seu nariz perfeito e seu cabelo perfeito estavam sujos com um pó fino e branco.

— Eu estava fazendo pizza brasileira.

— O que é pizza brasileira? — perguntei.

— A gente vai descobrir — disse Cirrus, dando de ombros. — Vou fazer xixi. Vai subindo!

Cirrus subiu dois degraus por vez, com uma força e uma velocidade surpreendentes.

Entrei na casa, que já cheirava a fermento e alho. Tirei os sapatos. Meus pés tocaram o piso frio branco. Senti que deveria alinhar meus sapatos aos outros pares impecavelmente dispostos ali.

Olhei em volta. Pisquei algumas vezes. Eu não tinha ideia de como esperava que a casa de Cirrus seria, mas certamente não imaginava daquele jeito.

Eu sabia que a família dela já havia morado no mundo todo, então esperava uma quantidade impressionante de bibelôs, tranqueiras e comidas que nós, americanos provincianos, nunca nem pensaríamos em procurar, considerando nossa experiência limitada.

Eu sabia que os pais dela tinham que viajar bastante a trabalho e que eram meio "cada macaco no seu galho", então imaginava que Cirrus tinha toda a liberdade para fazer coisas como mandar um artista premiado grafitar uma parede inteira ou instalar toda a aparelhagem para um DJ profissional na sala, ou criar uma família de leitões em cômodos luxuosos.

Mas não era nada disso. Tudo o que eu via era branco.

O carpete era branco, as paredes eram brancas, o teto era branco, tudo era branco e sem graça, a não ser pelos móveis e pelos porta-retratos.

Porque não havia móveis ou porta-retratos.

Não havia nada.

Só uma televisão largada no chão, acompanhada de um modem triste.

Entreabri uma porta. Era um banheiro. Os adesivos do fabricante ainda estavam colados à cerâmica do vaso sanitário. Na pia havia um martelo, uma trena e um copo para viagem vazio. O boxe estava cheio de caixas de papelão dobradas.

Subi, como Cirrus mandou. Mais carpete branco. A suíte do casal, a julgar pela cama americana sem lençol ou tapete embaixo. Também havia um closet lotado de pedaços de plástico-bolha.

Finalmente, cheguei a uma porta com uma placa de aparência estranhamente corporativa. Li o trio de letras em coreano escrito nela: *Si-ra-seu. Cirrus.*

Bati. A porta se entreabriu. Dei aquela olhada rápida que era tradição entre os adolescente do mundo todo, procurando por detalhes exclusivos de personalidade, que só poderiam ser encontrados no quarto de alguém.

Mas o quarto de Cirrus estava tão vazio quanto o resto da casa. Não tinha nem cômoda — só pilhas de roupas dobradas alinhadas à parede. Havia uma caixa de sapatos com uma vela de réchaud derretida em cima. E só.

— E aí? — disse Cirrus, de algum lugar atrás de mim.

Ela havia tirado o avental, e agora dava para ver que usava calça de moletom da escola com uma regatinha. Estava radiante. Ficou me olhando de um jeito ansioso.

— Adorei a decoração — eu disse, brincando.

— Obrigada — respondeu Cirrus, totalmente sincera e sem dar trela para meu comentário. — Pode entrar.

Entrei. A ligeira mudança de perspectiva não forneceu mais informações visuais. Mas o cheirinho no quarto era delicioso: baunilha, sabonete e um toque de suor.

Era um cheiro relaxante, e na mesma hora quis levar o nariz ao cabelo dela e simplesmente inspirar.

O que se seguiu foi a conversa mais idiota que duas pessoas já tiveram em toda a história, mas, para mim, também foi a melhor de todas.

— O que você vai fazer hoje?

— Nada.

— Senta, senta.

— Que carpete macio.

— Adoro sábados.

— Está com fome?

— Eu comeria.

Nem me dei ao trabalho de definir quem disse o quê, porque não importava. O que importava era que eu estava sentado no quarto branco de Cirrus, no carpete branco de Cirrus, cujas fibras brancas e novinhas em folha se agarravam à minha calça de moletom preto, o que Cirrus não podia deixar de notar.

—Você está todo sujo — ela disse, brincando, então bateu nas minhas pernas para limpar.

Ri também.

— É como se sua casa inteira fosse um animal de estimação gigantesco.

Ela bateu, bateu, bateu. Sua cabeça chegou pertinho do meu nariz.

Cirrus parecia diferente, ali, em seu quarto. Se movimentava mais, e mais rápido. Estava mais brincalhona. Afundava os dedos no carpete fofo e traçava linhas.

— Pensei em botar uma cômoda aqui e uma escrivaninha ali, se bem que eu só estudo na cama — explicou, ocupada em desenhar o projeto com seu corpo inteiro. — Uma mesa de cabeceira, um cesto de roupa suja aqui, pôsteres, umas artes impressas e umas fotos cobrindo todas as paredes. O que você acha?

— Acho que vai ficar legal — falei, olhando para as linhas que ela havia desenhado.

Cirrus ficou imóvel.

— Não deixo ninguém entrar no meu quarto há mais de três anos.

— Faz só três semanas que você chegou — comentei.

— É o mesmo quarto, não importa onde eu esteja. Entende?

— Não. — Eu ri.

— É que… — começou a dizer, parecendo tomar cuidado. — Pela primeira vez em muito tempo, estou me animando a decorar meu quarto. Fazer a festa numa loja tipo Bed & Bath Vortex. Eu queria ter te convidado para vir ontem, pra ser sincera.

— E por que não convidou? — perguntei, admirando a inclinação perfeita de sua pálpebra direita.

— Sei que meu quarto não é normal. Eu também não sou.

Meu quarto não é normal também, eu tive vontade de dizer, mas me controlei.

— "Normal" é sinônimo de "sem graça" — falei.

— Tive vergonha do meu quarto por tanto tempo — disse Cirrus. — É tipo um hábito ruim. Aí conheci você. E você é tão autêntico. Quero ser mais assim também.

A essa altura, você já deve imaginar que comecei a ficar vermelho e quente demais. Era a coisa mais legal — e mais assustadora — que alguém já havia me dito.

— Então você passa o fim de semana inteiro cozinhando um monte de coisa sozinha?

— É um jeito de me ocupar.

Cirrus se inclinou de repente, como se estivesse alongando as pernas, e pegou uma lata retangular do chão.

— Bom…

Ela puxou o ar, segurou e soltou. Segurava a lata com as mãos abertas.

— Esta sou eu — disse Cirrus.

BISCOITOS FINOS ROYAL VICTORIA

PRODUTO DE SINGAPURA • SẢN PHẨM CỦA SINGAPORE •

PRODUCTO DE SINGAPUR • 新加坡产品 •

싱가포르의 제품 • PRODUK SINGAPURA

— Oi, Cirrus — eu disse para a lata.

Cirrus ficou nervosa. Parecia que havia ensaiado aquela cerimônia da lata só para mim, o que me deixava ao mesmo tempo confuso e lisonjeado. Ela soltou o ar depressa.

Depois abriu a lata e tirou uma bolota de dentro.

— Isto é do meu parque preferido no Japão — explicou. — Na verdade, não lembro em que cidade fica ou quando o visitei, mas lembro que estava muito úmido e que dava para ouvir o barulho dos insetos por toda parte. Foi a primeira vez que tomei sorvete de feijão-azuki.

— Que legal — falei, admirando a bolota. Embora, na verdade, pudesse ser uma bolota americana ou de qualquer outro país que tivesse carvalhos.

— E isto é uma porca daquela ponte grande em Sydney. Harbor alguma coisa. É enorme. Foi meu primeiro Natal lá.

Senti o peso da porca. Era do tamanho de um disco de hóquei no gelo.

— Esta é uma pena daquele pássaro havaiano — ela disse.

Segurei a pena contra a luz.

— Que pássaro?

— Não se apega a detalhes. Lembro de estar esperando o ônibus. E de repente lá estava: o primeiro arco-íris duplo que vi na vida. Então essa pena simplesmente pousou no meu colo.

Logo, tínhamos uma coleção de itens à nossa frente: um chaveiro de lanterna, uma pedra, uma folha seca, um carrinho de plástico vagabundo. Objetos tão ordinários que poderiam ser de qualquer lugar, ou de lugar nenhum. Um alfinete, um palito de dente decorado. Ela os organizou em uma ordem específica, que, logo percebi, era cronológica. Ver aquelas quinquilharias me deixou inexplicavelmente triste.

— São todos primeiros alguma coisa dos diferentes lugares onde morei — disse ela, olhando para a coleção.

Olhei também.

— Assim juntos, fica parecendo uma instalação de museu muito legal.

— Fiquei com medo de que você fosse achar esquisito — disse ela, sem me olhar.

— Não acho. E não é.

— Nada em mim é normal — murmurou Cirrus. — Minha infância inteira foi anormal.

— Você está esquecendo como os seres humanos podem ser

esquisitos. Não acho que sua esquisitice chegue perto do acumulador de gatos mais básico ou de alguém que engole moedas compulsivamente.

— Não, mas às vezes minha caixa de amuletos me deixa feliz, e às vezes parece que é tudo tralha. Porque é só tralha, não é? Patético, não é?

Levei dois dedos ao ombro dela.

— As pessoas enchem casas inteiras com pilhas de tralhas patéticas para alimentar a ilusão de que a vida tem sentido. São milhares de horas escolhendo, milhares de dólares pagando. Todo mundo é patético. Todo mundo desconfia de que a própria vida não tenha sentido, que não haja nada depois da morte, que a cultura, a história e a sociedade são só uma grande ilusão que escolhemos perpetuar todos os dias. Sua maneira de fazer isso é só mais econômica em termos financeiros e de espaço.

Aquilo deu certo. Ela abriu um sorriso para mim.

— Mesmo quando está sendo cínico você consegue me animar — disse Cirrus. — Ou talvez justamente por isso.

— O distanciamento cínico é meu modo de lidar com a futilidade do universo.

— Ah, Sunny Dae.

O celular dela vibrou com três alertas seguidos do AlloAllo. Ela ignorou e deixou o aparelho no mudo sobre o carpete, distante de nós.

— Tenho quatrocentos amigos de vinte países diferentes, todos em um único telefone — disse Cirrus. — Mas nunca tinha mostrado minha caixa de amuletos a ninguém.

Eu estava explodindo de vontade de contar a verdade a ela e esquecer aquela história. De cantar uma música sobre um tolo arrependido, acompanhado por uma lira mambembe. Mas a vontade passou, deixando apenas o medo de sempre.

— Passei todos os dias desde o começo do ensino fundamental com medo de tudo e de todos — falei. — Nunca contei isso a ninguém. Porque tinha medo demais.

Eu nunca tinha sido tão sincero com Cirrus quanto naquele momento.

Ela inclinou a cabeça, em uma dúvida sincera.

— Mas por quê?

— Não sou tão confiante quanto pareço — eu disse.

— Então você conseguiu me enganar — ela disse, com um sorrisinho furtivo.

Tirou da lata uma moeda vermelho-sangue. Mas na verdade era uma palheta de guitarra.

— Roubei isso do seu quarto — disse Cirrus, e dispôs a palheta ao lado de seus outros amuletos. A palheta se tornou apenas mais um objeto entre objetos. — Espero que não se importe.

— É sua — eu disse depressa.

—Você não vai precisar?

—Tenho várias.

— Claro, porque você poderia deixar uma cair enquanto estivesse destruindo sua guitarra no palco, e aí o que faria? — Ela olhou para mim. — Dã.

Eu sabia o que Cirrus estava fazendo. Estava me visualizando no palco.

Senti o medo crescendo dentro de mim.

— É — foi tudo o que consegui dizer.

— Como no show de talentos.

Meu medo cresceu ainda mais.

— O show de talentos — eu disse.

— Colocaram pôsteres na escola. Imaginei que vocês fossem tocar, já que estão ensaiando. Mas deve ser coisa pequena para uma banda como a sua, haha.

Ela me olhou *daquele jeito*. Foi o olhar *daquele jeito* mais demorado da história.

De repente, meus olhos se encheram de terror — e de animação. E de luzes.

Luzes: ciano, magenta e amarelo, subindo e descendo. O ar quente fedendo a cigarro e cerveja derramada eras atrás, já azedando. Eu ouvia a bateria de Milo, o som forte e grave o bastante para balançar o chão; via Jamal se contorcendo como um cabo a ponto de romper, martelando as pesadas cordas de aço do baixo, que rugia.

Meu queixo colado à malha de um microfone, que zumbia, mal conseguindo suprimir a eletricidade enquanto eu cantava. Sentia o peso da guitarra no pescoço; minha mão direita serrando uma corda de metal capaz de produzir um som sublime.

Cirrus estava no meio da multidão — era o núcleo luminoso — e assistia a tudo cobrindo uma risadinha de assombro com as costas da mão. Deixei o palco e fui direto para seus braços.

Pisquei e voltei à realidade. Percebi que meu coração batia normalmente. Minha voz não estava alterada.

—Vamos tocar, claro — eu disse, supertranquilo.

— Isso! Sabia! Quero um lugar na primeira fila.

—Você vai ter acesso VIP aos bastidores e tudo.

Cirrus sorriu. Suas bochechas estavam vermelhas como maçãs.

Eu precisava lembrar de contar a Jamal e Milo que agora íamos tocar no show de talentos. Também precisava me lembrar de colocar um capacete antes de contar aquilo a eles.

— Então… — disse Cirrus, tão baixo que quase sussurrava. — Esta palheta é do momento em que eu soube que, hum…

Ela tentou de novo:

— Do momento em que percebi que, hum, eu…

— Eu também — sussurrei de volta.

Parei de me mover, e ela também. Tudo parou por um longo momento.

Eu nunca na vida tinha dito que gostava de alguém assim, cara a cara. Sempre achei que admitir uma coisa dessas seria a sensação mais aterrorizante do mundo, o equivalente a descer da cadeira, largar o chicote e esperar que o leão se aproximasse para um abraço, e não para atacar sua jugular.

Mas, naquele momento, com tudo congelado como estava, não tive nem um pouco de medo. Era muito estranho — como se um músculo muito tensionado de repente relaxasse e permitisse que o sangue quente corresse sem obstáculos. Para onde tinha ido o medo?

Naquele momento, eu senti que era o detentor de notícias maravilhosas, que precisavam ser compartilhadas com extrema urgência.

— Gosto de você, Cirrus — falei. — Muito.

— Gosto de você também.

Sorrimos. O ar ao redor voltou a circular. Eu tinha dito, e as palavras saíram tão *fácil*.

Eu podia sentir o cheiro dela; quanto mais perto chegava, mais forte ficava, o que me atraía para mais perto, o que permitia que eu sentisse mais seu cheiro, o que fazia com que eu me aproximasse ainda mais.

Seus lábios estavam a uns vinte centímetros dos meus.

Lá embaixo, um apito constante soou.

— A pizza está pronta — disse Cirrus.

— Então é melhor a gente correr — eu disse, e a beijei.

Nos movemos com uma curiosidade intensa, dedos procurando cabelo com toda a delicadeza, o osso atrás da orelha, o pescoço latejando, músculos nos braços que ficavam tensos e depois relaxavam, os espaços fascinantes entre cada costela, do tamanho perfeito.

Cirrus segurou minha mão. Girou o anel pesado no meu dedo como se fosse um botão de ganho no amplificador que fazia o timer da cozinha soar cada vez mais forte, até se tornar um grito agudo e distorcido, ecoando no cérebro.

Eu não era quem Cirrus achava. Portanto, Cirrus não gostava de *mim*; gostava de um outro eu. Aquele eu da mentira inventada na noite em que nos conhecemos. Dizer a Cirrus que eu gostava dela — *beijar* Cirrus — só tornava a mentira ainda maior.

Naquele momento, eu soube que deveria me reassegurar de que a mentira era apenas temporária e de que logo eu poderia voltar a ser eu mesmo.

Na cozinha lá embaixo, o timer parou de apitar.

No silêncio, eu cheguei a uma conclusão.

Concluí que eu também gostava daquele outro eu.

coragem

Eu tinha dito a Cirrus que gostava dela. Ela dissera o mesmo para mim. Aquilo havia mesmo acontecido. Fiquei planando pelo meu quarto todo feliz, como um balão de hélio em forma de coração, que de ponta-cabeça também poderia parecer uma bunda enorme, o que era muito engraçado.

Cirrus e eu tínhamos nos tornado *nós*.

Eu tinha um folheto rosa-flamingo nas mãos.

SHOW DE TALENTOS DA RUBY — NO LENDÁRIO MISS
MAYHEM, NA SUNSET STRIP, EM HOLLYWOOD, CALIFÓRNIA —
SEM PRESSÃO, HAHAHA

— A gente vai mandar muito bem — eu disse.

A popularidade vem depois, respondeu o folheto, citando o sr. Tweed.

Eu sabia que Jamal e Milo não estavam interessados em popularidade. E eu já tinha minha versão falsa da popularidade, mas agora queria a verdadeira.

Queria ser aquele outro eu.

Queria tocar no show de talentos.

Queria subir ao palco e improvisar que nem um herói. Decidi

que queria uma palavra diferente definindo meu eu escolar. Não VERGONHA, mas

CORAGEM.

Agora eu andava pelo quarto, afastando uma caixa organizadora a cada tantos passos.

Por que vivi tanto tempo com medo? Por que nunca revidei?

Não é justo esperar que pessoas como nós reajam a otários como Gunner.

Então por que não mudei? Por que não me adaptei para sobreviver?

Ei! E por que deveríamos mudar?

Eu entendo, mas olha: nós mudamos, não foi? E a vida já não está melhor por causa disso?

Acho que sim.

Você não quer ver o quanto as coisas ainda podem melhorar se a gente continuar com isso?

...

Quer, sim!

Cala a boca. Eu quero.

Passei a manhã vendo vídeos com grande determinação. Não vídeos de live action de RPG, nem tutoriais, mas de shows de música. Usei fone de ouvido e fiquei debaixo do cobertor, porque não queria que ninguém soubesse o que eu estava fazendo, que era uma *pesquisa.*

Eu estava pesquisando como ser legal.

Era manhã, e mensagens de Jamal e Milo já estavam chegando. Ignorei todas. Estava ocupado.

Enquanto assistia aos vídeos, fiquei ainda mais convencido da minha teoria de que uma performance musical era uma forma de LARP. Afinal de contas, roqueiros brandiam suas guitarras como se fossem machados pesados; cantavam como se dessem uma espécie de grito de guerra. Rappers agitavam os braços e lançavam magias elaboradas com gestos de dedos crípticos e rimas rápidas. As coreografias das estrelas pop eram basicamente uma encenação dramática, DJs famosos faziam uso de hipnose em massa para comandar suas hordas, cantores country vendiam uma suposta simplicidade folclórica que já não tinha mais nada de popular.

Encontrei vídeos ensinando a tratar o cabelo para conseguir um bate-cabeça mais volumoso. Vídeos explicando como alcançar um grito primal sem danificar a garganta, usando o diafragma. Vídeos demonstrando a lista canônica de posturas de palco no metal: tocar com as pernas bem abertas, inverter a guitarra, girar a palheta no meio da música, o solo agoniado no chão.

Tirei o cobertor e peguei uma roupa de Gray que havia escondido em uma caixa organizadora. Me troquei: vesti a blusa justa com estampa de zumbis, pulseiras pretas, jeans rasgado e o anel de Bafomé. Agarrei um suporte de microfone invisível, girei o braço e apontei a mão chifrada para o alto, na prece satânica e arrebatadora dos heróis do rock de toda a história.

Qual era a diferença de toda aquela atuação melodramática em relação à do RPG, o *role-playing game*, que não deve ser confundido com a reeducação postural global ou com a linguagem de programação de mesmo nome?

Era *legal*, essa era a diferença.

RPG era coisa de quem tinha medo de se expor, de mostrar a que veio — e era justamente isso que pessoas descoladas faziam.

Eu costumava me expor um pouco do meu próprio jeito quando era pequeno, no quintal da casa em Arroyo Plato. Era um paladino empunhando um desentupidor de pia, e meus amigos adoravam. Isso antes de começar a me esconder com meus dados e meus caderninhos.

Eu poderia voltar a me expor.

O barulho me fez congelar — a campainha, a porta da frente

abrindo, uma conversa, e enfim os passos de duas pessoas subindo a escada.

A porta do meu quarto foi aberta, revelando Jamal e Milo. Jamal usava uma camiseta com uma foto de um dado de vinte faces e as palavras EU NÃO ESCONDO O JOGO. A camiseta de Milo era uma versão daquelas de universidade, mas com NERD no lugar do nome da instituição. Eram as camisetas que eles mais usavam no fim de semana, quando podiam ser eles mesmos com toda a segurança e sem temer julgamentos.

— Acho que tivemos uma boa ideia — disse Jamal, brandindo um tubo plástico de cerca de um metro de comprimento.

Milo olhou para meu peito.

— Dá pra ver seus mamilos.

— Não — eu disse, me cobrindo com um braço. — Dá mesmo?

— Eis… o Véu de Esmeralda — prosseguiu Jamal.

Ele apertou alguma coisa, detonando uma bomba de fumaça escondida. A fumaça atravessou as perfurações no tubo, que Jamal chacoalhou, criando um lençol branco e denso. O cheiro acre do enxofre se espalhou pelo quarto; logo o alarme de incêndio começou a chiar.

— Mais seis de defesa contra projéteis — gritou Jamal.

— Desliga isso — gritei de volta, me esticando para puxar o detector de fumaça da parede.

— Ainda não resolvemos essa parte — disse Milo, em meio ao silêncio repentino.

— Me ajuda a abrir as janelas — eu disse.

Fechamos a porta, abrimos as janelas e esperamos que o combustível da bomba de fumaça acabasse. Levou uns bons trinta segundos. A fumaça se dissipou. Um pouco. Não muito.

— A gente tem que ver se as ideias cumprem os requisitos do checklist antes de colocar em prática — falei, abanando a mão.

— Desculpa — disse Jamal. — Tentamos mandar mensagem.

—Você é o cara das ideias — disse Milo. — A coisa não dá certo sem você.

— Eu estava ocupado.

Jamal e Milo olharam para mim, com minhas roupas ultrajantes. Então olharam um para o outro.

— Eu pediria desculpas por não estar disponível — comecei a dizer. — Mas rolou um beijo.

— Quê? — disse Jamal.

— Meu Deus, Sunny! — gritou Milo, e me abraçou.

— Que maneiro! — Jamal deu de ombros, resignado. — É muito, muito legal. Acho que eu e Milo podemos tentar resolver sozinhos esse negócio do botão de desligar, e coisa e tal.

Milo fez sinal para que Jamal parasse.

— Fica feliz pelo Sunny. Ele está apaixonado.

— Claro, não posso esquecer de avisar isso a Lady Lashblade — disse Jamal, cabisbaixo.

Milo manteve o gesto. Jamal desistiu.

— Estou feliz por você.

— E — comecei, então respirei fundo — não vou mais fingir.

Jamal levou a mão à cabeça, surpreso.

—Você vai contar tudo?

— Então…

— É a coisa certa a fazer — disse Milo. — Mesmo correndo risco de Cirrus nunca mais olhar na sua cara e de você ficar marcado como o psicótico da escola até muito depois de se formar e seguir em frente.

— Quando digo que não vou mais fingir — continuei, notando que minhas mãos estavam na minha posição oficial de pedir que me ouvissem —, estou falando de nos apresentarmos mesmo no show de talentos.

— Nãããão… — disse Jamal.

— Tenho certeza de que vamos mandar bem, com um pouco de treino — insisti.

— … ooooo… — prosseguiu Jamal.

— Acho que faria bem pra gente sair do casulo e parar de bancar os três mosqueteiros — falei.

Jamal parou no meio dos Os para olhar para mim.

— Fale por você. Eu gosto do meu casulo.

— Eu também — disse Milo. — Além do mais, pra mim os três mosqueteiros são legais.

— Então façam isso por *mim* — insisti, espremendo o vazio como se fosse uma bisnaga gigantesca de maionese. — Por favor.

Jamal cruzou os braços.

— Acho que já vi essa cena.

— Vai ser como jogar RPG na vida real — falei. — Sou um paladino socialmente aceito… Ou melhor, idolatrado!

Milo manteve o queixo erguido e deu uma cotovelada leve em Jamal.

— É um ponto de vista interessante.

— Você está encorajando o cara — resmungou Jamal.

— Milo, o baterista, o guerreiro do grupo — eu disse. — Com força e poder inabaláveis.

— É isso aí — disse Milo, com um sorriso.

— Cara — disse Jamal, incrédulo.

— Jamal, só me ouve — eu disse. — O baixista é como um membro da classe dos ladinos. Furtivo. Hábil. Ligeiramente perigoso.

Jamal batucou os dedos erguidos e piscou algumas vezes.

— Acha mesmo que sou perigoso?

— Acho — eu disse.

Jamal baixou as mãos com aversão.

— Argh! Para de tentar me convencer!

Milo falou, baixinho, consigo mesmo:

— Ele já me convenceu.

Sacudi as duas mãos, de maneira teatral.

— É um show de talentos! Vai ser muito, muito legal.

Milo concordou. Jamal cruzou os braços.

— Mas é só o show de talentos? — perguntou Jamal. — Depois voltamos à normalidade?

Mantive a pose de cara das ideias.

— Isso! Talvez! Depois a gente vê!

Jamal cedeu, revirando os olhos.

— Vocês são demais — falei.

Jamal fez um barulho de pum com a boca, depois mostrou o Véu de Esmeralda.

— Agora podemos voltar a isto aqui, por favor?

— Claro, óbvio, maravilha — eu disse.

Mas nem consegui dar uma olhada no negócio, porque, lá embaixo, soou a campainha. Congelei.

— Xiu — eu disse.

Vozes. Conversa. Então:

— Sunny! — gritou minha mãe.

— Quêêê? — cantarolei, olhando para Jamal e Milo com cada vez mais medo.

— Vem dar um oi pros pais da Cirrus — gritou minha mãe.

Foi como se luzes no teto banhassem o quarto em vermelho, anunciando a batalha.

— Pro quarto do Gray, anda, anda, anda — eu disse.

Jamal e Milo se trombaram sem querer, caíram em uma caixa organizadora e se atrapalharam com a maçaneta antes de finalmente saírem.

— Por que estamos fazendo isso? — perguntou Jamal.

— Pensa, cara — disse Milo.

Jamal pensou por um décimo de segundo.

— Ah.

— Ainda está cheirando — sibilei, enquanto Jamal se atrapalhava para fechar a porta do meu quarto.

— Sunny? — minha mãe chamou de lá de baixo.

Fomos os três aos tropeços até o quarto de Gray, onde Jamal agitou os braços.

— E agora? — perguntou.

Olhei para a camiseta dele e depois para a de Milo.

EU NÃO ESCONDO O JOGO

NERD

Vasculhei o mais rápido que pude e ofereci duas camisetas velhas de Gray a eles.

—Vistam — sussurrei.

— Eu gosto da minha — disse Jamal. — E é fim de semana.

— Tem algumas coisas que a gente precisa fazer por amor — sibilou Milo.

Tirei minha blusa — ninguém lá embaixo precisava ver meus mamilos — e escolhi uma das velhas camisetas com estampa de crânio do meu irmão, algo que daria para usar tanto na escola quanto no palco.

Virei para a porta. Segurei a maçaneta.

— Quando eu voltar, ajam como se tivessem passado a manhã inteira aqui.

Jamal tirou a camiseta, revelando seu tórax de uma magreza impressionante.

—Você vai ficar devendo uma pra gente.

— Eu sei.

Saí do quarto. Parei. Fechei os olhos.

Entra no personagem.

Em geral, eu consideraria por um momento todas as ramificações daquele pensamento. Entrar no personagem significava sufocar quem eu realmente era para dar espaço a uma versão falsa de mim mesmo.

Mas não tive tempo de pensar: já podia ver Cirrus sorrindo para mim ao pé da escada.

bléim

— Oi, Sunny Dae — disse Cirrus.

— Oi — falei, descendo cuidadosamente cada degrau e lembrando de me segurar com ambas as mãos o tempo todo, em nome da segurança. Maldita escada. Eu odiava escadas. De novo.

Cirrus estava diferente. Com o rosto iluminado. Sem o olhar frio e astuto de sempre.

Ao seu lado, no saguão de entrada, estavam seu pai — um homem compacto usando linho branco, sandálias e óculos bem grandes, como os de Kobo Abe — e sua mãe — que também usava linho e um colar vistoso que parecia feito de jujubas vermelhas secas. Eles pareciam pelo menos dez anos mais velhos que meus pais.

—Você deve ser o Sunny — disse o pai de Cirrus, parecendo ao mesmo tempo sério e maravilhado, como alguém cumprimentando o capitão de um barco em uma viagem clandestina no meio da noite.

— Crânios — comentou a mãe de Cirrus, traçando círculos preguiçosos com o dedo na direção da minha camiseta. — Símbolos da morte e do medo para alguns. Para outros, um lembrete do eterno ciclo da vida e do renascimento.

Cirrus deu de ombros, como um personagem de sitcom dizendo: *Esses são os malucos dos meus pais!*

Meus pais apareceram, sacudindo chaves e verificando bolsas e afins.

— Gray não vai vir dar um oi? — perguntou minha mãe.

— Ele está dormindo *de novo* — disse meu pai, irritado. — Aposto que não vai aparecer até o jantar.

— Bom, então vamos indo — disse minha mãe.

Meu pai virou para o pai de Cirrus e disse:

— Podemos ir no Maybach? Algum lixo humano riscou meu carro.

O pai de Cirrus assentiu.

— Logo abaixo da bela camada de verniz da sociedade há tanta fúria.

— Fúria — repetiu a mãe de Cirrus. — Em toda parte.

— Estamos indo naquela loja de câmeras incrível na Fire Opal — explicou minha mãe, com um meneio animado.

— Para Brandon escolher sua nova Leica — acrescentou meu pai, depois assoviou baixo. — É uma câmera de vinte mil dólares. Ve-in-te mil!

— Imagino que seja um pouco indulgente, fazer observação ornitológica com uma câmera de médio formato — reconheceu Brandon Soh.

— Mas você trabalha tanto — disse Jane Soh. — Merece.

Os dois se beijaram.

— Você com certeza merece — comentou meu pai. — Cem por cento de certeza.

Não consegui resistir a fazer cara feia para meu pai, que invejava abertamente não só o sucesso de Jane e Brandon Soh, mas a tranquilidade com que desfrutavam desse sucesso. Meus pais sem dúvida tinham bastante dinheiro, mas trabalhavam todos os minutos de todos os dias. Eu era incapaz de imaginar qualquer um deles tirando uma folga por tempo o bastante para fazer observação ornitológica (ou seja, observação de <u>vida selvagem</u>, mais especificamente pássaros).

— Pensamos que você poderia distrair a Cirrus enquanto isso — disse o pai dela.

Aquilo era meio bizarro, porque fazia a filha deles parecer um bebê.

—Você não está fazendo nada de mais, né? — perguntou meu pai.

— Claro! — respondi, ainda que não fizesse muito sentido.

Deixei meus braços caídos para baixo, então achei que devia estar parecendo esquisito e me apoiei no corrimão (algo que nunca fazia), depois cruzei os braços, então voltei à posição original de boneco colecionável ainda na caixa.

Cirrus me lançou um olhar desamparado.

— Eles chegaram hoje de manhã, sem *nem* me avisar.

Ela olhou para os pais, que pareceram alheios ao cutucão.

Quando os adultos já estavam indo embora, minha mãe olhou para mim.

— Essa camiseta é nova?

— Não — soltei, com uma indiferença exagerada, antes de me dar conta de que aquela resposta só levaria a mais perguntas. — Ah, você está falando *desta* camiseta? É nova, eu comprei.

Minha mãe olhou para mim com curiosidade. Por sorte, meu pai a puxou antes que meu blefe fosse por água abaixo depois de algumas perguntas.

— Cara, vamos conferir esse Maybach — disse meu pai, sem notar nada em meio a tanta animação.

—Voltamos logo — disse o pai de Cirrus.

— Obrigada por cuidar tão bem de Cirrus, Sunny — disse a mãe de Cirrus.

Mantive um sorriso no rosto, diante de pessoas tão esquisitas.

Que tipo de pais deixavam a filha sozinha por duas semanas enquanto faziam reuniões no México? Que tipo de pais diziam coisas como "Obrigada por cuidar tão bem de Cirrus" a um menino da mesma idade que ela?

— De nada? — respondi.

Assim que as portas do carro se fecharam lá fora e eles partiram, todos os músculos do corpo de Cirrus pareceram destravar. Ela bateu palmas uma vez e falou, como se rezasse:

— Eles são tão esquisitos tão esquisitos tão esquisitos.

Eu queria dar um abraço nela. Então dei. Porque agora podia! Enquanto fazia aquilo, falei:

— Acho que te entendo melhor agora que conheço seus pais.

Ela se apoiou em mim, como alguém exausto depois de correr.

— Vamos fazer alguma coisa normal.

— Isso é normal — eu disse, sem querer mover um único músculo.

— Posso dar um oi pros seus amigos, por exemplo — disse Cirrus.

Ela estava olhando para cima. No topo da escada, entrevi dois rostos nos espionando como criaturas míticas atrás de uma árvore: Jamal e Milo.

Com imensa relutância, me afastei de Cirrus.

— Ah, oi, pessoal. Então vocês estão aí.

— Oi, Cirrus — disseram em coro Jamal e Milo.

— E aí, o que vocês estavam fazendo? — perguntou Cirrus.

— Nada — respondeu Milo.

— Estávamos trabalhando numa música — disse Jamal ao mesmo tempo.

— Ah, uma música! — disse Cirrus, já correndo para a escada.

Eu a segui, dizendo em silêncio para Jamal: *Não exagera!*

Milo olhou para mim como quem dizia: *Música? Que música?*

E Jamal: *Por que eu tinha que falar que estávamos trabalhando numa música? Nãããão!*

De repente, estávamos todos no quarto de Gray: Jamal sentado no amplificador, Milo, em uma caixa de madeira, Cirrus, na cadeira da escrivaninha, e eu, na cama, mais alto que todos os outros, como se estivesse em um palco de espuma que além de tudo prometia o alinhamento adequado da coluna durante o sono.

Cirrus esfregou as mãos, como se estivesse tentando produzir fogo.

— Posso ouvir? — pediu, como qualquer um pediria, porque aquela era a reação mais natural.

O que eu, Milo e Jamal íamos fazer não era nada natural, e não estávamos nem perto de prontos para aquilo. Mas sabíamos que tínhamos que tocar. Seria muito estranho se uma banda cercada por instrumentos só ficasse sentada ali, se recusando a tocar para uma menina depois que eu havia me declarado para ela e a beijado no dia anterior.

—Você... — eu disse para Milo.

— Então vamos... — Milo disse para Jamal.

— O quê, hum... — Jamal me disse, fechando o triângulo de imbecis balbuciando.

— Bom, já sei que Sunny toca guitarra e canta — disse Cirrus, estreitando os olhos para nos examinar melhor. — Vou adivinhar o resto. Milo, você deve tocar... bateria.

— Como você sabe? — perguntou Milo. — Por causa do meu físico desproporcional, né?

— E isso significa que você, Jamal, toca... baixo — disse Cirrus.

Jamal abriu um sorriso estranho que revelava todos os seus dentes, incluindo os molares.

— Bom é até óbvio qualquer um poderia ter descoberto isso depois de eliminar bateria e guitarra e vocais e somos só em três então a única opção que sobra é...

— Intro! — soltei. — Vamos tocar a introdução? Tá?

Eu tinha notado o iPod na escrivaninha de Gray e me lembrado da música que deveríamos estar ensaiando, "Beleza é verdade".

— Éééééééééééééééééééééééé — disse Milo, empurrando os óculos no nariz.

— Legalegalegalegalegal — disse Jamal.

— Estou muito empolgada — disse Cirrus, e sacudiu o corpo para se acalmar.

Percebi, como em uma iluminação idiota, que ela era nossa primeira plateia.

Eu tinha lido uma vez que o maior medo de um escritor era que alguém de fato lesse seus textos. Que o maior medo de um pintor era que alguém de fato visse seus quadros. Que o maior medo de um músico era que alguém de fato o ouvisse tocar. E agora compreendia totalmente.

Cerrei as mãos para impedi-las de tremer. Jamal me entregou a guitarra, que pendurei lentamente no ombro, tomado pelo pânico. Ele fez o mesmo com o baixo. Segurou a bile como um homem prestes a cair de paraquedas em meio ao fogo inimigo. Jamal ligou meu amplificador, depois o dele.

Minha cabeça levantou assim que ouvi uma batida. Era Milo, tamborilando na caixa de madeira, que produzia uma variedade de sons surpreendente: de bumbo, caixa e tom-tom.

Olhei para ele. *Que isso...?*

— É um cajón — disse Milo. — Meu pai comprou um quando foi pro Peru.

— Dã, claro, meu cajón — eu disse. — Você tem mesmo *cojones*, hahaha.

— O que meus testículos têm a ver com isso? — perguntou Milo.

— Oi? — disse Cirrus.

— Milo — falei, baixo. — Conta aí.

Antes que ele pudesse contar, Cirrus perguntou:

— Qual é o nome da música?

— É... hum... — Tentei lembrar. Como podia ter esquecido?

— "Beleza é verdade" — respondeu Jamal, soltando uma quantidade incontrolável de saliva.

— Keats — disse Cirrus, de imediato. — Boa.

— Keats... eu... também... gosto... — eu disse.

— "Ode a uma urna grega". — Cirrus abraçou o próprio corpo. — Gosto do fim. "'A beleza é verdade, a verdade beleza'... isto é tudo o que se sabe na terra, e tudo o que é preciso saber."

Eu ia acabar passando mal.

Olhei para Milo, que estava olhando para Jamal, que estava olhando para mim, enquanto eu olhava para Milo, assim infinitamente. Um momento longo e pesado chegou, destroçando tudo.

Cirrus me olhava perplexa, então balancei a cabeça para Milo, com a atitude mais rock 'n'roll que eu tinha dentro de mim.

Milo pigarreou.

— E um, e dois, e um, dois...

A princípio o som da introdução lembrou três lixeiras lotadas de cabras aos berros sendo jogadas, em velocidades diferentes, de uma pirâmide caquética de velha. Mas logo encontramos a sintonia. Deixamos o pânico de lado e trocamos olhadelas suficientes para manter um ritmo mambembe.

Sol, sobe pra si na escala cromática

Bum, tss, bum-bum, tss

Dei uma olhadela para Milo e depois para Jamal, para acertamos as notas finais. De todo o trecho, essas notas foram as mais precisas. Olhamos uns para os outros, embasbacados, como se fôssemos sobreviventes.

— Uau! — disse Cirrus, aplaudindo. — É muito rock 'n' roll! Você que escreveu?

Pisquei oito vezes, pigarreei e disse:

— É.

— E esse é só o começo?

— É.

Olhei em volta. Agora era Milo e Jamal que pareciam prestes a passar mal.

— Você é um gênio — disse Cirrus.

Milo e Jamal deixaram os instrumentos de lado como se soubessem o que estavam fazendo. Para completar a ilusão, estendi o punho cerrado para a gente se cumprimentar, como uma banda de verdade. Os dois estavam com cara de quem tinha acabado de fugir de uma torrente de touros espanhóis cegados pelo fogo de Eros.

Fiquei olhando Cirrus pegar uma caneta, tirar a tampa e acrescentar as letras IM ao folheto dos Mortais colado na parede.

— Prontinho, consertei — ela disse, então me olhou do jeito mais maravilhoso do mundo. *Orgulhosa* de mim.

Fiquei imediatamente viciado naquele olhar. Nunca ia me cansar dele.

Comecei a tirar a guitarra do ombro com o movimento cansado de um guerreiro ao fim da batalha.

— Bom, querem ir lá pra baixo fazer alguma coisa?

— Espera aí — disse Cirrus. — A música não tem letra?

— Tem — eu disse, porque tinha mesmo. — Mas ainda não está pronta.

— Deixa pra lá — disse Cirrus, com uma indiferença sarcástica. — Não é como se eu estivesse louca para te ouvir cantar nem nada do tipo. Não é como se um cara cantando rock fosse uma das coisas mais atraentes que uma garota pudesse imaginar.

Droga.

Olhei para Jamal, seu baixo já estava no apoio, e o amplificador, desligado. Só que ele tinha deixado o meu ligado.

Valeu, cara.

— Ainda estou nos retoques finais — eu disse, voltando a passar pela cabeça a alça da guitarra, que parecia duas vezes mais pesada. Dedilhei as cordas, sem jeito. — Mas, em geral, é meio tipo *aa ee ooo aa oo, o som mais belo é das canções silenciosas, hum ah hum...*

Cirrus cobriu a boca com as costas da mão e deu uma risadinha.

Parei e me esforcei para dar uma risadinha também.

— O que foi?

— Nada, é só que sua voz é tão aguda e doce. Não esperava que uma voz assim saísse de você.

Sempre desconfiei de que a puberdade tivesse feito um trabalho bem meia-boca com meu corpo. Desenvolvendo certas partes e ignorando outras. Tipo minha voz.

— É um falsete de rock clássico — falei, citando o sr. Tweed. — Muitos roqueiros famosos parecem uma pessoa completamente diferente quando cantam no palco.

— Uma pessoa completamente diferente — repetiu Cirrus, intrigada.

Senti o olhar de Milo em mim, como se dissesse: *Irônico, não?*

Jamal revirou os olhos, como se dissesse: *Jura?*

Nós quatro ficamos ali sentados por um momento, olhando para a luzinha vermelha acesa do amplificador zumbindo. Eu não sabia o que deveria fazer em seguida. Tocar mais? Oferecer comida?

Ficar só olhando?

— O que está acontecendo aqui? — perguntou uma voz hesitante.

Gray estava à porta, confuso.

— O que vocês estão fazendo no meu...

Bléim, fez minha guitarra, interrompendo-o.

— Vocês estavam tocando...

BLÉIM

Mexi nos botões do amplificador com uma preocupação e um cuidado fingidos.

— O ajuste está estranho — resmunguei, o que era pura enrolação.

Meu cérebro se desfazia dentro do crânio. Eu não podia ficar simplesmente tocando alto para impedir Gray de falar. Duas vezes já tinha sido bem estranho.

— Agora você supostamente tem uma banda ou coisa do tipo? — perguntou Gray.

Ele parecia ter começado a se vestir e parado no meio. Usava uma camiseta simples e calça social cinza-escuro com cinto de couro, além de meias com losangos em todos os tons de cinza. Era como um personagem em preto e branco perdido em um mundo multicolorido de alta definição.

—Você deve ser Cirrus — disse ele, se voltando para ela.

— Isso — respondeu ela, absorta.

Por favor, implorei em silêncio. *Me ajuda*. Gray não conseguia ver a súplica nos meus olhos?

— Gray — comecei, mas só saiu um coaxar seco.

O celular de Cirrus vibrou.

— Putz — ela disse. — Meus pais chegaram. A loja estava fechada, então vamos almoçar no Top of Tapanga, oba...

— Posso ir? — soltei.

Ela apontou os polegares.

—Você quer?

Ah, como eu queria! Levantar e sair correndo com minha linda namorada (*namorada!*). Mas, de um lado, eu sentia uma urgência por parte de Jamal e Milo para que continuássemos trabalhando no Véu de Esmeralda; e, do outro, sentia a ameaça da indignação crescente de Gray.

— Acho que é melhor não, na verdade. Preciso resolver umas coisas — eu finalmente disse.

Alguém buzinou lá embaixo, e só de ouvir o carro já parecia caro.

— Me manda mensagem — disse Cirrus, e foi embora.

Sentei, desfrutando daquelas palavras celestiais que uma garota nunca tinha dito para mim.

No silêncio que se seguiu, Gray se reservou um momento para considerar a cena à sua frente com olhos de detetive treinado. A arma. A dama que havia acabado de escapulir. As velhas roupas dele neste camarada aqui, mas também em Jamal e Milo. Seria algum tipo de esquema, orquestrado pelo próprio irmão?

Quando Gray pegou o folheto recém-alterado — OS IMORTAIS —, seus olhos se estreitaram.

Dava para ver que ele selecionava palavras mentalmente e as alinhava com todo o cuidado, como se fossem ferramentas cirúrgicas.

Finalmente, tudo o que meu irmão disse foi:

— Inacreditável.

Gray notou minha camiseta.

—Você...

Então notou as camisetas de Milo e Jamal.

— E vocês dois...

Meus amigos cruzaram os braços, em uma tentativa inútil de esconder aquilo.

A perplexidade de Gray culminou em uma risada de deleite que logo azedou e se transformou em repugnância. Ele tirou mais um momento para olhar com escárnio para suas velhas coisas em seu velho quarto. Notei que ele não tinha entrado. Estava na porta e não ousava se aproximar, como se o quarto estivesse em quarentena.

Abriu um sorriso sarcástico para Jamal.

— Está gostando da minha camiseta?

Jamal não disse nada.

Gray virou para Milo.

— E você?

Milo não disse nada.

— Por favor... — implorei.

— Por favor? — repetiu Gray, com outra risada. — Já que você está pedindo com educação, claro, pode ir em frente e brincar de se fantasiar usando minhas velharias, seus *nerdões*! Imortais? Sério?

—Você não pode contar... — comecei, mas parei.

Gray deu um sorriso afetado.

— Ela não sabe — concluiu.

Continuei imóvel.

— Puta merda — disse Gray. — É claro que ela não sabe.

Tudo o que consegui fazer foi me segurar para não tremer.

— Relaxa, cara — disse Gray. — Seu segredo está totalmente a salvo comigo.

Meu irmão nos deu as costas, mas seu sorriso ficou pairando ali por um bom tempo depois que ele foi embora.

prometo

No caos da sala de orientação na manhã seguinte, antes que as aulas de verdade começassem, ficamos trocando mensagens para que ninguém visse, sentados um de costas para o outro em uma formação triangular — uma resposta instintiva com o intuito de nos proteger de um ataque surpresa.

JAMAL
Então o Gray passou de mané
à paisana a cretino completo.

Bem-vindos à minha decepção eterna.

MILO
A conversa com ele foi bem estressante

JAMAL
Jura?

Cara, acho que Gray pretende estragar tudo

MILO

Mas por quê?

Só pra ferrar comigo.

JAMAL

Mas ele disse que nosso segredo estava a salvo

MILO

Ah, Jamal, ele estava sendo sarcástico.

JAMAL

Ah

MILO

Foi puro sarcasmo.

JAMAL

Então nosso segredo não está seguro né

Não sei o que ele vai fazer

MILO

Tenho certeza de que ele não vai fazer nada.

JAMAL

Ixi mas e se ele fizer

MILO

Tenho certeza de que ele só estava blefando, Jamal.

Mas e se não estivesse?

E se Gray contar aos meus pais...
que vão contar pros pais de Cirrus...
que vão contar pra Cirrus?
Aimeudeus

JAMAL
Que vai contar pra escola toda e vamos ficar
totalmente ferrados e em maus lençóis certeza por
que por que por que concordamos em entrar pra
uma banda de mentira

MILO
Jamal Maurice Willow!

Eu vou fazer alguma coisa...
Eu que meti a gente nessa, vou dar um jeito

JAMAL
Como??

Vou convencer Gray a deixar a gente em paz, prometo

JAMAL
Como????

MILO
Confia no Sunny!

JAMAL
Sendo totalmente sincero, foi confiando no Sunny
que a gente se meteu nessa

Milo Hector de la Peña

MILO
Você está passando dos limites!

JAMAL
Desculpa Sunny
Retiro o que disse

Tudo bem, vocês são meus melhores amigos,
me sinto muito mal por ter metido
os dois nessa situação, amo vocês

JAMAL
Também amo vocês

MILO
Eu também!

Talvez a gente pudesse ver se o problema
cumpre todos os requisitos

JAMAL
kkk

MILO
Vai ficar tudo bem.
Gray está bancando o irmão mais velho pé no saco,
só isso.

Ele nem sempre foi um pé no saco

JAMAL
Não?

É uma história pra outro dia
De antes de vocês
Enfim

JAMAL
Então Sunny hum

Hum

JAMAL
E o Véu de Esmeralda?

MILO
Jamal.

JAMAL
Desculpa desculpa esquece

Não, tá certo, prometo que vou trabalhar
nisso também...
prometo prometo prometo

O sinal tocou.

Guardamos os celulares. O professor entrou, falou qualquer coisa e nos dispensou.

Atravessei passarelas cobertas em meio à chuva, projetando um tubo de luz e magia que fazia todos que me viam desviarem. Eu estava com uma camiseta branca dos Deftones com a gola cortada e uma calça cheia de zíperes que parecia do *Edward Mãos de Tesoura*.

Tinha achado uma pulseira de couro com tachinhas. Aquilo não marcava as horas, não acendia e não recebia e-mails nem nada do tipo. Só era bem rock 'n' roll.

E eu, era rock 'n' roll?

Um trio de meninas do nono ano me olhou *daquele jeito*. Só suspirei. Se elas soubessem...

Eu era um impostor.

Naquela manhã, tudo o que eu queria era que Gray me visse, pegasse minha mochila, abrisse e tirasse suas roupas dali. Mas não aconteceu. Ele ainda estava dormindo quando saí, como todas as manhãs.

Eu ficava impressionado, meu irmão podia usar o que desejasse, trocando de personalidade livremente, conforme necessário. Já eu, o nerd, parecia não ter permissão para isso.

E por quê?

Que máquina colossal sorteando bolinhas numeradas havia decidido que ele seria legal e eu seria nerd? Que ordem superior havia decidido nosso destino? Eu queria perguntar aquilo a um deus, qualquer deus, mas ele estava caindo de bêbado e tinha abandonado a roda da fortuna correndo solta havia milênios.

Puxei a pulseira de couro. Queria dar um soco no ar. Provavelmente poderia, provavelmente pareceria bem legal. Mas como eu iria me apropriar daquilo, sabendo que se tratava de um gesto roubado?

Então, soquei minha palma aberta, o que fez um garoto me olhar *daquele jeito* por trás de um livro.

Virei num corredor e dei de cara com Gunner.

— Era só o que faltava — eu disse. — Maravilha.

Gunner segurava uma espécie de bandeja com as duas mãos.

— Bela calça — disse ele, com boca de esfinge.

— *Bela calça!* — repetiu o amigo de Gunner, com a voz estridente.

Gunner sinalizou com o que quer que estivesse segurando.

— Todos esses zíperes são para os pintinhos minúsculos crescendo nas suas pernas?

Na era pré-Cirrus, pré-farsa, minha resposta seria sussurrar "Sai daqui", tão baixo que Gunner não pudesse ouvir, e sair correndo, sem tirar os olhos do chão.

Ah, mas essa não seria a resposta de um nerd perfeito?

Talvez a gente pudesse fugir correndo do Gray também.

E da Cirrus. Não esqueça dela.

É... corre pro seu quartinho e se esconde entre suas caixas organizadoras.

A gente provavelmente caberia em uma delas caso se escolhesse.

— Chega! — falei, socando o ar.

— Hum? — fez Gunner.

Olhei para o que ele segurava. Não era uma bandeja. Era um *projeto de ciências.*

Gunner me viu olhando e voltou a atacar.

— Essa blusa aí é meia [sic] de menina, hein?

Dei um passo à frente e apertei os olhos.

— Ah, não — falei. — Isso deveria ser um modelo de célula?

Gunner agarrou as bordas do projeto.

— Vai tentar virar meu projeto? Vai nessa. Quero só ver.

— Quero só ver! — repetiu o amigo dele, cuja pele era translúcida como leite, avançando também.

Dei outro passo à frente. Gunner recuou.

— Parece que cinco animais diferentes se alternaram pra cagar no mesmo capacho — eu disse.

— Sei que você quer se vingar — disse Gunner. — De todas as bandejas viradas no refeitório. Anda, tenta. Eu duvido que tenha coragem.

Fiz que não, com um dedo preguiçoso.

— Nada de hipótese, ou pesquisa, ou conclusão — eu disse. — Vai tirar um zero com essa porcaria, você sabe. Vai ser o quarto este ano, né?

As narinas de Gunner se inflaram. Ele olhou para o próprio trabalho. Eu sabia que ele sabia que eu estava certo.

— Cala a boca.

Virei para ir embora.

— Espero que se divirta repetindo o ano de novo.

— Sei o que você está fazendo, Sunny Dae — disse Gunner.

Algo em seu tom de voz me fez parar e olhar para ele, que estava furioso.

— Te conheço desde o ensino fundamental — prosseguiu, com desdém.

Meus dedos coçaram como os de um pistoleiro nervoso. Aonde ele estava querendo chegar?

— Sei que está copiando seu irmão mais velho — disse Gunner.

O céu piscou. O sangue deixou meu coração.

— Uahahahaha! — riu o amigo repulsivo dele. — Nerd!

—Você é uma fraude.

Gunner deu um passo à frente, fazendo o ar trovejar. Com certeza sentia o cheiro do medo. Para minha infinita decepção, me acovardei.

— E sei por quê — prosseguiu. —Você está tentando parecer legal pra *ela*.

— Se manda — resmunguei, quase inaudível.

— Se manda, se manda, se manda! — cantarolou o amigo dele.

— Então tá — disse Gunner, totalmente no controle agora. — Vou *me mandar* e contar pra Cirrus.

O som do nome sagrado dela saindo dos lábios úmidos e abomináveis dele me fez desejar de todo o coração poder dizer "gladius sanctus!" e invocar a espada sagrada do meu paladino (ataque especial: MATA-DEMÔNIOS) do plano astral para minha mão aberta com a missão de acabar com aquela dupla desprezível e com aquele trabalho escolar pouco satisfatório em três golpes.

Gunner sorriu e virou para ir embora. O amigo disparou à sua frente em meio à névoa da chuva fria.

— Espera — eu disse.

Gunner parou e virou, como se esperando que eu dissesse exatamente aquilo.

— Sim? — retrucou ele, com o charme sombrio de um eunuco conivente e traiçoeiro da corte.

Apontei para o modelo de célula dele.

— Isso aí é pra hoje?

— Aham — fez Gunner.

Baixei os braços, derrotado.

—Você não consegue um prazo melhor?

— Consigo basicamente tudo o que quero — disse Gunner, vitorioso. Jogou a maquete frágil e horrenda em uma poça ali perto, e o troço começou a se dissolver com cada gota que caía. — Esquina sudeste da Emerald com a Sapphire — disse Gunner. — Que tal domingo à tarde?

— Não podemos acabar com isso amanhã?

Gunner sacudiu a cabeça depressa.

—Tenho treino.

Pisquei. Aquele cara fazia alguma coisa além de jogar futebol americano?

Gunner bateu as mãos grandes uma única vez.

— E leva esse seu cérebro com você, Dae.

De alguma forma, já era sábado à noite. Eu estava no meu quarto.

Fiquei sentado à bancada de trabalho, franzindo a testa para minhas caixas organizadoras. A casa estava tão silenciosa que dava para me ouvir piscar.

Eu disse a Jamal e Milo que ia pensar no que fazer quanto ao Problema Gray. É claro que eles não sabiam que o Problema tinha se ampliado e agora incluía Gunner.

E é claro que eu não tinha ideia do que faria.

Só de pensar naquilo já ficava muito, muito angustiado.

Eu também havia prometido a eles que trabalharia em melhorias no Véu de Esmeralda. Aquilo era uma promessa muito, muito mais fácil de cumprir.

Então me sentei à bancada de trabalho e baixei a máscara protetora sobre o rosto.

O Véu de Esmeralda tinha sido uma boa ideia de Jamal, mas sua maior falha era ser insalubre demais para passar no teste de segurança. Removi a bomba de fumaça fedida da base do tubo e a substituí por um umidificador portátil a bateria, um dos muitos nebulizadores compactos que eu mantinha espalhados pela casa para proteger a mucosa dos seios da face de alérgenos.

Alimentei o umidificador com uma garrafa de água, apertei o botão e fiquei olhando enquanto dedos delicados de névoa começavam a escapar pelas perfurações que havia feito. Silencioso, inodoro, atóxico, fácil de reabastecer com H_2O, grátis e abundante. Para dar brilho, revesti o tubo transparente com uma fita LED, capaz de transformar a névoa em azul, verde, laranja e daí por diante.

Encaixei meu celular no suporte, gravei uma demonstração rápida para mandar para Jamal e Milo pela manhã e arrumei as coisas.

Peguei a caneta que era a espada diminuta do meu cavaleiro diminuto e escrevi:

Véu de Esmeralda, versão 2: sucesso (+3 de bônus de defesa mágica, +2 de bônus de evasão)

Certeza que Lady Lashblade ia ficar impressionada.

O sentimento de satisfação durou apenas um instante antes de voltar a ceder espaço para o mau agouro. O problema com Gray permanecia. E com Gunner.

Escrevi o nome do meu irmão no caderno, então risquei com uma caneta esferográfica, usando tanta força que o papel acabou rasgando. Fiz aquilo várias vezes.

~~GRAY GRAY GRAY GRAY GRAY GRAY~~

Eu estava bravo. Principalmente comigo mesmo.

~~IDIOTA IDIOTA IDIOTA IDIOTA IDIOTA~~

Tudo o que eu queria era voltar no tempo de alguma forma, até antes de Gray regressar. Eu queria mantê-lo em Hollywood — encontrar outro colega de quarto para ele ou o que quer que fosse —, para que eu pudesse continuar sendo Sunny, a estrela do rock. Para que eu pudesse continuar me divertindo, porque eu estava me divertindo, como não me divertia havia muito tempo.

Por que a diversão tinha que acabar?

Gray nem gostava mais de suas coisas antigas. Por que ele se importava com o que eu fazia com elas?

Por que Gray tinha que ser assim: o rei de todos os babacas?

Fechei o caderno com uma pancada.

Fui lá para baixo.

Desci até onde o silêncio reinava e o ar parecia embolorado por puro desuso. A porta de Gray estava entreaberta. Eu a escancarei, passando-a sobre o carpete grosso que não havia sido incomodado por quaisquer pés.

Gray nem se moveu.

Olhei mais de perto. Meu irmão estava deitado na velha poltrona reclinável, cobrindo os olhos com a mão, nos ouvidos fones desgastados e remendados. Ele suspirou profunda e lentamente.

Quando um dedo meu tocou a poltrona, Gray abriu os olhos, que se voltaram furiosamente à luz até me encontrarem, focarem em mim e se turvarem.

— Quê? — Gray perguntou.

Ele estava ouvindo seu velho iPod. Seus olhos estavam inchados e vermelhos.

— O que está escutando? — perguntei, tão antipático quanto podia, o que não era muito.

— Música.

—Você nem lembrava que tinha aquilo — eu disse, remexendo os dedões para reunir coragem. — Não estava nem usando.

— E por que é que *você* está usando?

Parei por um momento, procurando por palavras como um peixe tentando puxar o ar.

— Por nada — eu disse.

Gray ficou me olhando por um longo momento. Eu estava paralisado demais para fazer qualquer coisa além de simplesmente deixar que me olhasse. Eu queria dizer um monte de coisas para ele, mas percebi que não conseguiria.

Meu irmão começou a rir baixo. Apertou as têmporas e balançou a cabeça.

—Ver você com minha guitarra, e com ela sentada ali — disse ele.

— Para — eu mandei.

Uma única risada — alta — escapou de sua garganta antes que ele conseguisse evitar.

— Desculpa — disse Gray, mas não estava sendo sincero. — Foi uma das coisas mais engraçadas que já vi.

— Cala a boca — foi tudo em que consegui pensar como resposta.

—Vocês são ridículos, sabia disso?

Cerrei os dentes. A única coisa que eu podia fazer era ficar ali, enquanto Gray refletia sobre quão divertida era minha situação. Eu queria poder deixá-lo atordoado disparando um Raio de Raiden com uma das mãos e depois o Véu de Esmeralda com outra, para então fugir com o iPod enquanto ele engasgava em meio à nuvem de enxofre — sem teste de resistência de constituição e sem perda de vez automática. Eu já estaria bem longe quando ele voltasse a si e percebesse que protegia uma masmorra sem nenhum tesouro dentro.

— Tenho saudades da escola — disse Gray de repente.

Baixei meus punhos preparados para lançar feitiços, dissipando a magia reprimida.

— Eu deveria ter feito faculdade — continuou.

Cruzei os dedos sobre a barriga. Gray estava prestes a chorar?

Ele pigarreou e tossiu, zombeteiro.

— Questlove uma vez criou uma banda para impressionar uma garota. Essa banda se tornou o Roots. Meu amigo Justin Lim criou os Mortais no último ano pelo mesmo motivo.

Falei com cuidado. Via vagamente o Gray dos velhos tempos ali. O mais leve tremor poderia fazê-lo ruir.

— É?

— Mas os Mortais não se tornaram o Roots.

Ele ficou cutucando um furo na poltrona, então percebeu que só estava piorando as coisas e enfiou os fios marrons lá dentro.

— Fiquei sabendo que Justin vai casar — continuou Gray. — Então acho que funcionou.

—Você mantém contato com...

— Não — disse Gray, impassível.

—Ah.

A risada de um instante atrás parecia coisa do passado.

A expressão no rosto de Gray era de escárnio.

— Justin estava certo — disse ele. — Ninguém quer o músico, só a música. Nenhuma garota quer ter que lidar com show após show, noite após noite, presa a alguém pa...

Ele ia dizer "patético".

Levou as mãos ao rosto.

—Vocês eram muito bons — eu disse, e dei um passo para mais perto do meu irmão mais velho.

Gray baixou as mãos.

— Éramos mesmo, né?

Ele se levantou. Tirou o fone de ouvido. Cutucou a parte de trás do iPod, cutucou, cutucou, cutucou, até tirar a fita adesiva com "propriedade de Gray Dae" escrito. Então enrolou a fita e a jogou com o resto do lixo no cômodo. Depois me entregou o iPod.

—Valeu — eu disse, mas quando estendi a mão, Gray o puxou de volta.

— Mas você tem que tocar direito — disse ele.

—Vou tocar — resmunguei, e tentei pegar o iPod de novo.

— Me promete que vai tocar "Beleza é verdade" com vontade. Dediquei muito tempo a essa música.

Dei de ombros, como uma marionete.

— Só posso prometer que vou fazer o meu melhor — eu disse.

Gray olhou para mim.

— Não gostei disso — falou, devagar. — Nem um pouquinho.

Ele enfiou o iPod no bolso.

— Ah, anda, me dá logo isso, cara, que coisa — falei, a voz mais aguda a cada palavra, até ficar parecendo uma criancinha de seis anos.

— Promete — disse Gray.

— Eu prometo, *caramba*.

— Onde vocês tocam?

— Na sala de música da escola.

— Quando é o próximo ensaio?

— Não sei — choraminguei. — Amanhã?

— Mas é domingo.

— O sr. Tweed deixou.

Gray pensou por um momento.

— Tenho um brunch com o papai amanhã — falou ele. — E o ensaio seguinte, quando é?

Travei.

— Oi?

Gray falou como se eu fosse um aluno de intercâmbio meio lento.

— Amanhã de manhã. Tenho que ir a um brunch. Com o papai. No próximo ensaio. Depois de amanhã. Eu vou junto. Tá?

Fiquei piscando várias vezes, confuso. Estava mesmo acontecendo o que eu achava que estava acontecendo?

— Tá — falei.

III

O gelo conserva um vírus por milhares de anos.
O inverno eterno protege os humanos.

mata-borrão

Na manhã seguinte, acordei e fui direto para o suporte do celular, que ficava localizado a uma distância segura dos delicados tecidos do meu crânio. Eu quebrava minha própria regra de não verificar aquele inferno assim que acordasse, porque tal coisa só <u>aumentava</u> a <u>ansiedade</u> e a <u>infelicidade</u>.

Mas tudo tinha mudado.

Porque na tela havia uma mensagem que tinha chegado bem cedo, de Cirrus.

Estou num barco.

Ela mandou a foto de um barco, tirada de uma doca. Brandon e Jane Soh estavam por perto.

Vai deixar o país?, escrevi, mas deletei em seguida. Era uma piada ruim. Em vez disso, mandei:

Queria estar aí também.

Cirrus mandou ao mesmo tempo: Queria que você estivesse aqui.

Pega no verde!, escrevemos os dois ao mesmo tempo de novo. Abri um sorrisão meio bobo.

Mudando de assunto, acho que seu irmão tem um pouco de inveja de você, escreveu Cirrus.

Sério?, escrevi.

Ele é meio careta, sem querer ofender, escreveu Cirrus. **Enquanto você é... você. Emoji de coração.**

Dei um tapa na coxa e girei num pé só, mas bati em uma caixa organizadora e perdi o equilíbrio, caindo em mais caixas organizadoras.

Quando voltei a ficar de pé, escrevi:

Emoji de coração.

Coloquei o celular no bolso, o que não costumava fazer, para evitar a ação das micro-ondas na epiderme e talvez até no tecido subcutâneo, mesmo através de roupas grossas. Eu queria ter certeza de que não perderia outra mensagem como a que eu havia perdido enquanto dormia feito um idiota às 5h03 da manhã. Eram 11h11.

Desci para tomar café. Um extremo da mesa estava coberto de pastas, contratos e faturas.

No outro extremo estava minha mãe, sozinha. Em vez das roupas de trabalho, ela estava de camiseta e calça de moletom, o que era estranho. Tentei lembrar a última vez que a tinha visto daquele jeito. Não conseguia encontrar a palavra certa para defini-la naquele momento.

Relaxada.

À frente da minha mãe, havia duas tigelas vermelhas. Lámen frio com molho picante gochujang, com lascas geladas de pepino, rabanete e pera por cima. Fazia um tempo que não comíamos algo tão básico, do tipo que costumávamos comer na casa antiga.

— Fiz brunch hoje: bibim naengmyeon. Tudo bem? — perguntou minha mãe.

— Adorei — eu disse.

Já estava com água na boca. Tirei o celular do bolso e o deixei ao lado dos meus palitinhos, o que era muito impertinente.

Minha mãe franziu os lábios como um diabrete ladrão.

— Está esperando alguém ligar?

Fiquei vermelho.

— Não — respondi, tão pouco convincente que fiquei constrangido por mim mesmo.

—Tá — minha mãe disse, dando de ombros, e começou a remexer o lámen com a indiferença forçada de pais de adolescentes no mundo todo, secretamente saudosos dos dias de intimidade sem filtros de quando os filhos eram pequenos.

Também fiquei remexendo o lámen. Sem comer.

— Papai e aquele lá estão fazendo trambiques e afins? — perguntei.

Minha mãe olhou séria para mim.

— Está falando de Gray, seu único irmão, a quem você ama mais do que tudo?

— Hum.

Minha mãe continuou mexendo a comida com os palitinhos, num exercício de calistenia com lámen.

— Os dois estão no clube de golfe, tomando drinques e conhecendo alguns dos principais subempreiteiros de Trey. Por isso somos só nós dois hoje.

Pisquei.

— Gray não bebe. Nem papai.

— Eles podem muito bem ficar segurando um drinque sem álcool se isso trouxer novos clientes — disse minha mãe. Ela fez barulho ao comer. — Nossa, tudo o que eu quero é enfiar o pé na jaca, juro.

— Então eu enfio com você — falei, fazendo barulho ao comer também.

— Deve ser estresse.

— Está tudo bem?

— É só o trabalho — respondeu, olhando para as pilhas de papelada. — Trabalho-trabalho-trabalho, hoje, domingo, todo dia.

— Que saco.

— Tudo bem — disse minha mãe, mastigando. Então fez uma pausa. — É engraçado.

— O quê?

— Nunca fui tomar brunch só com seu pai no clube de golfe. Nem almoçar ou jantar, aliás. Só vamos em eventos de trabalho.

Notei que minha mãe não estava usando os fones de ouvido de sempre. Tentei ler sua expressão. Estava triste? Melancólica?

— Enfim — cantarolou, meio que para si mesma.

Então vi algo no fim da bancada: um óculos de realidade virtual que parecia caro. Apontei para ele e olhei para minha mãe, como se dizendo: *???*

Ela revirou os olhos com tanta vontade que o resto do rosto ficou flácido, depois me lançou um olhar irônico.

— É do dia em que saímos com os Soh — explicou. — Se o pai de Cirrus comprasse uma dúzia de elefantes vermelhos, seu pai compraria também.

Comemos. Eu não sabia o que dizer a ela. Parte de mim queria sugerir nos mudarmos para uma casa mais simples, num bairro mais simples, e desacelerar por um bom tempo. Imaginava que tínhamos dinheiro o bastante para isso. Mas então tentei visualizar meu pai voltando para nosso antigo Fava hatch, da época de Arroyo Plato, com motor de quatro cilindros em linha e cinco portas, e não consegui. Nos Estados Unidos, o progresso era uma via de mão única, com um único objetivo eterno: ter sempre mais.

Jhk jhk, fez meu celular.

Chupei o lámen que já tinha na boca e parei de comer. Era Cirrus.

Eu estava olhando para uma foto gloriosa de uma baleia jorrando água em meio ao mar esverdeado e espumante. Era a melhor foto já tirada na história da humanidade.

Jhk jhk, jhk jhk, jhk jhk. Meu celular praticamente tocava uma música inteira. Três novas fotos chegaram: outra baleia, três faixas cinza bem próximas que deviam ser golfinhos e um pelicano mergulhando.

Tirei um monte de fotos... é lindo aqui, escreveu Cirrus.

— Sunny, por favor, não use o celular enquanto come — disse minha mãe.

Ela havia repetido aquela frase exata pelo menos dezesseis mil vezes em cinco anos.

— Desculpa — eu disse, embora não estivesse arrependido.

— Quem era? — perguntou. Então deu uma olhada. Não fiz nenhum esforço para esconder a tela. Ela sorriu com doçura para mim. — Pode escrever.

Vou passar só um dia fora, mas já estou com saudade, escreveu Cirrus.

Também estou com saudade, respondi.

Mal posso esperar pra ver você, escreveu Gunner.

Aff! Gunner!

Destravei a mandíbula e mandei o restante do lámen goela abaixo, depois limpei a boca esticando ao máximo a língua para fora.

— Sunny! — gritou minha mãe, com espanto e preocupação.

— Posso ir?

— Quantos anos você tem? Sete? — disse minha mãe.

Dei uma olhada no telefone, inquieto.

—Vai — minha mãe disse.

Eu fui.

— Ei, Sun — ela chamou antes que eu saísse da cozinha. — É bom ver você saindo da concha. O que motivou a mudança?

— Nada — eu disse. — É a puberdade 2.0.

— Hum?

Jhk jhk, fez meu celular. Nem olhei.

— Tenho que ir — falei.

Minha mãe só sorriu. Não fazia ideia de que eu estava indo negociar minha alma.

Gunner tinha sugerido que nos encontrássemos na esquina da Emerald Avenue com a Sapphire Street.

Mas o lugar estava vazio. Não tinha nada ali, a não ser por um casarão e outro casarão a uns duzentos metros de distância. Mais além, havia uma aglomerado de palmeiras e uma praia de pedras, mantendo o mar indiferente ao longe. Eu me encontrava no extremo sudoeste de Rancho Ruby.

Teria Gunner me mandado para o lugar errado de propósito? Eu o imaginei mandando outra localização só para me fazer de bobo.

Cheguei, escrevi.

Ele (ou alguém se passando por ele) respondeu na hora: Prende a bike e sobe a escada laranja.

Como ele sabia que eu estava de bicicleta? Dei uma voltinha, atrás de câmeras escondidas.

Procurei um pouco e localizei um lance de degraus de azulejo espanhol cor de laranja que levava a um corredor ladeado por alecrins enormes.

Gunner me esperava no alto da escada. Estava sozinho diante de uma *hacienda* enorme com uma porta habilmente patinada e cheia de pregos pesados, do tipo usado para prender Jesus à cruz depois de quilômetros sob o açoite dos romanos. O amigo de Gunner não estava com ele. Éramos só nós dois.

Entrei na casa fresca e escura. Me senti no século XVIII. Havia baús de madeira escura com ferro preto, brasões nas paredes, arandelas tipo gaiola em volta de cada lâmpada.

Um copo de vidro verde e aspecto antigo cheio de água gelada esperava por mim. Estaria envenenado? Molhei a língua. Tinha gosto de limão. Olhei em volta e vi uma suqueira cheia de água com frutas e outras coisas flutuando.

— Pega um porta-copos pra ele — disse um homem com uniforme de aviador.

Parecia um uniforme de aviador. Na verdade, era só um agasalho. Era uns doze centímetros mais baixo que Gunner, mas de alguma maneira eu soube que não importava. Só sua voz já era maior que nós dois. O cabelo raspado dava a impressão de ter chifres brancos na cabeça.

— Tá bom, pai — disse Gunner imediatamente, então correu para buscar um octógono de cortiça e o entregou a mim.

—Vai me apresentar ou eu mesmo vou ter que fazer isso também? — perguntou o pai de Gunner.

— Sunny, este é meu pai. Pai, este é o Sunny — disse Gunner, de novo com um imediatismo quase profissional. — Sunny veio me ajudar com meu projeto de ciências, em que reconheço que estou atrasado.

O pai de Gunner sorriu e cruzou os braços magros.

— Ah, muito bem. É um prazer, Sunny.

Notei minha garganta repentinamente seca quando falei:

— Hã, muito prazer, hã.

— Nada de "hã" no lar dos Schwinghammer — disse o pai de Gunner.

— Afirmativo? — arrisquei.

O pai de Gunner acenou com a mão.

—Vão lá. Alguém precisa livrar a cara desse menino.

Eu não queria passar a noite toda ali. Então entrei imediatamente no modo cara das ideias. O tempo não estava a nosso favor.

203

— Papel machê demora muito e sempre acaba parecendo lixo amassado — eu disse. —Você tem argila ou papelão?

— Não — respondeu Gunner. — Mas tenho Lego.

Talvez desse certo.

— Quantos?

— Um balde inteiro.

— Então vamos nessa — falei, fazendo sinal de positivo para o pai de Gunner, que pareceu satisfeito e nos deixou sozinhos.

Gunner ficou olhando para a porta até que seu pai sumisse de vista, então olhou para mim com aquela expressão vazia dele.

— É melhor começarmos — sussurrou.

Passamos por uma arcada moura e subimos uma escada iluminada por janelas estreitas, do tipo que no passado eram usadas por arqueiros. Depois seguimos por um corredor cheio de quadros, todos pintados a óleo, incluindo um retrato sinistro de família em que ninguém sorria, feito ao estilo sombrio flamengo.

Nunca imaginei Gunner morando num lugar desses. Pensava mais em um bar de hotel para executivos, bem iluminado e cheio de televisões passando futebol americano. Mas não.

Aquela casa era bem estranha.

Gunner entrou em um quarto tão austero que me lembrou daquele filme em que um monge atormentado se autoflagela com um chicote de nove pontas feito por ele mesmo.

— Não posso deixar a porta fechada — disse Gunner depois que entrei.

Meu celular vibrou no bolso. Suspirei — tinha mandado uma mensagem para Milo e Jamal dizendo que estava indo encontrar Gunner, mas esqueci de avisar ao chegar.

MILO

E aí?

JAMAL

Se você não nos atualizar da sua localização em um
minuto vamos concluir que foi imobilizado e mandar
uma equipe de resgate

Estou aqui, e a salvo

JAMAL

Ainda não entendo por que você não pode ajudar o
babaca por chamada de vídeo ou coisa do tipo

MILO

Vamos ficar checando de tempos em tempos, só pra
garantir.

Mensagem recebida

JAMAL

Não precisa avisar, o celular notifica sozinho

A única decoração no quarto de Gunner eram seis troféus, todos de futebol americano, desde a liga infantil até aquele momento.

Olhei para a porta do armário e para a cômoda. Tomei um gole
de água. Ainda estava gelada.

Coloquei o copo no porta-copos.

— Bom — comecei a dizer. — Fico feliz em te ajudar com
ciências e tal, tá? Só me diz do que precisa.

— Vocês são malucos de fingir que têm uma banda — disse
Gunner, com um sorriso repentino. Eu nunca o tinha visto sorrir
daquele jeito. — Vocês são uns filhos da mãe malucos pra caramba.

— Ele olhou para a porta, cauteloso. — Não posso falar palavrão — sussurrou.

—Você não falou — eu disse.

Ele relaxou. Olhou de novo para mim, e aquele estranho sorriso foi voltando lentamente a seu rosto.

— Bom, não julgo, considerando que é Cirrus — ele disse. — Eu faria o mesmo, se pudesse.

Ele riu. Então ficou triste. Então voltou a sorrir.

Parecia que havia múltiplas emoções dentro de Gunner, brigando para vir à tona. Vasculhei seu rosto em busca de pistas, mas não consegui discernir nada. Afinal, o que eu realmente sabia sobre ele, além do fato de que era um babaca com talento para agarrar esferoides prolatos de couro?

— Bom, na verdade já comecei a trabalhar na maquete de célula — continuou Gunner, e arrastou um balde grande e novo de seu armário esparso.

Estava cheio de pecinhas de plástico. Em cima delas havia uma base também de plástico com algo construído: um arranjo aleatório de torres multicoloridas que até uma criança criticaria duramente.

— Acho que é um começo — eu disse.

Gunner sorriu.

—Valeu, cara.

Gunner tinha um comportamento diferente em casa. Parecia quase *tímido*.

Coloquei a base na cômoda, enfiei as mãos no balde e comecei a trabalhar.

— Células são orgânicas — eu disse. —Você tem que fazer uma forma curva e arredondada com as peças. Tipo assim.

Construí rapidamente um hemisfério simples com camadas finas de peças que iam encolhendo conforme se aproximavam do topo.

Gunner segurava o queixo como alguém que havia lido que segurar o queixo fazia a pessoa parecer mais inteligente.

— Hum.

— E não dá para usar qualquer cor — falei. — Eu usaria uma cor para cada estrutura celular, tipo azul para as mitocôndrias e vermelho para o núcleo.

Trabalhei por alguns minutos, escolhendo e encaixando peças. Fazia um tempo que não mexia com Lego, e me vi entrando em um estado de fluxo familiar para mim e que eu não podia chamar de desconfortável. Quando terminei, percebi que havia substituído 99,998 por cento do trabalho de Gunner.

— Cara — disse ele. — Ficou muito maneiro. Acabamos!

— Não acabamos. O que está faltando?

Gunner voltou a segurar o queixo, então lembrou do livro da escola e o pegou para folhear.

— Tá, então precisamos de um reto endoplasmático — disse ele.

— Retículo endoplasmático — corrigi. — Mais especificamente o rugoso.

— E do troço de Golgi.

— Complexo — corrigi de novo.

— São tão pequenos e complicados. Não podemos deixar de fora?

— Só se você quiser tirar zero.

Tanto o retículo endoplasmático quanto o complexo de Golgi eram estruturas elaboradas em fita que o Lego não seria capaz de reproduzir. Mas eu jamais deixaria que uma limitação daquelas me impedisse. Adorava limitações. Limitações eram o que dava asas à criatividade.

—Você tem uma fita, ou elásticos bem grossos? — perguntei.

— Tenho cadarços de chuteira — disse Gunner.

— Perfeito.

Expliquei a Gunner como construir uma matriz de furos nos eixos, onde seriam acoplados a intervalos regulares pinos conectores — peças de Lego nº 6558, fáceis de encontrar aos montes — para formar um pequeno campo de pilares. Enrolando o cadarço neles, teríamos um arranjo labiríntico o bastante para transmitir visualmente a complexidade de ambas as organelas.

Encaixamos os módulos e recuamos um pouco para admirar nosso trabalho.

— Ficou ainda mais maneiro — disse Gunner.

— Você tem que saber dizer o que cada parte faz — lembrei.

— Retículo endoplasmático?

Gunner deu uma espiada na porta, como se seu pai estivesse ali ouvindo.

— Faz lipídios.

— E?

— Colesterol.

— Complexo de Golgi?

— Pega as moléculas do retículo endoplasmático e forma testículos complexos.

— Vesículas complexas — corrigi, rindo.

— Sempre acho que é testículos — disse Gunner, rindo também.

De repente ele parou e sussurrou, sério:

— Idiota.

— Ei — eu disse. — Não me chama disso.

Gunner me olhou envergonhado.

— Tentei escrever o lance de hipótese e conclusão que você disse que estava faltando — disse ele, olhando para baixo.

Então Gunner tinha lembrado. E, mais impressionante, tinha claramente se preocupado. Me vi querendo encorajá-lo, o que foi uma surpresa.

— Ótimo — eu disse. —Vamos dar uma olhada.

Era como se ratos tivessem brincado com bloquinhos de letras para formar palavras, só que pior.

De novo, me vi substituindo 99,998 por cento do trabalho de Gunner. Salvei o arquivo, imprimi e o deixei ao lado do modelo. Pronto.

Gunner voltou a olhar para a porta, então para mim.

— Então agora dá pra entregar? — murmurou.

— Com isso, jovem padawan, você vai tirar nota máxima — falei.

— Sério?

— Sério.

Gunner assoviou, triunfal.

— Estava torcendo mesmo pra gente acabar cedo. Queria te perguntar uma coisa.

Me perguntar o quê?

Gunner voltou a olhar para a porta, viu que a barra estava limpa e foi até a escrivaninha, onde não tinha nada além de um mata--borrão de couro vermelho-amarronzado, que parecia pesado.

Ele ergueu o mata-borrão e usou uma régua para mantê-lo em pé, como um capô de carro aberto. Debaixo do negócio havia algumas folhas quadriculadas unidas com durex. Nelas, estava desenhado um mapa, e no mapa havia pequenas formas cortadas em papel que não podiam ser maiores que a unha do meu dedinho, marcadas como abreviações.

— Estou na metade da Tumba dos Horrores — sussurrou Gunner —, mas não consigo passar de uma estátua grande com rosto demoníaco na parede. Aquela que tem uma bocarra, bem aqui.

Gunner pôs um dedo sobre o mapa desenhado à mão.

Fiquei chocado.

— Desde quando você joga D&D?

— Não jogo — respondeu Gunner imediatamente.

Olhei para o mapa. Continuava ali.

— Joga, sim — eu disse. — Tumba dos Horrores é amplamente reconhecido como o módulo mais difícil já lançado por Gary Gygax, criador de D&D, e você acabou de me pedir ajuda.

— Tenho seguido guias na internet para jogar sozinho, o que não é lá essas coisas, mas… Acho bem legal.

Minha mente continuava disparando para todos os lados. Olhei para a maquete de célula, depois para o mapa, depois para Gunner.

Ele hesitou, então falou:

— Ouvi vocês falando disso na pista de atletismo.

Minha mente recuou quatro meses, cinco meses, quase um ano. Jamal tinha reclamado que Tumba dos Horrores era difícil demais, e portanto falho. Milo e eu discordamos, dizendo que era uma obra-prima.

— Você ouviu aquilo? — perguntei a Gunner. — Você *lembra* daquilo?

Gunner fez que sim.

— Semana passada, eu estava em uma dessas lojas de nerd no shopping e vi o jogo na prateleira. Você, Milo e Jamal são tão próximos, sempre rindo e tal, mas também têm umas discussões muito sérias, como se fossem muito apaixonados por esses assuntos. Vocês são tipo irmãos, cara.

Tive vontade de sorrir. Éramos mesmo como irmãos. Mas só fiquei encarando Gunner, esperando o que ele diria a seguir.

— Eu estava naquela loja no shopping pensando: que troço é esse de que eles *não* param de falar?

Fiquei confuso.

— Você me atormenta desde que mudei pra cá — falei. — Desde o quinto ano, cara.

Gunner passou o dedão várias vezes no canto da escrivaninha, como se estivesse limpando.

— Desculpa te atormentar — disse ele.

Meu coração batia estranhamente rápido. Sempre fantasiei como seria acertar uma arremetida nível dezessete em Gunner e mandá-lo por uma fenda insondável cheia de lava, mas, de alguma forma, aquilo estava muito mais eletrizante.

Era um pedido de desculpas!

Gunner fungou e pigarreou exageradamente. Eu não tinha ideia do que dizer. Acho que ele também não.

— Não tenho amigos com quem possa conversar de verdade — ele finalmente disse. — Com os caras, é sempre treino, meninas ou carros. Tem ideia do quanto falamos sobre treino? Ou meninas? Ou carros?

Sua melancolia me impressionou.

— Que saco — me peguei dizendo.

Olhei para os troféus de futebol americano na cômoda dele. Percebi que estavam todos virados para a parede.

— Então, bom, eu só queria saber se eu deveria tentar usar a boca da estátua pra começar a escalar, ou sei lá o quê. Acho que posso procurar na internet também...

Eu nem podia acreditar que ia dizer aquilo, mas disse:

— Mas aí perde a graça, né?

Gunner sorriu.

— Imaginei que você fosse o cara certo para isso.

— Hum.

— Sinto muito, cara — disse Gunner.

Notei algumas coisas esparsas grudadas na parede oposta.

ESTRELA DO FUTEBOL AMERICANO EM TREINAMENTO!

FORÇA, FOCO E FÉ!

— Hum — eu disse. — Tudo bem.

NÃO IMPORTA QUÃO GRANDE VOCÊ É, O QUE IMPORTA
É A GRANDEZA DO SEU JOGO

Virei para o tabuleiro amador de Gunner e apontei para um quadrado de papel.

— Tem uma pista neste mago aqui. Tipo, literalmente, na mão dele, na arma.

Gunner ficou todo tenso enquanto pensava.

— Artemis insere cuidadosamente o Cajado de Luz na boca do demônio.

— Você deu o nome de Artemis ao mago? — comentei.

— Cala a boca — disse Gunner, me dando um empurrão de brincadeira que acabou me derrubando no chão. — Desculpa. Acho que tenho uma desconexão mente-corpo.

E me ajudou a levantar. Juntei as pontas dos dedos e entoei as palavras com uma ressonância que não usava havia anos.

— O cajado de Artemis não encontra resistência. Nada acontece. A arma só é absorvida pela escuridão. O que vai fazer agora, aventureiro?

— Artemis o puxa de volta? — disse Gunner.

— Conforme puxa lentamente o cajado, Artemis fica horrorizada ao descobrir que a extremidade de sua amada arma está faltando. Sua existência foi simplesmente apagada. Aventureiro?

O rosto inteiro de Gunner se transformou em um O de incredulidade.

— Isso é uma… como é que chama? Esfera de aniquilação?

— O aventureiro demonstra sabedoria — eu disse.

— Mas esse era o único cajado que ela tinha!

— Azar o dela — eu disse. Ergui a mão espalmada. — Aventureiro?

Jogamos.

Depois de um tempo, Gunner levantou a cabeça ao ouvir alguma coisa e guardou o tabuleiro. Então virou para o projeto de ciências e fingiu estar muito interessado nele. Era preocupante quão rápido entrava no personagem.

— Estão trabalhando? — perguntou o pai de Gunner.

— Claro — disse ele.

O pai de Gunner deu uma olhada no projeto e fungou, depois assentiu para o filho.

— Pode descansar um pouco. Vamos analisar seu vídeo em cinco minutos — disse, e saiu.

— Te acompanho até a porta então — disse Gunner, com os lábios ligeiramente retorcidos em decepção.

Já estava escuro lá fora.

— Acho que a gente se vê depois — Gunner se despediu e ficou ali, na porta da frente, como alguém que esperava ser beijado ao fim de um primeiro encontro.

Acabei respondendo:

— A gente se vê.

Desbloqueei o telefone e fiquei surpreso com o número de mensagens me aguardando.

JAMAL
Você está morto? Se for o caso confirma por favor

MILO
Sunny Dae o que está acontecendo

E continuava. Suspirei e respondi.

> Está tudo bem. Gunner não é o que parece,
> mas de um jeito bom. Conto tudo amanhã.
> Nosso segredo continua intacto.

JAMAL
SEU segredo, você quer dizer

MILO
Estamos todos juntos nessa.
Apoie nosso amigo.

JAMAL
É só estresse, por ter passado a noite toda preocupado
Foi mal

Mandei três coraçõezinhos de cores diferentes para eles, depois montei na bicicleta.

O ar noturno era uma mistura perfumada do cheiro do mar ao longe, jasmim e frangipani, vinda de todos os lados. Passei por sequências de poças de luz alaranjada dos postes acima.

Zzz, zzz, zzz, faziam as luzes sobre minha cabeça.

Eu fazia um negócio que costumava chamar de Varredura de Energia Pós-Encontro (VEPE). Depois de andar com alguém, eu reservava um tempo para avaliar como meu corpo reagia. Se o encontro me deixasse cansado e exaurido, provavelmente era melhor não me expor àquela pessoa de novo. Se eu ficasse energizado, a dose de exposição deveria ser ampliada.

Milo e Jamal me energizavam.

Cirrus me energizava até a estratosfera.

Depois de fazer alguma coisa de verdade com Gunner pela primeira vez, eu tinha que admitir que me sentia energizado.

Também me sentia exaurido, porque pensar nele ansiando por alguma coisa naquela solidão sombria e miserável era um peso na minha alma. Querendo mais de seu amigo, do time de futebol e daquele pai, mas com medo demais para pedir.

Me sentia exaurido porque Gunner, eu havia constatado, tinha vergonha de si mesmo.

E, por fim, me sentia exaurido porque eu também tinha vergonha de mim mesmo. Tanta que, naquela fatídica noite, eu tinha virado à esquerda e entrado no quarto de Gray em vez de virar à direita e entrar no meu.

Olhei para as casas em toda a minha volta, grandes, enormes, gigantes, todas com jardim bem cuidado, segundo o gosto dos moradores, com carros luxuosos de diferentes níveis estacionados ao lado. Toda a vida humana parecia motivada pela vergonha — pelo medo de ser inadequado. Era preciso usar as roupas certas, falar do jeito certo, gostar das coisas certas, comprar os brinquedinhos certos. Era como se a vergonha fosse um mal evolutivo necessário, projetado para manter os setores de uma sociedade ao mesmo tempo unidos e separados.

Se não houvesse vergonha, seríamos mais livres? Ou apenas mergulharíamos no caos?

Eu tinha que superar aquela minha vergonha e virar na direção da luz. Podia levar meses ou anos. Eu temia que levasse uma eternidade.

"Nerd" era um epíteto vergonhoso. As pessoas me chamavam assim porque eu não usava as roupas certas, não falava do jeito certo, não gostava das coisas certas. "Nerd" era um termo guarda-chuva para alguém que falhava em se adequar aos termos estabelecidos — um primo pejorativo de "treco" para objetos inescrutáveis ou "mancha" para qualquer sujeira não identificável.

A vergonha era um cobertor pesado que servia de esconderijo.

Mas não tão pesado a ponto de colocar em xeque a energia de cada desejo secreto do coração. Aquela energia surgia de maneiras estranhas. Em Gunner, aparecia como um antagonismo obsessivo.

E em mim?

Em mim, aquela energia assumia a forma dos Imortais.

Passei na frente da casa de Cirrus. A luz do quarto dela estava apagada.

Os Imortais eram uma fraude. Cirrus, nossa única fã, não era.

Cirrus era o que havia de mais verdadeiro na minha vida.

detonando

Embora fosse sábado, havia outros alunos na escola. Alguns na lanchonete, dançando. Alguns no gramado, atuando. Alguns no teatro, cantando. Havia alunos em toda parte, todos ensaiando suas apresentações para o show de talentos.

Incluindo três na sala de música, acompanhados por um adulto.

Já fazia uma semana que vínhamos ensaiando sob a tutela de Gray.

Embora fosse sábado, minha rotina não tinha se alterado. Eu ainda precisava pegar minha bicicleta hedionda. Para que meus pais não desconfiassem, ainda precisava ir para trás dos zimbros dos Cernosek para vestir um jeans preto estonado e um casaco de moletom com zíper lateral e capuz, ambos de Gray. Eu tinha levado camisetas para Jamal e Milo. *Pensem nisso como um ensaio técnico.*

Mais uma vez, Gray estava usando um uniforme de lazer corporativo, depois de uma reunião durante o café da manhã. Eu podia sentir um vago cheiro de tomate e álcool em seu hálito. Era estranho pensar nele bebendo, ainda mais antes do meio-dia. Isso porque continuava me agarrando ao Gray abstêmio de antes.

As pessoas mudam.

Gunner, por exemplo, tinha visitado minha casa um dia desses.

Pois é.

Ele se sentou no meu quarto e revistou caixa organizadora após caixa organizadora, maravilhado com o conteúdo de cada uma. Tínhamos ficado tão envolvidos com aquilo que nem chegamos a jogar Tumba dos Horrores. Quando anoiteceu, me vi convidando Gunner para jantar paella conosco. E ele toparia, se não tivesse que analisar mais vídeos com o pai.

— Fica pra próxima — disse Gunner.

— Claro — respondi, e descobri que estava sendo sincero.

Eu havia tido minha primeira conversa real com o amigo de Gunner, cujo nome era Oggy, apelido de August. Fiquei meio chocado ao constatar que até então nem sabia o nome do cara.

Tínhamos falado sobre meninas e carros.

De volta à sala de música, eu, Milo e Jamal arfávamos depois de passar mais uma vez "Beleza é verdade".

— Muito bom — disse Gray. — Vocês já percorreram no mínimo cinquenta e cinco por cento do caminho até uma apresentação respeitável. É mais da metade, seus nerds.

— Não chama a gente de nerd, por favor — disse Jamal.

— Prontos, *nerds*? Mais uma.

Gray pegou o iPod e apertou o botão.

Tocamos junto com a gravação dele, nos esforçando para acertar cada nota da guitarra, cada batida da bateria. Mantive o vocal sincronizado com os vocais dele, cantando junto com o Gray de três anos antes.

Enquanto tentávamos chegar ao fim dos sete minutos de música, Gray nos observava de perto. Apontava nossas deixas, como se fosse um maestro. Ele também acertou a posição do meu queixo para que o microfone pegasse melhor minha voz.

Eu cantava com tanta potência quanto possível. Minha voz subia tanto que parecia uma fadinha no céu noturno. Fiz a voz vibrar e ondular, acrescentando uma porção de ornamentos rococós que lembrava dos meus dias de coral para meninos, no ensino fundamental. Olhei para Gray, que me observava com a palma da mão aberta sobre a boca, deslumbrado. Eu tinha quase certeza de que era deslumbre daquela vez. A mim pareceu deslumbre, pelo menos.

Agora a música chegava ao fim, e eu distribuí olhadelas para todo mundo, para me certificar de que acertássemos o desfecho.

— Melhor — disse Gray, batendo palmas. — Sunny, você tem um falsete bem rock 'n' roll.

— Estou sabendo — eu disse, arfando.

— O rock é cheio de homens com vozes agudas e doces — disse Gray. — Freddie Mercury, Prince, Jeff Buckley, o cara do Muse.

— E onde estamos agora? — perguntei. — Setenta por cento?

Gray inflou as bochechas, pensando.

— Sessenta — ele disse afinal, antes de se dirigir a Milo. — Você é um baterista nato. Instintivo, espontâneo. Mas precisa de disciplina. Precisa tocar de maneira relaxada, mas firme. Vou te dar um click.

— Relaxada mas firme — Milo repetiu. — Relaxada mas firme.

— O que é um click? — perguntou Jamal.

— Não. Um click é um truque que transforma bateristas em autômatos mecanizados que lembram aquelas batidas de inteligência artificial que vêm no software do GarageBand — falei.

— Sim, e um click é um metrônomo — gritou Gray. — *Sim, sim, sim!*

Pisquei. Tinha dito algo errado?

— Você diz "não" demais — falou Gray.

— Digo?

— Para de dizer "não" — prosseguiu. — E começa a dizer "sim". É o básico da improvisação.

— Improvisação — repeti.

— Fiz um curso em Hollywood — disse Gray, de um jeito casual que era inegavelmente...

— Legal — disse Jamal.

— Muito legal — disse Milo.

— "Sim" faz com que o fluxo siga — explicou Gray. — "Não" fecha todas as possibilidades. Um representa aceitação; o outro representa rejeição.

Para deixar claro, Gray não estava sendo irritante. Ele estava sorrindo. Estava *reluzente*. Por um momento, minha mente retornou a nossa cozinha em Arroyo Plato.

— *Sim,* clicks são muito úteis e válidos — arrisquei.

Gray apontou para mim, como quem dizia: *Esse é o espírito.* Então se virou para Milo.

— Usa esses tampões.

Milo colocou os tampões de ouvido.

— Bup, bup, bup, bip! — gritou.

— É claro que vocês não vão poder acompanhar minha gravação pra manter o ritmo no show de verdade, porque qualquer idiota sabe que um show de verdade não tem nada a ver com karaokê — disse Gray. — Então sigam Milo. Ele é a base em que vocês todos se apoiam.

Milo ergueu as sobrancelhas, humilde.

— É mesmo?

— Temos que fazer algo quanto a esse cocktail — ele disse. — Ninguém usa isso, a não ser o Prince aquela única vez, de brincadeira.

Dei um chutinho na direção de Jamal.

— Não falei?

—Vai se ferrar — disse Jamal.

— Baixista Jamal — chamou Gray.

— Sim, senhor.

—Você tem um groove bom, mas, pelo amor, olha para o público de vez em quando.

Jamal tentou levantar o rosto.

— Parece que você está segurando um cocozão — disse Gray. — Faz cara de baixista.

Com "cara de baixista", Gray queria dizer lábios franzidos e um movimento de cabeça para a frente e para trás.

—Tipo assim? — perguntou Jamal.

— Isso! Mas sem mostrar esses dentes. Você é um pato. Você é um pato muito sério e está andando, andando.

— Cara muito séria de pato baixista — disse Jamal.

— Na verdade — disse Gray, se aproximando de mim —, todos vocês têm que levantar o rosto. Sunny, você é o *cantor*. Olha pra mim.

—Tipo assim? — perguntei, levantando o queixo como se eu estivesse sendo examinado pelo médico.

— Agora levanta a guitarra e meio que traz o braço bem pra perto enquanto toca — disse Gray. — Cerra os dentes assim e vocifera, sem produzir som nenhum, umas coisas raivosas, tipo: *Sua guitarra ridícula, com suas trastes patéticas e suas cordas patéticas.*

Aquela parte era fácil. *Seu roqueiro fake idiota, inventando mentiras para impressionar uma menina. Quem você acha que é?*

— Exato! — disse Gray. — Essa é a cara certa.

Para provar aquilo, ele tirou uma foto com o celular e me mostrou.

— Aff, nada de fotos — reclamei.

— É melhor se acostumar, cara — disse Gray. —Você vai estar num palco.

— No Miss Mayhem, ainda por cima — acrescentou Jamal, que tinha o hábito de dizer a coisa perfeita para despertar a ansiedade.

Gray congelou ao ouvir aquele nome.

— Quê?

— A escola alugou o Miss Mayhem para o show de talentos — falei.

—Vocês só podem estar brincando — disse Gray. — Deus tem um senso de humor cruel mesmo, né?

— Não sei — eu disse.

Os olhos de Gray lacrimejaram.

— Eu toquei no Miss Mayhem. Duas vezes.

— Ei, cara… — comecei a dizer.

Gray voltou para nós. Sorriu, mas com o rosto tenso.

— Bom — continuou. —Você vai estar no palco. Diante do público. Mas quero que se concentre em uma única pessoa. Não em um caça-talentos enrolão, nem em amiguinhos de mentira do Instagram. Alguém importante. Você sabe de quem estou falando.

Visualizei Cirrus de pé à minha frente, vendo tudo. Me fotografando mentalmente. Que imagem ela veria de mim? O topo da minha cabeça enquanto eu passava o tempo todo olhando para meus sapatos?

Toquei um acorde preguiçoso, depois outro, depois outro. Parecia incapaz de tocar com mais força. Percebi que estava paralisado de medo. Medo de me arriscar, já que me arriscar significava me expor ao ridículo, e eu não sabia se estava pronto para aquele tipo de coisa.

— Isso que você está tocando não é rock — disse Gray. Ele segurou as cordas da guitarra para que o som parasse e aproximou o rosto do meu. Devia ter tomado bloody mary, porque eu sentia cheiro de alho e aipo. — Leva a sério, cacete. Ou então é melhor aceitar logo um estágio num departamento de contabilidade de bosta e passar o dia sentado e acenando, que nem um pau-mandado, na companhia de outros fracassados, exauridos pelo trabalho corporativo.

Pisquei. Recolhi as mãos. Meu lábio inferior desapareceu dentro da boca. Milo e Jamal também ficaram assustados.

Gray soltou o braço da minha guitarra, que deixou escapar um mi menor com 11ª de alívio. Sua cabeça pendeu. Ele não precisava dizer o que estava pensando. Pelo jeito como procurou um amplificador para se sentar, deu para ver. O Gray dos velhos tempos, tão brevemente visível, estava se derretendo e formando uma poça de água.

Eu não sabia como falar com meu irmão agora. Então falei *sobre* ele.

— Gray mandava muito bem, sabe? Vocês tinham que ter visto o cara no palco.

— Eu lembro — disse Jamal. — Você mostrou *um monte* de vídeos pra gente.

Milo — Deus o abençoe — embarcou na hora:

— Ele acabava com tudo, podia ter destruído metade do planeta.

— Metade do planeta se mijava na hora — disse Jamal.

—Vocês são tão esquisitos — disse Gray, dando uma risadinha afinal.

— Se a natureza chama, não tem o que fazer — disse Jamal, retorcendo as pernas, como se estivesse apertado.

Fiz como ele, e Milo também, e finalmente arrancamos uma risada de Gray.

—Vamos continuar? — sugeriu.

Segurei minha guitarra, assumi minha posição e fiz que sim com a cabeça.

— Tá — disse Gray. — Quero que vocês pensem em Yngwie, ou Satriani, ou Reid.

— São... países? — arrisquei.

— Ou... — disse Gray, pensando — quero que pensem em Tiamat. Beleza?

— Tiamat — eu disse, e fechei os olhos para visualizar a temida deusa de cinco cabeças de dragão, cada uma de uma cor. Era meu monstro preferido, e antigamente eu não parava de falar sobre ela para Gray. Isso na época em que ele ainda me dava ouvidos.

— Vocês se encontram no plano dos Nove Infernos, despejando sua prole maligna sobre o reino pecaminoso dos homens — disse Gray, claramente com dificuldades de se lembrar de uma base tão rudimentar de RPG que até jogadores novatos poderiam enunciar durante o sono. Mas eu o perdoei por sua falta de sabedoria. Porque estava funcionando.

— Agora Asmodeus e o fantasma de Bane comandam vocês — disse Gray.

Levantei minha guitarra e toquei o riff mais rápido que consegui, cuspindo insultos silenciosos com a ponta dos dedos — *você é um palhaço, idiota, imbecil, por ter dito a ela que o quarto de Gray era seu.* Quando terminei, joguei o braço da guitarra para o lado, como se tivesse acabado de partir ao meio um orc que vinha me atacar.

— *Isso!* — gritou Gray, apontando com os braços cruzados.

— *Isso,* sou um maldito paladino — eu disse.

(— Tecnicamente, um antipaladino, já que Satã é leal e mau — murmurou Milo.

— Com todo o respeito, eu contra-argumento que Satã é caótico e mau, dada sua propensão a punir aleatoriamente — disse Jamal, que vinha tendo aquela discussão com Milo havia anos.)

— Acorde de quinta agora — disse Gray. — Girando o braço.

Girei o braço e fiz meu amplificador rugir com o fogo sônico da distorção. Encerrei botando a língua pra fora e erguendo a mão chifrada.

— Boa — disse Jamal.

— Grrr! — fez Milo.

—Viu como o cérebro primal desses caras acordou agora? — gritou Gray. — *Isso* é rock 'n' roll. Senhores, acho que chegaram a sessenta e um por cento do caminho agora.

Ofeguei. Lembrava aquela sensação. Lembrava com carinho. Podia ouvir os rangidos do piso de madeira na nossa casa antiga. Podia ver meus amigos — éramos tão pequenos! — correndo pelo corredor em meio aos feixes de luz ofuscantes que entravam pelas janelas. Podia nos ouvir: entoando gritos de guerra, lançando magia em línguas inventadas ou pedindo ajuda.

Eu sentia saudade daquilo. De representar.

Quantos anos fazia? Quanto tempo fazia que eu vinha me guardando em uma daquelas caixas organizadoras? Que vinha tentando me esconder?

Era tão libertador correr e brincar de faz de conta naquela época. Era tão *legal*. Acreditávamos mesmo que éramos legais — a melhor versão de nós mesmos, que só conseguíamos ser encarnando outra pessoa.

Eu queria ter levado aquilo adiante, sem me importar com o julgamento alheio.

Mas, por outro lado, era julgamento *pra cacete*.

Era tanta gente com um ódio tão intenso que não dava para saber se eles sequer gostavam de alguma coisa além do puro ato de odiar. Talvez tivesse sido por isso que me tornei tão cínico. Difícil manter o otimismo quando o mundo à minha volta pegava no meu pé a cada passo que eu dava.

Vi Gunner erguendo o mata-borrão na escrivaninha dele.

Eu continuava arfando e mantendo a pose. Gray tirou uma foto.

— Eu fazia essa mesma pose — disse ele.

— Sou um imitador — falei, com uma risada que logo azedou.

— Ei — disse Milo. — Para. Não tem por que ser duro consigo mesmo a essa altura.

— Estamos fazendo tudo isso por você — disse Jamal. — E você está se saindo muito bem.

— Isso é que é uma atitude superultrapositiva de verdade — disse Gray. — Meus antigos colegas de banda poderiam ter sido mais assim. — Ele ergueu seu iPod velho. — Agora vamos repassar tudo de novo.

US$ 3000

Ninguém só "dava um pulinho" na Bed & Bath Vortex; a possibilidade não existia naquela loja de artigos para o lar. O espaço seria capaz de comportar tranquilamente oito campos de futebol; havia uma pintura colossal do logo da empresa no telhado, para que aviões de guerra identificassem que aqueles eram seus domínios. Uma visita média à Bed & Bath Vortex durava cento e cinquenta minutos, conforme registros.

O que por mim tudo bem.

Entramos na loja, iluminada de cima por milhares de luzes fluorescentes. O aroma de pot-pourri e sabonete de rosas predominava.

— O doce cheiro da putrefação — disse Cirrus.

— *Memento mori* — eu disse. — Lembre-se de que você também vai morrer.

— Ter consciência da morte deveria fazer a gente valorizar mais a vida — disse Cirrus. — Mas acho que não está funcionando.

Chegamos a uma catraca. Deixei que ela passasse primeiro, um perfeito exemplo de cavalheirismo romântico.

— Caso tenha esquecido seu cupom de vinte por cento de desconto, é possível visitar o site BedBathVortex.com e se registrar para obter o desconto on-line — disse uma voz monótona.

Levantamos os olhos e vimos um senhorzinho de avental recepcionando os clientes.

—Você escalou a montanha da vida e no topo estava a maior seleção de acessórios domésticos premium do país — falei.

O senhorzinho pareceu ofendido.

— É melhor que Stálin.

Congelei, então fugi envergonhado, levando uma Cirrus atônita para a névoa dos umidificadores.

— É melhor do que a gulag — insistiu ele.

As pessoas nem sempre são o que parecem.

Cirrus encontrou um carrinho de compras abandonado ainda com itens dentro, então considerou o que havia ali e decidiu levar tudo.

—Vamos. Temos que torrar três mil dólares aqui.

— Hahaha!

— Não, é sério. Meus pais me deram três mil dólares. Para ajudar na minha *adaptação*.

Arregalei os olhos. Três mil dólares era mais que o salário de um quarto dos trabalhadores americanos, descontados os impostos.

— Como? — perguntei. — Com saboneteiras com DIAMANTES encrustados e meias de compressão tecidas em OURO?

Cirrus escondeu a risada com as costas da mão.

— O que são meias de compressão?

— São meias maravilhosas, bem justas, que mantêm a pessoa quentinha sem fazer muito volume, aumentam a circulação sanguínea e protegem de coisas como edema, trombose e formação de coágulos.

—Trombose? — repetiu Cirrus.

— Não que eu use meias de compressão — acrescentei depressa.

Ela olhou para mim confusa, mas da maneira mais carinhosa

possível — *menino estranho* —, então me puxou para um beijo. Quando abri os olhos, foi difícil acreditar que ainda estava na Terra.

—Vem — cantarolou Cirrus, voltando a andar. —Vamos gastar o dinheiro da culpa.

— Dinheiro da culpa? — perguntei.

Cirrus suspirou.

— Quando meus pais não estão em casa, ou seja, o tempo todo, trocamos as mesmas mensagens breves: "bom dia, tudo bem?", "boa noite". Quando eles *estão* em casa, saímos para passear em um barco luxuoso. Mas o que é isso? Um pote pra carregar uma única banana?

Ela levantou um estojo plástico em forma de banana que tinha como propósito guardar uma fruta.

— É o que causa a Grande Ilha de Lixo do Pacífico — comentei. — O que você quer dizer é que não tem meio-termo com eles? Nenhuma normalidade?

Saímos de um corredor com o carrinho, apenas para ser engolidos por outro.

— Se nunca vivenciei a vida normal com meus pais, ainda posso chamar os dois de pais?

—Tecnicamente, sim — eu disse, tentando rir.

— Uhu! — fez Cirrus, traída por um lampejo de amargura em sua expressão.

Parei, tomado pela necessidade urgente de animá-la.

—Você já disse a eles o que sente? — perguntei.

— Disse, e não adianta — respondeu Cirrus na mesma hora. Ela agarrou um pacote de uma prateleira próxima e o brandiu como Perseu faria com uma cabeça cortada. — Lenços umedecidos normais? Não! Lenços umedecidos para *homens*!

— É uma sociedade em decadência. O que eles responderam?

Cirrus hesitou, então largou os lenços umedecidos para homens no carrinho. Foi reduzindo a marcha até parar. Fechou os olhos.

— Acho que eles não são desse tipo — murmurou.

Seguimos em frente. Cirrus encontrou um organizador de mesa e o jogou no carrinho. Ventilador, luminária com haste articulável, quadro de cortiça, tudo no carrinho.

— Que tipo? — perguntei. — Opa. Você não quer isso, vai por mim.

Cirrus segurava um saco enorme de pinhas mergulhadas em glitter. Ela o devolveu, lentamente.

— Do tipo paternal — disse Cirrus.

— Ei. Meus pais me deixam maluco também.

— Mas pelo menos são presentes — disse ela, passando o dedão na minha bochecha. — Por que não falamos de outra coisa?

— Hobbies.

— Não tenho nenhum. Próximo assunto.

— Mas você cozinha — retruquei. — Inventou sozinha a pizza brasileira!

— Muitas pessoas cozinham.

Ela ficou quieta.

Voltei, peguei o saco de pinhas com glitter, o acomodei no carrinho com toda a delicadeza, então forcei uma cara de bobo.

— Pode levar. Você usa no próximo Jól ou no ritual de purificação do solstício de inverno.

Cirrus finalmente sorriu.

— Já te disseram que você é meio tiozão, Sunny Dae?

— Meu irmão disse uma vez que eu era um senhor de cinquenta anos preso num corpo de quinze — contei. O que deixei de fora foi que ele tinha dito aquilo ao ver que eu estava com uma bolsa de água quente nas costas para me recuperar de quarenta e oito horas seguidas sentado na minha bancada de trabalho.

— É por isso que você toca o bom e velho rock 'n' roll? — perguntou Cirrus.

— Bom — falei, me preparando para um dos meus tópicos preferidos de discursos apaixonados: música. — Jazz é idiota, porque é só du-bi-du-bi-du. Pop é uma forma de tortura pior que enfiar a cabeça de alguém na água. Música eletrônica é como um alarme soando antes do apocalipse desencadeado pelo advento da inteligência artificial...

—Você se define pelas coisas que odeia. E não pelas coisas que ama.

—Tendo a fazer isso mesmo, né? — eu disse.

— Eu também. E concordo com você, sabia? Música é uma droga, tirando rock.

—Tirando rock — repeti.

— Guitarra, bateria e rá!

Cirrus cruzou duas mãos chifradas sobre o peito.

O gesto me levou de volta ao auditório da escola anos antes, assistindo a meu irmão mais velho se tornar o todo-poderoso Deus do Ruído como líder dos finados Mortais.

— O rock foi a última esperança de que os músicos fossem pelo menos um pouquinho autênticos — disse Cirrus. — Elas queriam saber como Kurt e Courtney eram de verdade. Quando as pessoas assistiam a Joan Jett, Zack de la Rocha ou Kim Gordon, sentiam que o que viam era verdade. Acreditavam mesmo que Henry Rollins estava pregando.

— Mas, ainda assim, o rock morreu — eu disse.

— Agora tudo acaba sendo pop mesmo — disse Cirrus, com um sorrisinho triste. — Pop não é música. É tudo celebridade, personagens inventados. Só importa estilo, e não o conteúdo. Pop é uma celebração da falsidade. Fingimento é a única moeda cultural que restou, agora que a internet derrubou todas as fronteiras contextuais. Ou algo do tipo. Preciso pensar mais a respeito.

Meu irmão disse a mesma coisa uma vez, eu queria contar. *Quando ele mesmo tinha uma banda de rock. Quando ele era legal. Todo mundo o idolatrava. E eu também.*

Mas é claro que eu não podia dizer aquilo, porque pareceria um bebezinho bobo e babão, que copiava o irmão mais velho e interpretava um *personagem inventado.*

O que eu era mesmo.

— Opa — foi tudo que minha boca idiota conseguiu formular.

— Total.

— Talvez eu só odeie estrelas pop porque, de certa forma, sou como elas. Sempre que vou para um lugar novo, mudo. Faço o que for preciso para me encaixar. E isso levanta a questão: sequer existe alguém que não é inventado? É a falsidade que nos torna reais? Alguma coisa é real?

Passei a mão na testa, pensando no que dizer a seguir, mas o melhor que consegui foi:

— De todos os lugares em que você morou, qual é seu preferido?

Estávamos diante de um expositor de balas agora — já tínhamos chegado à seção de doces. Havia uma fileira de produtos bem na altura do meus olhos.

SUPER MEGA NERDS®
O AZEDINHO DOCE QUE VOCÊ JÁ AMAVA, SÓ QUE MAIOR!

Não se engane, Sunny, diziam as balas. Você não é legal. Você não é um ícone adolescente do rock. Você é um nerd. Na verdade, você é o nerd em que os outros nerds se espelham.

Você é um supermeganerd.

Cirrus parou. Refletiu.

— Tem um estudo que descobriu quanto tempo em geral você precisa passar com uma pessoa para desenvolver uma amizade íntima — disse ela. — São sessenta horas para estabelecer uma amizade casual. Mais cem para uma amizade regular. E mais duzentas para uma amizade íntima.

— Em que estágio estamos? — perguntei.

— Somos uma anomalia nos dados.

Ela enroscou o braço no meu, como se dissesse: *E tenho orgulho disso.*

— Já é difícil ter que investir horas e horas para fazer um único amigo — disse Cirrus. —Você procura um grupo onde se encaixe. Anda com aquelas pessoas. Observa cada movimento delas. Se adapta como pode. Mas, mesmo assim, não importa. Porque logo chega a hora de ir embora de novo. Bem quando as coisas estão ficando boas. E sabe o que é pior?

— Ter que fazer tudo isso de novo em outra escola? — arrisquei.

Olhei para ela mais de perto. Podia ver leves rugas em sua testa. Um cansaço.

Cirrus me encarou.

— O pior é depois da quarta ou quinta escola. Você já sabe quanto tempo vai demorar para se encaixar. E mais ainda para fazer uma amizade. É como saber quanto uma maratona dura. E o pior é concluir: ah, não vale o esforço. É mais fácil ficar sozinha.

—Você é cética, hein? — comentei, tentando aliviar o clima.

Mas Cirrus manteve o peso no ar.

—Você já se perguntou como seria crescer sem nenhum amigo de verdade?

— Eu estava brincando. Acho que te entendo.

— Não, mas você não deveria ter que entender. Nenhuma pessoa normal deveria ter que entender o que eu tive que entender. Mas deixa pra lá. Nada disso importa. Não mais.

Engoli em seco. Fiquei olhando para um saco imenso de salgadinhos de queijo, do tamanho de um travesseiro.

— Porque aqui é o meu lugar: com você — ela concluiu.

Depois de ouvir aquelas palavras, prometi bem lá no fundo que ia fazer o que fosse preciso para evitar que Cirrus se machucasse.

Então a beijei.

Cirrus empurrou o carrinho para longe.

— Quer saber? Acho que já podemos ir embora.

— Sério? — perguntei.

Cirrus sorriu.

— Não tem nada nesta loja.

Ela puxou minha mão e me guiou para a saída.

Fomos embora sem ter gasto nem um único dólar.

féixta

Olhei para o espelho. Apertei minhas bochechas.

Estava apaixonado.

Estava apaixonado.

Fiquei encarando meu celular na tentativa de ativá-lo com o poder da mente. Contraí meus músculos abdominais e empurrei como se quisesse fazer cocô. *Visualiza ela*, eu disse a mim mesmo. *No quarto vazio, acordando tarde depois de uma longa noite de sono, tirando o celular do carregador, olhando para a tela e digitando...*

Jhk jhk, fez meu telefone.

— Isso! — eu disse, soltando o ar e relaxando. Meu esforço mental tinha sido bem-sucedido.

Meus pais se mandaram de novo, escreveu Cirrus.

Pra onde?, escrevi.

Sei lá, ela escreveu. Mas decidi fazer aquilo que se espera de um adolescente americano com a casa só para si.

Mordi os dedos. Do que ela estava falando?

Se visualize com ela, eu disse a mim mesmo, *sozinhos em um quarto vazio...*

Féixta!, escreveu Cirrus.

Oi?

Féixta, escreveu Cirrus.

Você está querendo dizer festa?

É.

Você está se saindo muito bem como adolescente americana, escrevi.

Vou convidar você, Milo e Jamal, claro, mas pode chamar outras pessoas? Fiquei a manhã toda ocupada e tem pra todo mundo.

Verifiquei meu pulso. Estava acelerado, mas já voltava ao normal. Uma festa. Não só nós dois, sozinhos no quarto dela. Tudo bem.

Já faz semanas que estou aqui e nunca fiz um *open house*. Achei que ia ser bem legal ter esta casa cheia de... gente, ela escreveu.

Eu não tinha argumentos contra aquilo.

Parece ótimo, eu disse. Precisa de ajuda?

Não, tudo certo!

Que horas eu chego hoje à noite?

À noite?, escreveu Cirrus. Por que não vem agora?

Beleza!, escrevi.

É muito cedo? Não sei o que estou fazendo.

Você está se saindo muito bem, escrevi. Um segundo.

Deixei o celular de lado, refleti por um momento e sorri. Cirrus queria mais gente para sua féixta, e eu sabia como providenciar.

Gunner apareceu na tela, arfando.

— E aí? — ele disse.

Dava para ver três caras, todos do time de futebol americano, empurrando trenós de peso no gramado.

— Por que você está na escola? — perguntei.

Gunner enxugou o suor escorrendo do nariz e trotou até um lugar mais reservado.

— Não estou na escola. Estou no quintal. Meu pai botou a gente pra fazer exercícios de perna. Tudo bem aí?

—Você tem equipamento de treino em casa? — perguntei.

— Quer encontrar mais tarde para fazer *lição de casa*? — perguntou Gunner.

Em geral, esse tipo de papo entre dois jovens vigorosos talvez fosse considerado romântico; naquele caso, se referia a jogo. Aquela era a língua dos nerds.

Gunner se inclinou para o telefone e sussurrou:

— Matei a gárgula, mas agora estou preso naquele lugar com um monte de portas que não abre.

Vasculhei o cérebro.

— O Complexo das Portas Secretas.

Os jogadores de futebol americano passaram ao fundo. Reconheci os três: Hunter, Trapper e Stryker.

— Depois a gente fala disso. Escuta, quantos amigos você tem?

— Se isso incluir fãs, basicamente toda a galera do nosso ano — disse Gunner. — Se está falando de amigos de verdade, só um. Bom, agora dois.

Ah, Gunner.

— Pensa numa desculpa pra dar pro seu pai — eu disse. — Tem uma festa precisando urgentemente de um pouco de atenção.

Tomei um banho demorado. Fiz uma seleção cuidadosa no armário de Gray, enfiei tudo na mochila dele — uma mochila de couro clássica, com tachinhas —, saí da garagem na bicicleta e parei para me trocar atrás dos zimbros.

Eu nunca tinha sido convidado para uma tradicional festa americana na casa de alguém. Aquele fenômeno ocorria apenas em programas de televisão insípidos escritos por picaretas de meia-idade ansiosos para ganhar dinheiro em cima da audiência de jovens adultos.

Sempre encarei aquele tipo de festa como criadouros da próxima geração de idiotas. Mas, agora, me via pedalando, alternando as pernas, com animação. Eu me via segurando um daqueles copos vermelhos de plástico (por que sempre vermelhos?), jogando tênis de mesa de maneira equivocada e sem raquete, plantando bananeira em um barril de cerveja, e por aí vai.

Quando cheguei à casa de Cirrus, só pude ficar encarando aquilo com que deparei.

Havia uma floresta de palmeiras inflável com vinte metros de altura da Nora, a Exploradora.

Havia dois dos maiores castelos infláveis que eu já tinha visto — da Princesa do Gelo e da Mulam —, já remexendo com alguém lá dentro.

Um palhaço que fazia animais com bexigas, tendo abandonado o profissionalismo, tomava cerveja e compartilhava um cigarro eletrônico com alguns colegas da Ruby que curtiam a festa.

Da altura do segundo andar, havia uma plataforma com uns cem metros de tirolesa, de onde uma menina desceu gritando até chegar a uma piscina de cubos de espuma.

Desci da bicicleta, abri caminho para dois rivais de laser-tag passarem e entrei na casa.

Pela janela que dava para o quintal dos fundos, vi Milo e Jamal muito íntimos de Gunner, conversando sobre qualquer coisa enquanto Oggy perambulava por entre os convidados. Artemis também estava ali, ignorando Gunner, que fingia ignorá-la. Mas notei que ele olhava para ela de vez em quando, com o copo enfiado na cara.

Milo e Jamal se lembraram de usar as camisetas emprestadas de Gray, sabendo que estavam indo para a casa de Cirrus. Eles eram demais.

Gunner me avistou e tratou de jogar a mão para a frente com um joinha triunfante.

Cirrus apareceu. Veio até mim para um abraço, desviando e girando no caminho. Estava com um avental preto e cheirava a fumaça e churrasco.

— Estou fazendo galbi ao estilo argentino — disse ela.

— Isso existe? — perguntei.

— Agora, sim.

Com um braço ainda pendurado no meu ombro, Cirrus se virou para os convidados e anunciou, alto:

— A comida vai estar pronta em quinze minutos. Até lá temos queijo de cabra e manchego, marmelada pro manchego, ojingeo suave e apimentado, e bebidas do bar dos meus pais, tipo Aperol, Ricard e makgeolli, fora umas seis garrafinhas de cozumel na geladeira, pra quem não gostar de makgeolli, o que eu não julgo, porque leva um baita tempo para se acostumar com o gosto, haha!

A festa inteira parou e ficou olhando para Cirrus, como se ela tivesse acabado de falar do fundo de um antro de cobras numa língua desconhecida. Cirrus olhou para mim em busca de ajuda, então levantei o braço dela e gritei:

— Uhu!

Todo mundo vibrou. Alguém descobriu como colocar "All Star", do Smash Mouth, para tocar na tv/aparelho de som, e quando vi, Gunner estava de óculos escuros ridículos e enormes fazendo uma dança estilo kung fu em um círculo no meio da sala.

— *Hey now, you're a rock star* — cantou, apontando para mim.

Cirrus agarrou meu queixo.

— O castelo inflável é inapropriado? Foi só quando os caras da loja de aluguel vieram entregar que percebi que nunca vi nenhum nos filmes adolescentes americanos.

— É muito tradicional — garanti. —Você acertou na mosca.

—Ah, ainda bem. Só quero fazer tudo direitinho.

Eu achava que ela estava fazendo tudo direitinho. Porque não sabia de nada!

— Quanto tudo isso custou? — perguntei.

Cirrus sorriu.

— Uns três mil dólares.

Começou a tocar uma música de balada, e a festa foi acelerando até chegar à velocidade de decolagem. Tinha gente bebendo por toda parte, em plena luz do dia, como mamãe e papai faziam nos fins de semana. O time de futebol americano chegou, parecendo um grupo de saqueadores voltando para casa. Gunner correu para recebê-los com um cumprimento ritual violento.

Todo mundo precisava conversar gritando. Aquela tinha se tornado oficialmente uma festa de gritos.

— Este é o Sunny! — Gunner disse para alguém. Lancer? Driver? — E esta é a namorada dele, Cirrus! A casa é dela!

Sorri. Eu era Sunny, e aquela era minha namorada, Cirrus. Vi que ela sorria tanto quanto eu. Cirrus pegou minha mão e a segurou firme, sem conseguir conter a animação.

— Bem-vindos! — gritou.

Driver (ou Sailor?) olhou para mim e depois para Gunner, como se perguntasse: *O que esse cara está fazendo aqui?*

— Eu o obriguei a me ajudar em ciências sob ameaça de agressão física! — disse Gunner. O colega de equipe pareceu compreender. — Fala oi, seu tapado!

Sailor (ou Tracker?) deixou a confusão de lado e obedeceu a ordem de Gunner.

— Oi.

O velho instinto de fugir fez meu estômago se contorcer, mas olhei para Cirrus e agi como se aquele fosse o meu lugar. Porque era.

— Cara, tem uma pista com obstáculos! — comentou Tracker.

— É aquele troço enorme lá fora, né? — disse Gunner.

— Eles estão falando do lance da Nora, a Exploradora? — perguntei.

Cirrus fez que sim.

— Acho que a empresa não conseguiu o licenciamento.

Percebemos que estávamos em meio a um fluxo de pessoas — atraídas pela mesa de bebidas como se fossem adoradores em um culto. Demos um passo para o lado. Uma daquelas pessoas era Artemis.

— Nunca te vejo nessas coisas! — disse Artemis, com seu sorriso halógeno. Ela agitou os dedos para Cirrus. — Ah, é a namorada do Sunny!

E lá estava de novo: *namorada*. O que me tornava o *namorado*. Parecia respeitoso, de certa maneira. Eu tinha conquistado um título que pessoas como Artemis agora reconheciam oficialmente.

Uma balada eletrônica mais tranquila começou a tocar, em misericórdia. Claro que não tocava rock naquela festa, porque o rock estava morto.

Artemis se virou para Gunner, que de repente ficou imóvel.

—Vamos pra pista de obstáculo! — Tracker disse para ele.

— Oi, Artemis Edenbaugh — balbuciou Gunner, antes de ir lá para fora com Tracker.

— Hum, tá — respondeu Artemis.

Do lado de fora, veio um guincho repentino, como de pteranodontes em agonia, alto o bastante para calar a barulheira da festa momentaneamente.

— O que foi isso? — perguntei.

— Um acidente — disse Cirrus, imediatamente preocupada. — Por favor, que ninguém tenha se machucado.

Corremos lá para fora e descobrimos de onde vinha o som: tinha uma pequena aglomeração no fim da tirolesa.

— Não não não — disse Cirrus.

Fomos até lá, abrindo caminho aos empurrões.

Na piscina de cubos de espuma estavam Jamal e Milo, abraçados.

— Arrraiaiaiai! — gritaram, felizes.

— Ah, pelo amor de Deus — soltou Cirrus, com uma risada.

— Quase me caguei de medo — eu disse. — Tenho um torpe-do esperando para ser lançado.

Todo mundo olhou para mim como que dizendo: *Sério?*

— Vocês têm que fazer isso — disse Jamal. — Descobrimos como conectar os equipamentos para duas pessoas descerem juntas.

— É seguro? — perguntei.

— Não — disse Milo.

Cirrus beijou minha bochecha.

— Quer voar?

Só havia uma resposta possível.

Milo e Jamal saíram dos cubos. Milo soltou seu arnês, depois se esticou para tirar o arnês e o capacete do Jamal atordoado, com a eficiência preocupante de um tosador de ovelhas neozelandês.

Eu e Cirrus subimos juntos até a plataforma. Lá, um operador aguardava, com um tablet na mão.

— Digitais aqui, pessoal.

Entregamos nossas almas, assim como a dos nossos ainda não nascidos.

— Recomendo um ajudar o outro a se arrumar — disse o operador. — Muitos casais consideram essa experiência bastante íntima.

Segurei o arnês aberto e Cirrus enfiou os dois pés. Prendi as fivelas em volta de suas coxas, de sua cintura e de seus ombros. An-tes de Cirrus, nunca tinha chegado tão perto de uma menina. Ela era a primeira. A melhor primeira que qualquer cara poderia ter.

— Sua vez — disse ela.

Cirrus vestiu o arnês em mim, e o operador estava certo: era uma experiência extremamente íntima.

Por fim, conectamos nossos mosquetões e nos seguramos com força.

— Um — disse Cirrus, com um braço sobre meu ombro.

— Dois — eu disse, com um braço sobre o ombro dela.

— Três!

Descemos.

Lá embaixo, a festa pulsava, trovejava e vibrava. Mas, ali em cima, estava estranhamente quieto. A situação devia exigir que demonstrássemos nossa emoção com gritos e "uhus" performáticos, semelhante ao protocolo de uma montanha-russa.

Fazia muito tempo, no entanto, que eu descobrira que montanhas-russas eram mais divertidas — de um jeito até contemplativo — quando eu *não* gritava. Um passeio de montanha-russa em silêncio me dava a ilusão de que eu era acostumado a voar em dragões e me aproveitava habilmente de um movimento vertical do ar para ganhar velocidade. Bruxos aéreos não gritavam ou faziam algazarra em seus voos. O céu simplesmente era deles.

Sunny, o Rei Ultravioleta.

Cirrus, a Rainha das Nuvens.

—Você é tão linda — falei.

—Você que é lindo — Cirrus disse.

Ela acreditava mesmo naquilo? Que podíamos ser lindos juntos? Para mim, era difícil dizer o que aqueles olhos transmitiam. Coisas demais se passavam rápido demais enquanto cruzávamos o ar: admiração, afeto, maravilhamento.

E confiança.

Eu queria cada gota de sua confiança. Sabia que ter a confiança dela seria a maior das honras.

O cabo sumiu e abrimos nossas asas, translúcidas e leitosas. Mais adiante, identifiquei uma floresta silenciosa e escura, a não ser pelo fogo-fátuo, que prometia nos guiar pelo caminho. Rumo a onde?

Os ruídos da festa ganharam volume; a piscina de espuma se aproximava rapidamente de nós. Aquilo finalmente nos deu um motivo para começar a gritar.

— Uooooou! — falei.

— Ka-hahaha — disse Cirrus.

Sem nem pensar, nos seguramos um ao outro com força. O impacto pressionou meu capacete contra o de Cirrus, e ficamos perto o bastante para que eu inspirasse o ar que ela expirava enquanto nos afogávamos em cubos azuis.

Milo estava certo — aquilo não era nem um pouco seguro.

Assim que ajudei Cirrus a sair da piscina, alguém me deu um encontrão que me fez trombar com uma coluna acolchoada.

— Que legal que você está aqui — disse Gunner, e o cheiro de álcool em seu hálito era tão forte que uma única faísca poderia ter dado origem a um cone de chamas azuis.

— Que legal que você está aqui também — falei, tossindo.

Cirrus se inclinou para se juntar a nós.

— Obrigada por ter feito a escola toda vir.

— Que nada — Gunner fez. Olhou em volta, localizou Artemis, olhou para mim e para Cirrus, então soltou um suspiro melancólico. — Que nada.

— Seu avental é tão fofo! — gritou Artemis, já puxando Cirrus, que, perplexa, olhou para mim como quem dizia: *Acho que estou indo embora agora.*

Dei de ombros como quem dizia: *Você fez uma amiga!*

Comecei a rir, mas parei quando vi Gunner enxugando o nariz molhado e os olhos molhados repetidas vezes. Ele se esforçou para disfarçar o desejo declarado em seus olhos e levou a mão aberta ao meu ombro.

— Quer beber uma, cara?

Em geral, eu responderia: "Álcool é para vítimas". Mas não era o momento.

— Por que não? — falei.

Gunner começou a estalar os dedos em um ritmo musical.

— *Bebendo, com meu parceiro...* — cantarolou, embora ainda não estivéssemos bebendo juntos.

Uma formação em V de jogadores de futebol americano passou, e Gunner gritou para eles:

— Esssse é meu amigo Sunny!

Os caras ouviram seu chamado instintivamente, reconheceram sua supremacia e se aproximaram em ordem hierárquica. Em geral, Gunner teria feito seus capangas me prensarem contra os armários na parede para arrancar meus braços e pernas enquanto Oggy tirava selfies com a gente atrás, mas, daquela vez, os caras puxaram papo espontaneamente.

— E aí, Sunny?

— Fiquei sabendo que você tira onda na guitarra.

— Ei, fala pra sua mina que ela sabe como dar uma festa.

— Sunny Dae!

Eles formaram um círculo e me acompanharam de volta até a casa, como uma escolta do serviço secreto para minha nova presidência. Os convidados ao redor testemunharam nossa procissão, reconheceram a alteração na ordem social e reajustaram seu modelo psicológico do mundo.

Entre todos os que olhavam, ninguém parecia mais impressionado que três pessoas em particular:

Milo, Jamal e Oggy, o amigo de Gunner.

Os três se mantinham ali juntos, assistindo àquela improbabilidade. Dei de ombros para eles. Milo acenou de leve, inexpressivo. O rosto de Jamal estava congelado em uma admiração avessa. Oggy cruzou seus braços finos e destroçou um dente-de-leão sem querer.

Dentro da casa, Gunner comandou seu esquadrão até a mesa de bebidas, em meio à multidão que se abria obedientemente. Recuei e estiquei o braço para roubar Cirrus de Artemis e outras quatro meninas, todas com um novo interesse por mim visível nos olhos, como nos desenhos animados.

— O que está acontecendo? — perguntei, quando estávamos os dois sozinhos.

Cirrus olhou em volta, impressionada.

— A festa está indo bem — sussurrou.

— Você conseguiu.

— Nós conseguimos. Fiz amigas. Nem tive que me esforçar pra isso.

Nos aproximamos mais um do outro conforme mais pessoas chegavam e entupiam a entrada.

— Vem aqui comigo um pouquinho? — falei. Meu coração disparou em uma mistura de brincadeira e desejo. — Aconteceu um negócio.

O rosto de Cirrus se contraiu.

— Ah, não. O quê?

— Vem.

Eu a puxei escada acima. Passamos pela suíte principal — ainda vazia —, atravessamos o corredor e entramos no quarto dela. Fechei a porta.

— Sun, está tudo bem? — perguntou Cirrus, pouco antes que eu a beijasse.

Instantaneamente, suas mãos estavam na minha camiseta, buscando meu coração. E encontraram. Então agarraram o tecido com força o bastante para que nós dois perdêssemos o equilíbrio e caíssemos, passando de raspão pela cama. Seu cotovelo aterrissou entre minha quarta e minha quinta costelas.

— Ai — eu disse, e puxei seu rosto até o meu para outro beijo.

— Hum — Cirrus fez. Ela segurou minha cabeça com a força de um torno para provar o gosto da minha língua. — Hum...

Nossas narinas sibilavam com o esforço e nossos dentes batiam enquanto devorávamos um ao outro febrilmente, com um apetite ilimitado. Eu poderia ficar fazendo aquilo o dia todo e não seria o bastante. Ao mesmo tempo, era mais do que tinha imaginado. Como podia?

Arfei.

— Eu pertenço a você, Cirrus Soh. Tá bom?

Cirrus brilhou, emitindo uma maravilhosa luz escura. Era como se ela estivesse esperando que eu dissesse aquelas palavras havia muito tempo.

— Eu pertenço a você também, Sunny Dae.

Nos beijamos de novo — mais devagar — para gravar aquilo de maneira permanente no tempo.

Um baque profundo vindo lá de baixo nos fez parar. Risadas ecoaram e a festa voltou com tudo.

— Sua casa vai ser destruída — eu disse.

— Não dá para destruir uma casa vazia.

— Será que não é melhor voltar lá pra baixo? — perguntei.

— Precisamos mesmo? — disse Cirrus, e me beijou de novo.

Meus lábios viajaram por sua bochecha, desceram para seu cabelo e chegaram à nuca, então circum-navegaram seu dorso até as planícies ondulosas da omoplata e das costas. Parei e respirei. Abri os olhos.

Eu tinha baixado o decote redondo da blusa dela e descobrira o que, ao olho não treinado, pareceria um labirinto circular, muito pequeno e muito simétrico.

—Você tem uma tatuagenzinha — falei.

— Ah, isso — Cirrus disse, de repente tímida. — Fiz há muito tempo, haha.

— É linda — falei, impressionado.

Cirrus riu contra as costas da mão.

— Tenta adivinhar o que é.

Eu poderia ter dito: "Não sei". Mas eu sabia. Sabia exatamente o que era.

Era o labirinto do piso da Catedral de Chartres, na França. Eu sabia daquilo por causa de um módulo de aventura em que eu, Milo e Jamal tínhamos mergulhado de cabeça quando mais novos, chamado A Maldição do Minotauro Gótico. A campanha inteira tinha a forma daquele símbolo ornamentado; eu tinha passado muitas horas mapeando à mão cada curva e cada reta.

Senti um frisson de êxtase vibrando por todo o caminho até meus rins. Passei o dedão pela tinta na pele dela. Eu não queria apenas dizer o que era aquela tatuagem, como também contar *por que* sabia daquilo. Mas de forma alguma conseguiria tal coisa.

Havia todo um lado meu — o lado verdadeiro — que, só então me dava conta, eu queria ver fora do cofre que havia feito para ele.

— É o labirinto da Catedral de Chartres, na França — falei.

Cirrus irrompeu em uma risada surpresa e alegre.

—Você já foi lá? Eu chamo de labilindo.

Meu sangue corria para as têmporas. Pensei depressa.

—Vi na biblioteca uma vez — respondi.

E passei dois meses explorando todos os seus segredos e perigos na garagem de Milo.

— Eu tinha duas amigas, uma época — disse Cirrus. — Quando morava em Paris. O francês delas era só um pouquinho melhor que o meu, que parecia de uma mulher das cavernas de tão rudimentar. Os pais delas viviam se mudando, que nem os meus. Nenhuma de nós via motivo para mergulhar numa cultura que depois íamos deixar para trás. Considerando todas as escolas pelas quais passei, essas duas amigas foram as pessoas de quem mais gostei. Fora você, claro.

Sorri.

— Nossa turma um dia foi visitar a catedral. Fugimos do resto do pessoal e passamos horas no labirinto. Era tão lindo e contemplativo. Supostamente um minotauro esperava bem no meio.

Eu estava louco para contar a ela que a maior parte dos labirintos daquele período tinha minotauros, e que embora se tratasse de uma criatura durona com um bônus +6 em luta corpo a corpo com ataques de machadão ou os chifres, poderia ser derrotado caso se abusasse de magias como Grito Psíquico ou Rachadura Mental, que exploravam a pontuação fraca da criatura em termos de inteligência.

Mas guardei tudo para mim. Percebi que odiava ter que fazer aquilo e que teria que continuar fazendo.

— Não sabia — falei.

Empurrei meu coração insistente de volta para o lugar e engoli em seco.

— Bom, agora você sabe — Cirrus disse.

Aquela noite, depois que a festa acabou, limpamos tudo. Milo, Jamal e Gunner ficaram para ajudar.

Quem fez a maior parte do trabalho foi Gunner. Descobrimos que era louco por limpeza. Só eu entendia de onde vinha aquela obsessão: sua casa escura e impecável, seu pai reprovador. Eu ficava no canto, elogiando enquanto ele ia de cômodo em cômodo, com uma determinação ainda bêbada, enquanto Oggy dormia em outro canto, alheio a tudo aquilo.

Bom trabalho, Gunner.

Uma casa sem mobília era muito fácil de arrumar, mesmo depois de uma festa, e tal constatação me fez querer viver em um espaço vazio, como um daqueles entusiastas do minimalismo em Tóquio.

Pensei em todas as caixas organizadoras no meu quarto. Elas não constituíam certo tipo de espaço minimalista também?

Então talvez eu devesse deixar aquela história para lá.

Milo e Jamal ajudaram na cozinha. Milo assoviava como um maníaco — o refrão de "Beleza é verdade" — enquanto embalava as sobras. Depois de dois minutos Jamal rasgou um pedaço de papel-alumínio audivelmente e implorou para que ele parasse.

— Eu estava assoviando? — perguntou Milo.

— Sim! — Cirrus e eu gritamos, rindo.

Cirrus olhou para mim, então virou delicadamente para Jamal e depois para Milo antes de franzir o nariz, como quem dizia: *Isso não é ótimo?*

Sorri de volta, dizendo: *É, sim.*

Logo a casa e o quintal estavam limpos e arrumados, os caras do aluguel tinham sido mandados embora com gorjetas generosas, e chegou nossa hora. Milo e Jamal se mandaram, de bicicleta; guardei a minha na caçamba da picape de Gunner, porque precisaria ir dirigindo até a casa dele, dada sua condição incapacitada.

Cirrus choramingou, frustrada mas alegre.

— Por que a noite tem que acabar?

— Astrofísica — eu disse.

Ela não me mandou um beijo — Cirrus não era desse tipo —, mas recuou sem virar de costas, com o olhar fixo no meu, por tempo o bastante para cair de bunda numa planta, o que era ainda melhor que me mandar um beijo.

— Cuidado — disse alguém. Era a vizinha insone, observando tudo com seus olhos leitosos.

— Eita — disse Cirrus, assustada. Ela correu para trás da porta da frente.

Levei Gunner até em casa. Antes que ele fosse embora, apoiou o cotovelo grande e pesado no meu ombro, afundando os pneus da minha bicicleta. Àquela altura, seus olhos eram fendas.

—Você é incrível — disse ele. — Cirrus é incrível. Vocês ficam incríveis juntos.

— Ficamos, é — eu disse.

— Por que você achou que precisava fingir? — continuou, num rosnado perpétuo. —Você não precisava fingir, seu bobo.

Me segurei mais firme na bicicleta.

— Porque sou um idiota, Gunner.

— Nesse caso — respondeu, indo embora —, queria ser idiota que nem você.

Na sombra dos zimbros, voltei a vestir minhas próprias roupas. Elas me pareceram frias, largas e sem inspiração. Eu já sentia falta das roupas de Gray. Aquilo era bobagem, porque eu ia vestir o pijama em questão de minutos, mas ainda assim me troquei, para o caso de encontrar com minha mãe e/ou meu pai. Era melhor prevenir.

Uma vez dentro de casa, subi a escada, tirei o anel de Bafomé e o deixei sobre a cabeça do meu cavaleiro diminuto na escrivaninha, coroando-o como rei. O riff de dois acordes do meu celular soou — *jhk jhk* — e percebi que sentia falta do toque *O elfo atirou comida!*

Era tudo uma grande confusão.

Eu queria passar a noite inteira com você, Cirrus tinha escrito.

Eu também, escrevi. Mas sempre tem a escola amanhã.

Não é a mesma coisa, ela escreveu.

Não mesmo.

Está com sono?

Não, escrevi.

Que bom, ela escreveu.

Cirrus ficou escrevendo por um momento, depois uma mensagem estranha chegou:

WHYSOHCIRRUS CONVIDOU VOCÊ PARA O PANOPTICON

Entendi imediatamente.

Um segundo, escrevi.

Desci a escada em silêncio absoluto. Encontrei o óculos de realidade virtual carregando na bancada da cozinha. Encaixei-o como se fosse um chapéu, configurei uma conta usando gestos de mão e defini um espaço de jogo invisível na sala escura.

Então meus olhos
  se encheram
     de
      brilho.

sílfides

Estou flutuando em meio às estrelas. Abaixo de mim há um aglomerado de malaquita verde-escura, sobre uma camada infinita de lápis-lazúli: uma ilha isolada no mar noturno, iluminada pelo holofote branco que é a lua crescente.

Flutuo rumo às florestas de lá, onde luzes cor de âmbar me guiam. O ar se torna úmido. Ouço a chuva caindo e o ranger da madeira.

Somos jovens sílfides, ainda desprovidos de asas e ligados à terra. A coroa dela, encrustada de bagas e líquen, brilha, em uma bioluminescência de um branco--esverdeado. Sua pele é cor de sorvete de pecã, seus olhos são pretos como ônix. Minhas próprias mãos brilham cor-de-rosa como pétalas de corniso, passando a verde-limão nas extremidades. Quando nos aproximamos, nossas cores se misturam e fortalecem.

Os vaga-lumes da floresta iluminam o caminho a seguir. Deparamos com o quebra-cabeça das pedras vermelhas escondidas, que é fácil resolver. Então com a fechadura de pedra, que, ao girarmos, revela um túnel para uma caverna cheia de pedras preciosas. Mais enigmas nos esperam ali. Ela me mostra como resolver todos.

No centro da ilha fica um deus-árvore, que nos abençoa com uma chuva de folhas, e em estrelas gêmeas de luz dispersa renascemos com asas velinas e longas. Podemos fazer qualquer coisa agora.

Canta, ela diz. E me faz subir em um toco de árvore colossal, com dez mil anéis de idade. Ela se multiplica em um público de centenas, cada uma irradiando uma cor diferente enquanto espera que eu comece. Só ouvi você cantar uma vez, ela diz. Quero ouvir de novo.

Tenho dezenas de vozes à minha disposição. Mas escolho a padrão, a normal, que passa por entre a copa impenetrável da floresta, volteia uma estrela ou outra, e encontra seu caminho de volta. O público brilha em uníssono agora: branco e azul e verde e laranja.

Nos beijamos daquele jeito estranho dos avatares, com os polígonos de nossos rostos se repelindo, sem nunca realmente se tocar. O mundo perde força, perde luz, depois textura, então a estrutura brilhante que sustenta tudo, restando apenas escuridão ao final.

90%

Faltavam duas semanas para o show de talentos.

Eu me sentia leve. Como se a gravidade estivesse só um pouquinho mais fraca. Não tinha outra maneira de explicar minha passada mais comprida. A facilidade com que eu pedalava até a casa de Cirrus toda manhã, depois de sua mensagem diária dizendo: *Vamos!*

Toda manhã, eu pulava na minha bicicleta, que sem dúvida nenhuma causava danos em alguns tecidos mais frágeis do meu corpo, embora eu estivesse começando a me importar menos com aquele tipo de coisa. Não usava minha touca de dormir havia duas noites.

Toda manhã, eu me abaixava atrás dos zimbros dos Cernosek e emergia dali renovado, usando, por exemplo, uma camiseta raglan furada e calça xadrez com correntes que não tinham nenhum outro propósito além de refletir a luz e tinir a cada passo.

Eu sentia um ímpeto que logo deixaria o show de talentos muito para trás, no passado, e me conduziria finalmente a um futuro mais claro, onde eu poderia ser eu mesmo, e apenas eu.

Aquele ímpeto crescia em proporção inversa à postura de Gray, que encolhia em resignação ao aceitar a mentoria contínua do meu pai no que se tratava de serviços para clientes corporativos. Gray estava se normalizando. Estava *aceitando.*

Nos corredores da escola, eu via Gunner liderando seu esquadrão de descerebrados para lá e para cá, rondando sem rumo. Se antes pareciam hienas vindo me cheirar, agora cada um deles me cumprimentava, a começar por Gunner e depois se espalhando por ambos os lados de sua formação em delta.

Ele é legal.

Os fins de tarde e as noites eram o mais complicado, porque era quando eu precisava ficar longe de Cirrus mesmo que cada nervo do meu corpo gritasse por ela.

— Quero ficar com vocês, vendo o ensaio — ela dizia.

— Quero que nossa apresentação seja surpresa — eu respondia.

Aquilo era só em parte verdade; eu não podia deixar que ela soubesse que Gray estava me treinando para eu me passar por estrela do rock.

— Tá booooom — ela dizia.

Acenando dos paraciclos, eu a observava se afastar na bicicleta.

No fim do dia, ficávamos só eu, Milo e Jamal, trancados na sala de música, esperando que Gray chegasse enquanto a escola ficava cada vez mais silenciosa. Todos os outros iam para casa, jantar, fazer a lição de casa, ver TV e jogar video game; nós ficávamos ali para trabalhar.

Nos sentávamos nos amplificadores como se fossem nossos, e não da escola. Ligávamos os instrumentos. Milo ajeitava a bateria um milímetro aqui, um milímetro ali. Ele tinha deixado o cocktail de lado e montado uma composição tradicional de rock. Mexíamos nos botões para acertar o volume, o ganho, a reverberação e a *presença*. Eu nem sabia o que o último fazia. Mas gostava da ideia de ter um controle para ajustar a perspectiva filosófica que se tinha da vida.

Então esperávamos.

— Vocês querem repassar tudo enquanto esperamos Gray? — perguntei naquele dia.

— Enquanto esperamos Godot — disse Jamal, com uma expressão azeda.

— Ei — disse Milo. — Tenho certeza de que a gente não precisa se preocupar.

Dobrei os dedos no braço da guitarra.

— Como assim?

— Jamal só está bancando o paranoico — disse Milo.

— Fala logo — mandei.

Ele mostrou o celular.

— Lady Lashblade curtiu o canal desse bando de palhaços que acham que fazem grandes adereços...

Forcei a vista.

— LARPros? Eles têm menos da metade das nossas visualizações. Não é nada.

— É alguma coisa — disse Jamal.

— A qualidade das coisas deles é muito baixa — disse Milo.

— Precisamos gravar o vídeo do Véu de Esmeralda imediatamente — insistiu Jamal. — Temos que nos manter no radar de Lady Lashblade se quisermos expor na Feira Fantástica.

Suspirei.

— Vamos gravar.

— Estamos decaindo — disse Jamal.

— Não estamos decaindo — disse Milo.

Tirei a guitarra e passei o braço sobre os ombros de Jamal.

— Ei. A gente vai fazer esse vídeo.

— Quando? — perguntou Jamal. — Nos seus sonhos?

— Sei que essa coisa da banda está tomando todo o nosso tempo — falei. — E sinto muito, de verdade. Sou muito grato a vocês dois. Sem vocês, estaria morto. Mas está quase acabando.

— Você é impossível quando fica assim sincerão — disse Jamal.

Ouvimos o chiado da vedação à prova de som quando a porta abriu. Gray entrou.

— Foi mal, foi mal, um lance do trabalho se estendeu.

— Trabalho? — perguntei.

Gray deu de ombros.

— Tive uma entrevista em grupo com toda a galera do Trey Fortune. Pareceu de verdade dessa vez.

— Não sabia — eu falei.

— Provavelmente porque não te contei — ele retrucou, dando de ombros novamente.

— E como foi a entrevista? — perguntei.

— Muito boa, na verdade — respondeu Gray, olhando para o chão. — Parece que consigo me animar com declarações de impostos trimestrais para empresas limitadas de pequeno a médio porte.

Eu não disse nada. Uma "entrevista muito boa" era algo bastante diferente de voltar para casa só para se reorganizar antes de se juntar a uma banda nova em Hollywood. Pelo visto, Gray talvez não fosse a lugar nenhum.

Olhei para Jamal e Milo. Era tão difícil definir se meu irmão estava orgulhoso de si mesmo ou querendo se matar que eu chegava a ficar perturbado.

— Isso parece ótimo — disse Milo.

Gray tirou o blazer e afrouxou o nó da gravata.

— Tanto faz. Vamos tocar.

Repassamos "Beleza é verdade" múltiplas vezes. No começo, seguimos Gray, que nos guiava nas mudanças de acorde usando uma baqueta quebrada para apontar para a lousa. Quando conseguimos tocar a música inteira sem cometer nenhum erro, ele parou de apontar para ver se ainda assim nos virávamos. Quando conseguimos, ele apagou a lousa.

Tocamos. Trocamos olhadelas. Acertamos as transições.

Gray sugeriu com muita delicadeza que talvez Jamal pudesse se abster de cantar seu backup improvisado e espontâneo, o que deixou Jamal muito triste. Gray recuou na hora e disse que era de gritinhos de apoio — não élficos — que a música precisava, então Jamal voltou a se animar.

Milo estava bem chateado com sua inabilidade de girar as baquetas, até que Gray sentou com ele e mostrou como fazer o básico. Havia três pontos na música em que Milo poderia brincar com suas estrelas ninja, e quando ele conseguiu fazer isso em todos sem derrubar as baquetas ficou feliz também.

Era muito, muito importante manter Jamal e Milo felizes, e fiquei grato a meu irmão por aquilo.

Toda noite, relaxávamos e batíamos os punhos no alto. Gray entrava no meio, como um quarto Imortal secreto.

Toda noite, eu perguntava a ele que porcentagem do caminho já tínhamos percorrido.

— Acho que mais uns cinco por cento — Gray dizia.

— Só? — Jamal reclamava.

— Acho que você só diz isso pra gente se esforçar mais — Milo resmungava.

— Na verdade, talvez só quatro — Gray se corrigia, com um sorrisinho irônico. Depois de apanhar com as baquetas para tímpano, que tinham feltro na ponta, ele recuava. — Tá bom, cinco.

Cinco ou quatro, estávamos fazendo progresso contínuo.

Para provar o quanto tínhamos evoluído, Gray nos mostrou um vídeo que gravara em segredo na semana anterior. Parecíamos criancinhas que haviam sido colocadas no mesmo parquinho mas que brincavam sozinhas paralelamente. Já não estávamos mais assim. O vídeo mais recente mostrava uma sintonia muito maior e uma comunicação digna de uma banda de verdade.

Para provar o quanto ainda tínhamos que evoluir, Gray nos mostrou um vídeo dele mesmo tocando com os Mortais, anos antes. A música não era "Beleza é verdade", mas ilustrava bem o que ele queria dizer. Gray *se apresentava*. Nós, em comparação, apenas acertávamos as notas, com a graça de estivadores.

Toda noite, os membros do DIY Fantasy FX prometiam que iriam para a casa de Jamal depois do ensaio para cuidar do vídeo do Véu de Esmeralda, mas sempre acabávamos concluindo que estávamos cansados demais, com a barra de carga da nossa bateria simplesmente vazia.

Antes de ir para a cama, Jamal nos mandava notícias, obcecado como estava com os intrometidos do LARPros.

Eles continuam inativos, nada de vídeos novos, nenhuma atualização, Jamal escreveu. Mas por quanto tempo?

A sexta-feira chegou. Fazia mais de quatro semanas que estávamos ensaiando.

— Em que pé estamos? — perguntei.

— Me deixa ver suas mãos — Gray disse.

A ponta dos dedos de Jamal tinha uns baita calos, e a minha também. A parte interna dos indicadores de Milo parecia lixa, por conta da pegada firme nas baquetas.

— Lá se vai minha carreira de modelo de mãos — Milo disse.

Jamal deu um tapa nas nossas mãos, tirando-as de perto de Gray, e segurou o ombro dele.

— Em que pé estamos? Desembucha, cara!

Gray suspirou e encheu as bochechas de ar, como fazia todas as noites.

— Oitenta por cento.

— É nota oito! — disse Milo.

— Eu aceito um oito! — disse Jamal. — Isso significa que podemos parar de ensaiar antes?

A expressão de Gray se tornou relutante: *Não*. Quando Jamal e Milo viraram para mim, eu tinha a mesma expressão no rosto.

— Ah, pelo amor! — resmungou Jamal.

— Só mais um pouquinho — pedi.

— Bom, é sexta, estou morrendo de fome e vejo vocês depois — disse Jamal.

—Vou pra cama — disse Milo, com um bocejo.

— Mal passam das oito — falei.

— Disse o garoto apaixonado — falou Milo.

— É isso aí — disse Gray. — Excelente trabalho hoje. Vocês me fizeram lembrar de mim mesmo nessa idade.

— Não seja tão dramático — disse Jamal.

Juntamos as mãos, para baixo e depois bem lá para cima, enquanto pronunciávamos em uníssono:

— Ao metal.

Éramos quatro, e erguemos quatro mãos chifradas.

Em casa, Gray foi resolver alguma coisa com meus pais enquanto eu subia correndo para vestir minhas roupas normais. Me joguei na cama, exausto.

O celular vibrou, fazendo meu coração dar um pulo.

Vem ficar de bobeira aqui embaixo, cara, escrevera Gray.

Fiquei olhando para o aparelho. Gray estava me convidando para sua toca no porão.

Beleza, escrevi.

Desci. Um aroma de comida deixava o ar mais denso conforme eu me aproximava da porta do salão de jogos.

— Acabei de descongelar uns pasteizinhos — disse meu irmão.

Havia uma geladeirinha no porão agora, além de um micro--ondas. As pilhas de roupas haviam sido guardadas; a mala tinha sumido. Uma velinha dava um oi do peitoril da única janela no cômodo. O lugar estava arrumado, quase aconchegante.

Sentei no tapete fofo — que tinha acabado de ser aspirado, como dava para ver pelas marcas em W na superfície — e afundei os dedos nele.

Meu celular vibrou. Dei uma olhada. Mergulhei no sentimentalismo, o coração batendo nos ouvidos.

Adivinha o que chegou pelo correio hoje.

Cirrus mandou uma foto de uma caixa de papelão cheia de tecido preto.

Camisetas.

Camisetas com letras vermelhas habilmente desenhadas como cortes de navalha.

OS IMORTAIS 2020

ÚNICA APRESENTAÇÃO

SUNSET STRIP, HOLLYWOOD

Havia até um logo: o anel de Bafomé.

Pedi cem, escreveu Cirrus.

Cem camisetas. Cem pessoas usando cem camisetas. Uma noite no Miss Mayhem, diante de um público de cem pessoas usando cem camisetas. Eu no palco, com um microfone, me apresentando à noite no Miss Mayhem, diante de um público de cem pessoas, usando cem…

—Você está bem, cara? — perguntou Gray.

—Tô — eu disse.

Você é demais, escrevi, conseguindo errar todas as palavras antes. — **Obrigado.**

Sou sua fã número um!, escreveu Cirrus.

Eu não conseguia pensar em nada mais para escrever, então

mandei alguns emojis escolhidos aleatoriamente em meio ao pânico. Emojis eram a poesia improvisada que preenchiam as lacunas entre as palavras, e se a gente não olhasse com atenção nem notava as emendas.

— Tem certeza? — Gray perguntou.

— Hum.

— Então, eu menti mais cedo. Vocês estão quase nos noventa por cento. Mas não conta pra eles, xiu.

— Não brinca. Sério?

— No fundo é um pouco verdade que o rock consiste em apenas três acordes e certa atitude. A parte dos acordes todo mundo consegue pegar. Os últimos dez por cento é que não rolam. É a parte da atitude, a coisa da estrela. É nisso em que vamos trabalhar agora.

— Hum.

— Precisamos fazer isso — disse Gray, comendo um pastelzinho quente. — Pensa só: faltam três ensaios. Temos que colocar um pouco de estilo no negócio.

Gray reclinou abruptamente a poltrona e dedilhou uma guitarra imaginária enquanto girava o pescoço em elipses desvairadas. Quase dava para ver as chamas do inferno lambendo a pele clara de seu pomo de adão enquanto ele ria diante do mar flamejante de condenados.

— Tipo assim — falou, voltando à posição normal.

Franzi os lábios.

— Não vai rolar. Não levamos jeito.

— Levam, sim. Vocês vão conseguir. Porque são disciplinados o bastante para *dar duro*. São os bons hábitos que vocês desenvolveram fazendo aquelas coisas de nerds. É inspirador.

— Está me dizendo que *eu* inspiro *você*? — perguntei.

— Sempre volto pra ensaiar com vocês, não? — apontou Gray.

— Tem sido legal te ver no seu habitat natural — me arrisquei a dizer.

Gray sorriu, mas havia certa tristeza ali.

— Respondendo atrasado a sua pergunta, o que aconteceu em Los Angeles foi que algumas pessoas... produtores... sempre diziam que eu não era *autêntico* o bastante. E esse é o jeito hollywoodiano de dizer que eu não era bom o bastante.

Assenti. Baixei a cabeça. Por experiência própria, eu sabia que as pessoas nunca diziam o que realmente queriam dizer.

— Por que você não continuou lá, tentando um pouco mais?

— Fiquei sem grana.

Eu entendia. Odiava que as pessoas tivessem que abandonar seus sonhos para trabalhar sem parar, a não ser, claro, que de alguma forma conseguíssemos passar daquela idade das trevas do capitalismo avançado para um futuro como o de *Star Trek: A nova geração*, abençoado com renda básica universal e macacões maneiros.

— Por que você não pediu mais dinheiro para a mamãe e o papai? — perguntei.

Gray não conseguiu se segurar e me olhou de um jeito diferente. Então tocou o lado esquerdo do peito com a ponta dos dedos.

— Los Angeles era coisa minha. Eu precisava saber se era capaz. Sozinho.

Eu entendia mais ainda. Imaginei meus pais financiando o DIY Fantasy FX — e todos os *conselhos* que viriam junto com o investimento. A ideia era tão absurda que quase ri alto.

— Bom... — disse Gray, olhando para o chão. —Vou aceitar o trabalho com o Trey Fortune. Vou ficar aqui em Rancho Ruby. Não vou voltar para Hollywood.

— Ei. E se você tentasse mais uma vez? E se...

Gray balançou a cabeça.

— É melhor desse jeito, confia em mim.

—Tá.

Por um momento, só ficamos ali. Gray me passou um pastel-zinho.

Dei uma mordida e fiz cara de *Hum, que gostoso!*

Comemos sem conversar muito. Gray acendeu a tela do telefone. Leu alguma coisa, deu uma olhada e pareceu gostar. Foi como se uma ideia tivesse lhe ocorrido.

— Quer saber? — disse meu irmão. — Acho que vou voltar a Hollywood.

Arregalei os olhos.

— Como assim?

— Mas não por mim — Gray disse, então se levantou.

— Oi?

Gray me jogou um pastelzinho para viagem.

—Vamos a Hollywood por *você*.

patéticos

O Inspire NV chegou ao topo de uma colina e seguiu navegando pelo mar preto pontilhado em dourado, vermelho e verde brilhante.

— A Cidade dos Anjos — disse Gray.

Los Angeles.

Tudo o que Rancho Ruby não era.

Uma confusão encardida e interminável de prédios baixos decadentes, ao lado de food trucks reluzentes vendendo tacos, ao lado de condomínios milionários, tudo flanqueado por rios quilométricos de acampamentos de sem-tetos. Todo mundo dirigindo rápido demais, ouvindo música alta demais e usando roupas de menos, garotos e garotas e todo mundo no meio. Enquanto avançávamos, o labirinto de arranha-céus esvaziados no centro da cidade não tinha escolha a não ser dar espaço às vastas regiões autônomas de Koreatown e Byzantine-Latino Quarter, que por sua vez abriam caminho para as pistas inescrutavelmente descoladas de Third Street, Beverly, Melrose, Fairfax e afins, com todos os seus signos e significados herméticos.

Eu amava Los Angeles. Eu morria de medo de Los Angeles.

Gray esticou o braço para fechar a boca que eu tinha deixado aberta, em assombro.

—Vai entrar uma mosca — ele disse.

Sorri. Eram dez horas de uma sexta-feira à noite, e eu e meu irmão mais velho estávamos indo para Hollywood. Não havia outra palavra para descrever aquilo que não "legal".

Gray pensava o mesmo.

— É muito legal aqui. Não aguento.

Fiz que sim.

— Esta cidade é um pesadelo em termos de planejamento e foi construída com base na ganância e no excesso.

—Você é tão cínico — disse Gray.

— Não, só estou sendo honesto.

— Não vem com essa honestidade cínica pra cima de mim. — Ele sorriu. — E para de dizer "não".

Vimos o caleidoscópio da cidade passar: lanchonetes, revendas, templos, barraquinhas de taco.

Gray finalmente estacionou. Abriu a porta e saiu para a noite quente. Dei uma olhada lá fora. Havia uma fila modesta de jovens góticos e entusiasmados diante do famoso Miss Mayhem, sob uma marquise incandescente ostentando o nome da banda que Gray tinha visto pelo celular, ainda em casa, que tocaria aquela noite: OS REPUGNANTES.

Deslumbrado, pisei na costa exótica do Sunset Boulevard.

Gray me conduziu até a frente da fila e recebeu um aperto de mão e um abraço do segurança postado ali.

—Voltou? — perguntou o homem.

— É uma história complicada — disse Gray. — Bom te ver, cara.

O segurança deu outro abraço nele, abriu o cordão de veludo e apontou com a extremidade de latão para mim.

— Não quero te pegar bebendo, moleque, por favor.

Gray me conduziu para a caverna aveludada e seguiu direto para o bar vazio, onde pediu uma cerveja para si mesmo e uma água com gás — a bebida clássica dos cavalheiros sóbrios ao longo da história — para mim. O lugar estava tranquilo; não tivemos dificuldade em pegar uma mesa alta no fundo escuro do salão.

Gray ergueu o copo.

— Aos velhos tempos. Velhos tempos, *afe*.

— Quando você tocou aqui pela última vez? — perguntei.

Gray tomou um gole, depois apontou com a cerveja para o palco.

— Logo mais vai ser você ali.

Engoli em seco, de puro terror.

— Estou me dando conta disso.

—Você precisa de orientação antes da sua grande noite. Foi por isso que te trouxe aqui. E dá pra aprender uma coisa ou outra sobre rock 'n' roll com essa banda. Os caras têm atitude.

— Que atitude? — perguntei.

Gray só sorriu, de alguma forma fazendo psiquicamente com que um som irrompesse. O show estava começando. Ele se acomodou e ficou olhando — *avaliando*.

De perto, dava para ver como os olhos de Gray iam de um lado para o outro; como absorviam cada ponto de luz do palco; como notavam mesmo o menor movimento dos dedos do guitarrista.

— É uma mistura de System of a Down com LCD Soundsystem — Gray disse no meu ouvido, como se fosse um segredo. — Disco fantasiado de metal, o que é *muito* inteligente.

Eu conseguia identificar aquilo agora.

— Eles enganam todo mundo.

— Não é um truque.

— Parece encenação.

— Para de julgar, julgar, julgar — disse Gray, exasperado. — Só *observa*.

Sacudi a cabeça. O que Gray estava dizendo era: *Para de pensar. Começa a viver.*

Então observei. O cantor, que tinha maquiagem preta carregada em volta dos olhos, gemia e uivava ao microfone. Sua mão subia e descia no braço da guitarra. Ele apontou para o público. O público apontou para ele.

Em determinado momento, o cara jogou a guitarra para trás e lançou o microfone em longos arcos, como se fosse um chicote, pouco acima das cabeças na multidão. Puxou o microfone de volta bem a tempo do próximo verso. Depois trouxe a guitarra para a frente do corpo de novo e guiou a banda em trinta segundos de bate cabeça concentrada, obrigando todo mundo à sua frente a fazer o mesmo.

— Como ele fez isso? — perguntei.

Gray se aproximou.

— O público acredita nele. Se as pessoas acreditam, a mente delas se abre a todo tipo de experiência.

Gray me manteve próximo para ouvir o fluxo constante de comentários. A apresentação não envolvia apenas roupas e movimentos. Também tinha um certo elemento inefável.

— Esses caras são muito maneiros — eu disse. — A música não é nada de mais, mas…

Gray olhou para mim, como quem dizia: *Mas?*

— Mas é divertido — concluí. — E o objetivo é esse.

— É isso aí — disse Gray, com um sorriso.

Gray foi buscar mais bebidas — antes do intervalo, para evitar a multidão. Na calmaria que se seguiu, bebemos relativamente em silêncio enquanto as pessoas faziam fila no bar, no banheiro ou no fumódromo. Vi uma mulher tocar uma guitarra imaginária para a amiga, que sacudiu a cabeça em resposta; depois de alguns segundos daquilo, elas chegaram a uma espécie de acordo, que foi selado com a mão chifrada.

Era a conversa mais idiota e mais maravilhosa que eu já tinha visto.

Gray também olhou para elas, com uma expressão melancólica.

— Qual era o nome da sua banda? — perguntei. — Que tocou aqui na sua última vez?

— Náusea — disse Gray, ainda observando. — A maior parte das pessoas não sabe, mas é preciso pagar para tocar nas casas de show da Sunset, a menos que você seja o Radiohead. A banda compra adiantado um monte de ingressos. Aí cabe a ela revender para cobrir os custos.

— Que exploração espetacular.

— A gente cansou dessa história. Nunca conseguia cobrir os custos.

Gray estalou a língua com amargura, depois encontrou energia para voltar a sorrir.

— Que tipo de música vocês tocavam? — perguntei.

Meu irmão pareceu pensar.

— Tipo uma mistura do jovem Trent Reznor com o velho Trent Reznor.

— Toda banda se baseia em outras? — perguntei. — Alguma banda é realmente única?

— Copiar alguém primeiro é o único jeito de descobrir quem você é.

— Isso não faz sentido.

— Não faz — disse Gray, rindo alto e abertamente. — Mas, ao mesmo tempo, faz.

Eu poderia passar a noite toda fazendo perguntas a ele. Talvez porque estivéssemos longe de Rancho Ruby. Talvez porque finalmente estava vendo meu irmão onde antes eu só imaginava, nas entranhas de Los Angeles, e testemunhava com meus próprios olhos como ele se sentia em casa ali, na escuridão úmida e azeda de uma casa de shows de rock.

— O plano era assinar com uma gravadora importante?

— Sabe — disse Gray, enquanto procurava as palavras certas —, eu não fazia nenhuma questão de tocar em estádios ou ficar famoso. Só queria fazer música, ter um lugar para morar e ser feliz nos meus próprios termos. Ser meu próprio chefe, em vez de me ver preso a um terno como... — Ele fez uma pausa. Tomou um gole. — Como a mamãe e o papai.

O clima estava ficando pesado, então mudei de assunto.

— E por que música, especificamente? — *Por que não, vamos dizer, adereços de fantasia?*

— Por que música? — repetiu Gray.

— Hum — eu fiz, e tomei mais um gole de água com gás, que estava rapidamente se tornando minha bebida preferida no mundo.

No palco, os Repugnantes já estavam se preparando para voltar a tocar. A multidão começou a se agitar, dando gritinhos.

Gray refletiu.

— Dá pra ser você mesmo no palco. E, se você não gosta de quem é, pode tentar ser outra pessoa. É muito libertador. Mas também limitante, de um jeito bom. E perigoso, ainda que estranhamente seguro. Não estou conseguindo me explicar direito.

— Nem um pouco — falei, em meio aos risos.

— Por que você faz aqueles vídeos?

Meu estômago se revirou. *Porque sofro bullying. Porque é mais fácil me esconder atrás de uma tela de computador.*

Porque meu irmão mais velho não estava lá para me defender.

— Porque — finalmente comecei a dizer —, como o resto da humanidade, sou apenas mais uma alma patética atrás de curtidas em um mundo anestesiado para todas as sensações.

Aquela resposta era uma desculpa, um dos meus provérbios pré-fabricados e cheios de cinismo.

O cinismo, eu me dei conta, era meu modo de me tirar da equação para fugir das mágoas.

A banda começou com uma espécie de hino fúnebre lento, erguendo uma parede de tristeza sônica.

Gray teve que gritar.

— Somos todos patéticos. Mas, quando a gente se expõe e o público responde, isso muda. Acho que é por isso que você faz seus vídeos. Era por isso que eu tocava.

Dei uma risada desconfortável, porque nunca tinha ouvido Gray falar daquele jeito.

Ele prosseguiu, em uma espécie de sonho.

— O público respondia a nossas apresentações, e a sensação que dava era maravilhosa, tipo, *estou te vendo.*

— *Estou te vendo* — repeti.

— *Estou te vendo mesmo.*

A aura de Gray começou a se adensar tanto que logo ia atrair astrólogos.

— Legal — falei, usando o termo de forma tão indiferente quanto podia.

— Você vai ver quando estiver lá em cima. É o melhor barato que há. Melhor que qualquer droga.

Fiquei olhando para Gray por um momento. Não importava o quanto uma pessoa envelhecia, seus olhos permaneciam iguais.

Eu e meu irmão viramos para assistir à banda juntos, sem dizer uma palavra.

eucaliptos

Acordei de outro dos meus sonhos. Daquela vez, estava remando para manter à tona um marshmallow gigante, que funcionava como uma jangada. Quanto mais rápido eu remava, mais rápido o marshmallow se dissolvia. Enquanto isso, uma sereia ágil chamada Cirrus, com escamas pretas e prateadas, olhava para mim da água e perguntava por que eu precisava de uma jangada se podia simplesmente nadar com ela.

Era um sonho bem óbvio.

Vem pra cá, escrevera Cirrus. Levantei da cama e fui me trocar.

Mas, chegando ao armário de Gray, parei. Estava cansado. Cansado de pisar na terra atrás dos zimbros para me trocar, cansado de lavar roupa escondido, de guardar as roupas exatamente no mesmo lugar, de não deixar nenhum rastro que meus pais pudessem seguir.

Eu não poderia simplesmente apertar um botão e voltar a ser o velho Sunny depois do show de talentos. Teria que manter o disfarce por um tempo. Teria que fazer as coisas passarem lentamente do modo "estrela do rock" ao modo "supermeganerd" original.

E isso era ridículo, porque eu já nem era mais o mesmo. Estava mais confiante. Até meu corpo parecia diferente. Eu nem sabia se ainda gostava do meu guarda-roupa: as bermudas cargo com bolsos, as camisetas da era do ponto-com, que no fundo não passavam de uma babaquice fruto de insegurança. Sério, quem sabia o que era Boo.com? E quem se importava?

Ninguém, e justamente por isso era seguro usar a tal camiseta. Era uma forma de afirmação sem o risco de ser ridicularizado.

Deixei o armário de Gray para lá e voltei ao meu quarto.

Escolhi um jeans normal e uma camiseta vermelha simples, com o & de D&D que tinha uma cabeça de dragão ornamentada. Era discreto. Poderia ser qualquer coisa, ou só uma letra bonita.

Mas era eu.

Eu queria muito começar a ser eu mesmo.

Guardei na mochila um cobertor e comida — kimbaps minúsculos bem bonitinhos, refrigerantes, salgadinhos de queijo e umas garrafinhas de probióticos. Acariciei melancolicamente meu Velociraptor® Elite antes de sair pedalando a bicicleta comum, sempre rangendo.

Logo eu voltaria a deslizar usando plataformas que traçavam elipses.

Cirrus me beijou à porta de sua casa. Era incrível que pudéssemos fazer aquilo, ali fora, à luz do sol. A voz da mãe de Cirrus me fez dar um pulo.

— Oi, Sunny — ela disse.

— AAAAooooi — respondi.

— Notei que a casa está extremamente limpa — disse o pai de Cirrus.

Ele apareceu de maneira sinistra no batente, como um alvo de tiro em forma de gente. Mantinha a sobrancelha erguida por trás dos óculos transparentes ao estilo Bong Joon Ho, diretor de *Parasita*, e não estava claro para mim se fazia aquilo de brincadeira ou me acusando.

Adultos...

— Bem-vindos de volta...? — tentei dizer.

— Não estamos aqui, na verdade — disse a mãe de Cirrus. Ela tocou um colar feito de palitos de dente dourados. — São só alguns dias de reuniões, depois vamos para o Reino do Meio.

—Você não quer dizer Terra Média? — brinquei.

— Não, vamos para a China — disse o pai de Cirrus.

Minha tentativa de piada passou bem longe da compreensão dele.

— É melhor eu pegar o capacete — disse Cirrus, se esticando rumo ao cabideiro.

A mãe a olhou de canto de olho.

— Essa obsessão americana com capacetes...

Os dois voltaram para dentro de casa.

Cirrus prendeu bem o capacete para que pudesse bater com a devida segurança a cabeça no batente de aço da porta três, quatro, várias vezes, mas foi interrompida pelo olhar incômodo da vizinha. Fugimos.

Seguimos por ruas largas e tranquilas, cheias de árvores vívidas, jasmins e pássaros piando alto e baixo. O sol esquentava nossa pele sem chegar ao ponto de queimá-la. O ar estava perfeitamente úmido, mas não grudento. O céu tinha a quantidade certa de nuvens.

Cirrus sorriu para a via à frente.

— É exatamente por isto aqui que a gente vive no sul da Califórnia.

— Quem precisa suplementar vitamina D se tem isto? — comentei.

—Velhinhos tristes que nunca se aventuram fora de casa.

— Hahaha — eu ri, pensando em me livrar da minha coleção de vitaminas, óleo de fígado de bacalhau e repositores de flora intestinal assim que voltasse para casa.

— Contei que vou começar a fazer atletismo? — disse Cirrus.

Fiquei confuso.

—Você corre?

— Nossa, não. Mas Artemis me convenceu a entrar na equipe. E até que fiquei animada, o que é estranho. Meu uniforme parece bem oficial. Vamos, Ravagers!

— Bem-vinda à equipe — falei, sorrindo feito bobo enquanto andava de bicicleta ao sol com minha linda namorada.

— Aonde você está me levando? — perguntou.

—Você vai ver.

Fui lembrando o caminho por pura memória muscular. Passar para a calçada na altura do hidrante. Acompanhar o canal de água, passando pelas suculentas multicoloridas. No cruzamento de cinco vias, pegar a Pyrite. Descer da bicicleta no caminho não pavimentado, contornar a corrente de segurança e...

— Chegamos — falei.

Cirrus levou a mão ao capacete e inspirou profundamente.

— O que é isso?

— Eucaliptos.

O bosque de eucaliptos continuava igual, a não ser por uma calota de plástico que devia ter caído ali da estrada. Peguei aquele lixo ofensivo e o levei de volta para a calçada, onde os varredores poderiam encontrá-lo depois.

Fazia anos que eu não ia ali. Desde minha última tentativa de jogar em público, pouco antes que Gunner roubasse Gray, o Paladino, do meu armário e o usasse para riscar tudo o que havia no caminho, até reduzi-lo a um toco.

Levei Cirrus a determinado ponto — um cepo onde Jamal, Milo e eu tínhamos ficado sentados uma vez — e estiquei o cobertor. Comemos. Começou a ventar, mas o mato em volta nos protegia da poeira e das folhas voando. Era como fazer um piquenique no chão de uma catedral em ruínas, à luz cintilante do sol.

— Faz um século que não venho aqui — contei, então coloquei um kimbap na boca de Cirrus e fiquei só olhando ela mastigar.

— Esse era, tipo, seu esconderijo? — perguntou Cirrus.

Poderia ter sido, se tivessem me deixado em paz.

Daria muito trabalho explicar, então, quando notei um movimento ao longe, foi uma grata distração.

— Olha — eu disse.

Cirrus virou. Seis crianças, cada uma com cerca de dez anos, corriam empunhando galhos de árvores e usando-os para trocar ataques elementares imaginários.

peguei você

não, porque o meu é de fogo e fogo derrete gelo

raio cancela fogo

mentira

e coisa e tal.

— Que fofos — disse Cirrus.

— Hum.

Nos aconchegamos mais. Nos beijamos. O céu acima tremulava e se agitava como o lustre de papel mais elaborado do mundo.

— Eca! — disse alguém.

Uma menina estava olhando. Usava óculos de natação espelhados e um frisbee como peitoral.

— Oi — disse Cirrus.

A menina apontou uma raquete de tênis infantil para nós.

— *Avada kedavra!* — gritou, e correu para se juntar ao resto do grupo.

Fiquei vendo as crianças brincarem. *Aquele ali poderia ser o Jamal,* pensei. *E aquele, o Milo. Aquele ali poderia ser eu, e aquela ali, Cirrus.*

— Isso me deixa com um pouco de vontade de ser criança de novo — falei.

— É verdade — disse Cirrus.

Ela não falou mais nada, só pareceu muito distraída com um amontoado de ovinhos na parte inferior de uma folha morta.

— O que foi? — perguntei.

— Meus pais. Estão falando sem parar em um grande projeto que vai rolar na China.

Morri por dentro ao ouvir falar em China. Tudo o que pude dizer foi:

— Sei.

— Outro shopping, o maior do mundo, mas aparentemente ainda assim não é grande o bastante.

Cirrus encontrou um graveto e começou a forçá-lo.

Meu coração precisava fazer um esforço extra, porque meu sangue de repente havia se tornado grosso como calda.

— Mas não faz nem dois meses que você está aqui. Achei que o projeto em Los Angeles fosse durar bastante.

Achei que nossa relação fosse durar bastante.

— Está parado, por causa de umas burocracias ligadas ao orçamento municipal ou coisa do tipo — disse Cirrus. — Sei lá.

— Espera. Então...

Cirrus quebrou o graveto, jogou-o longe e abriu um sorriso grande.

— Quer saber o que eu disse para eles?

Não pude deixar de admirar seu sorriso. Seus dentes incisivos tortos eram muito bonitinhos.

— Eu disse a eles que, se esperassem só um ano para que eu terminasse a escola, poderiam se mudar para onde quisessem sem ter que se preocupar mais com essa coisa de bancar os pais — contou Cirrus.

Cobri a boca com a mão.

— Nossa.

—Você devia ter visto a cara de culpa deles.

Tentei inutilmente visualizar os pais dela com qualquer tipo de emoção que não fosse uma curiosidade distanciada. Mas não importava. Porque o que Cirrus estava dizendo era...

— Não vou a lugar nenhum — garantiu, levando a testa ao meu pescoço. — Faz anos que estou ensaiando para dizer algo aos meus pais. Sabe por que finalmente fiz isso?

Os olhos dela encontraram os meus. Por dentro, eu explodia de emoção.

— Por quê? — perguntei.

— Não é por causa deste lugar. Já vi melhores.

— Aham — eu disse, agora sorrindo.

— É que eu conheci um cara. Bem sombrio, profundo, do tipo roqueiro...

Morri por dentro de novo. Explodi de emoção, morri, *explorri*.

— Então Rancho Ruby não é tão ruim assim — disse Cirrus.

— Podia ser muito pior.

Eu a beijei, e ela me beijou, com cada vez mais vontade. Nenhum de nós dois tinha a menor ideia de quão pior podia ser.

— Te amo, Sunny Dae — Cirrus disse.

— Te amo, Cirrus Soh — eu disse.

Pelo resto do dia, nenhum de nós foi a lugar nenhum além de ali onde já estávamos.

prontos

—Você não viu meu e-mail, né? — Jamal sussurrou.

À nossa volta, imbecis davam pique e saltavam no eterno recomeço proposital conhecido como atletismo.

Removi os pregos da sapatilha de atletismo usando uma chave manual, depois assoprei com força para tirar todo o saibro da pista. Eu odiava sujar os pregos; chegara à conclusão de que a melhor maneira de mantê-los limpos era evitar correr sempre que possível.

— E-mail — eu dizia — é uma tecnologia de transição inadequada entre o correio normal…

Jamal fez "xiu" pra mim, como se eu fosse um gato mal comportado.

— Escrevi para Lady Lashblade ontem à noite. Agradeci pelo apoio. Escrevi uma maldita cantiga de amor pra ela.

—Você deveria ter visto o e-mail — sussurrou Milo, como se fosse um espião.

Soltei a chave.

—Você *escreveu* pra ela?

— Eu tinha que fazer alguma coisa. — Jamal foi contando nos dedos. — Já é terça-feira, e ontem à noite eu não estava disponível por causa daquele jantar idiota com o idiota do meu tio. Hoje à noite é Milo que não pode.

— Tenho a festa de quinze anos da minha prima lá em Topanga — disse ele. — Quero morrer.

— O que o e-mail dizia? — perguntei a Jamal.

— Todo o nosso tempo fora da escola esta semana vai ser consumido pelos ensaios da banda! — disse Jamal, baixando a voz quando dois atletas passavam. — Aí temos o show na quarta-feira! — sibilou. — É uma semana toda em que não vamos poder nos dedicar ao DIY Fantasy FX!

— Jamal — sussurrei. — O que o e-mail dizia?

— Perguntei se ela toparia aparecer como convidada em um vídeo nosso.

— Ele mandou seu vídeo do Véu de Esmeralda — disse Milo.

— E aí? — perguntei.

— Ela adorou! — Jamal meio que sussurrou, meio que gritou. — Já queria saber data e hora! Então tive que tomar uma decisão executiva e disse que seria na quinta!

— Um dia depois do show de talentos — acrescentou Milo, de braços cruzados.

Não teríamos aula na quinta, por causa do que os professores chamavam de "dia de folga dos funcionários", informalmente conhecido como "dia de recuperação dos funcionários", e ainda mais informalmente conhecido como "dia da ressaca".

— Não tem mais jeito — disse Jamal. — Coloquei a corda no nosso pescoço.

Ficamos os três sentados em silêncio, com Jamal furioso.

— Mas espera aí... isso não é uma coisa boa? — finalmente perguntei. — É incrível. Nem consigo acreditar que você teve coragem de entrar em contato com Lady Lashblade.

Percebendo que na verdade não havia motivo para ficar bravo, Jamal começou a se acalmar, ainda que relutantemente.

— É mesmo — ele disse. — Fui bem incrível.

— Lady Lashblade? — comentou Gunner, impressionado, enquanto se aproximava trotando.

Estiquei a mão para que Gunner batesse nela, depois percebi que ele havia transferido alguns miligramas de suor para mim e esfreguei a palma na grama antes de dar um abraço em Jamal.

— Muito obrigado por ter assumido as rédeas da situação. Mas por que você está bravo?

— Acho que Jamal só quer algum reconhecimento — disse Milo.

— Total — falou Gunner, fazendo arminhas com os dedos e já trotando de costas para longe.

O tom de Jamal era mais brando quando ele falou:

— Sinto falta de fazer nossas coisas. Nossas verdadeiras coisas.

— Te entendo — eu disse, tocando o ombro dele. — Quinta vai ser incrível.

— Se der tudo certo, ela não vai ter como não nos convidar para expor na feira — disse Milo. — As coisas estão melhorando, estou sentindo.

Eu também estava. Passei a mão no chão coberto de verde. Quando fechei os dedos, vi que havia encontrado não um trevo de quatro folhas, mas de cinco.

Segurei aquele pequeno milagre à luz calorosa da tarde, e suas folhas brilharam em verde translúcido. Pedi perdão por ter matado o trevo e seus irmãos. O tempo pareceu desacelerar enquanto eu observava aquele espécime muito raro: as árvores não muito longes, as nuvens agora imóveis, o vento nada além de uma sugestão.

Fiquei olhando para Jamal e Milo dando o high five mais lento da história. Seus braços se movimentavam vigorosamente, como se estivessem debaixo da água.

Pisquei uma vez, depois outra. Ao longe, vi a equipe feminina de atletismo do lado oposto do campo, tentando decidir onde sentaria. Cirrus surgiu, com os braços para baixo, exausta. Ela sentou onde estava mesmo. Sozinha. Pegou um trevo. Segurou-o contra a luz.

Eu sabia exatamente de quantas folhas era aquele trevo.

A treinadora Veteraníssima, gêmea do treinador Veteraníssimo, deu um grito lento e grave. Cirrus levantou para dar um pique de cem metros ao lado de Artemis e seis loiras idênticas.

Bum, soou o disparo de largada, em câmera lenta. Explodindo preguiçosamente contra o céu cor de âmbar. As meninas eram estátuas na ponta dos pés enquanto aceleravam milímetro a milímetro para longe do bloco de partida. Cirrus saiu um pouco depois que todas as outras, um pouco mais lenta que todas as outras,

com a camiseta mais nova,

o short mais novo,

ela mesma a mais nova ali,

seus pés batendo no saibro onde os das outras apenas tocavam,

que se dissipava sob as sapatilhas com pregos que propeliam as meninas,

e Cirrus parando com os braços flácidos,

enquanto Artemis sentava no chão,

as duas agora segurando os joelhos,

ofegando, pedindo um descanso,

então rindo alto, enquanto preparavam os dedos,

armando e atirando, como alegres pistoleiras,

dois dedos — o dedo do meio —

dois dedos — o dedo do meio —

e, como se tivesse ouvido meu coração torcendo por ela,

Cirrus virou para que seus olhos encontrassem os meus lá de longe,

e mandou seu sorriso final, o mais colorido,

pra mim, um menino tão feliz que era simplesmente absurdo.

★

— Gira esse braço — disse Gray.

Eu girei.

— Boa, mas cuidado pra não estourar as cordas — ele disse. — Agora me mostra a metralhadora.

Ergui a guitarra e dizimei o público imaginário com quatro dedos da mão esquerda, rápidos no gatilho.

— Bate cabeça — pediu Gray.

E depois:

— Punho de Lúcifer.

Estávamos na sala de música da escola. Milo e Jamal assistiam a tudo sentados, com sorrisos bobos para mim, mostrando seus dentes de cima. Como se aquilo não fosse ruim o bastante, Gray estava gravando.

— Termina com a Estátua da Liberdade — ele disse.

Fiz aquilo e mantive a pose, arfando. Estava levemente suado. Gray desceu do tamborete em que estava empoleirado.

— É isso, bom trabalho — ele disse.

— Os anos de RPG ajudaram! — falei.

— Foi tipo um acerto crítico! — disse Milo.

— Com a Espada de Dâmocles! — disse Jamal.

— Essa não era uma que ficava pendurada apenas a um fio de rabo de cavalo? — perguntou Milo. — Uma história de sorte grande vir com grandes riscos, ou algo assim?

— Com a Espada dos Sábios? — arriscou Jamal.

— Zelda — grunhiu Gunner, assentindo.

—Vocês são *muito* nerds — comentou Gray, impressionado.

Olhei para Gunner, que pareceu encarar aquilo como um grande elogio.

Meu irmão deu um gole em um squeeze que carregava. Depois arrotou, e senti cheiro de cerveja.

—Você não pode beber aqui — falei.

— Ah, fala sério — disse Gray. — Fiquei esperando por esse momento o dia todo.

Pisquei.

— Jura?

— É o último ensaio de vocês — disse Gray. —Vamos lá.

Repassamos a música. Não pensávamos mais em acertar as notas. Era nossa última chance de impressionar Gray no quesito estilo.

Jamal era travado demais para fazer muita coisa, então se conformava com um movimento de cabeça em forma de oito mais ou menos convincente em cima do braço do baixo.

Milo agora conseguia girar as duas baquetas sem se atrasar na música.

E eu era capaz de fazer o giro de braço, a metralhadora, o bate cabeça e o Punho de Lúcifer.

Em determinado momento, notei o sr. Tweed nos espiando através da porta de vidro, com os dentes arreganhados e fazendo a mão chifrada. Gray escondeu o squeeze atrás de si, tirando-o do campo de visão do professor. Não que ele fosse notar ou se importar. Provavelmente nunca voltaríamos a ensaiar ali de novo.

Fomos firmes e constantes, como um trem de aço e sem janelas que não pode ser parado em sua viagem em meio ao fogo do inferno. Não estávamos apenas fazendo música. Estávamos dando um show.

No meio-tempo, Gunner controlava os níveis de som e se certificava de que todos os cabos tinham sido conectados de maneira segura. Ele tinha passado para me desejar boa sorte, deu uma olhada na bagunça em que nos encontrávamos e se pôs a arrumar tudo, estalando a língua em tom de julgamento.

Dei uma olhadela para Milo, que soube instantaneamente que era hora de tocar mais forte, depois ainda mais forte e então dar tudo nos últimos compassos. Jamal abriu as pernas compridas de atleta de salto em altura para formar um triângulo. Ele deu um chute alto o bastante para acender a chama da minha pose de Estátua da Liberdade final.

Todos nos viramos para Gray, para que nos passasse a porcentagem da vez. Por um momento, ele não disse nada. Então só balançou a cabeça.

— Sempre me perguntei se minha música realmente ia funcionar — comentou, baixo. — Beleza é verdade, é beleza, é verdade.

Troquei olhares com Milo e Jamal — e com Gunner, nosso primeiro e único técnico de apoio.

— E aí? — perguntei.

— Funciona — disse Gray. Ele deu uma risada marcada pela melancolia das lembranças. — Melhor do que eu tinha imaginado.

Gray foi até cada um de nós e sacudiu nossos ombros cansados. Então nós cinco fizemos um último brinde coletivo: *Ao metal.*

— Meus queridos nerds, vocês chegaram em cem por cento — disse Gray. — Estão prontos.

IV

Crianças acham que fechar os olhos as faz desaparecer
Mas elas continuam ali para todo mundo ver

sunset

Eu dormi?

Não saberia dizer.

A noite toda, fiquei no limite desconfortável que dividia a consciência e a inconsciência, sem me mover por medo da queda.

Se tinha dormido um pouco que fosse, todos os meus sonhos haviam sido autorreferentes — sonhos em que eu me perguntava se estava mesmo dormindo, sonhos em que sonhava.

O dia do show de talentos tinha chegado.

Levantei mais tarde. Estava quase certo de que metade da escola faria o mesmo, porque muitos de nós precisaríamos passar o dia todo no Miss Mayhem, em Los Angeles, para passar o som, acertar o posicionamento de palco e coisas do tipo. As aulas tinham ficado meio sem sentido, com tanta gente faltando.

É como se estivéssemos numa grande sala de estudo, escreveu Cirrus. Todo mundo está só enrolando. Saudade de você.

Também estou com saudade, escrevi.

Está nervoso?

Não.

Dã, esse não é seu primeiro show...

Fiquei olhando para aquela mensagem sem saber como responder.

Te vejo hoje à noite, escrevi afinal.

Milo chegou com a minivan arredondada da mãe dele, trazendo guitarra, baixo e tudo mais. Levei comigo a caixa que continha os antigos itens de maquiagem de palco do meu irmão. De canto de olho, notei meus pais observando pela janela, perplexos. Eles não tinham ideia do que estava acontecendo.

Acenei para eles, que acenaram de volta.

Milo e eu fomos buscar Jamal. Ele nos esperava carregado de comida.

— Los Angeles fica a quarenta e cinco minutos daqui — disse Milo.

—Vamos viajar! — gritou Jamal, ignorando Milo.

— Acho que vamos nessa, então — eu disse.

Dirigimos pelas ruas entremeadas de Rancho Ruby, passando pela casa de Cirrus e pela escola. Pegamos a estrada.

Éramos três companheiros de banda de mentira em uma van. Qualquer um que nos visse ia achar legal. Se nosso visual era legal e agíamos como se fôssemos legais, éramos legais?

O equipamento chacoalhava na traseira. Estávamos ouvindo "Beleza é verdade" só mais algumas vezes, por insistência minha, para que a música se consolidasse no fundo de nosso cérebro.

Em uma pochete vintage da GeoCities, eu carregava analgésico, band-aid, antiácido, pastilhas para a garganta, lenços umedecidos, moedas, uma lanterna de chaveiro, um radinho manual, tampões de ouvido, água, rações militares e coisas do tipo — todo o necessário para um kit de sobrevivência a desastres, só para garantir.

A van chegou ao topo de uma colina, então vimos Los Angeles nos esperando numa névoa de neblina e fumaça: uma cidadela denteada de aço sujo sob o sol quente, como o último bastião da civilização em um mundo sem vida depois de décadas de aquecimento global catastrófico.

Meu Deus, como Los Angeles era feia.

Mas, meu Deus, como Los Angeles era maneira.

Nos aproximamos lentamente, como uma nave de reconhecimento sendo puxada pelo raio trator de um destróier galáctico.

—Vire na próxima saída para Vermont Avenue — disse a minivan da mãe de Milo.

Viramos. Jamal e eu ficamos colados à janela, observando as maravilhas da cidade: uma modelo de cabelos pretos e brilhantes passando em um uniciclo motorizado; um homem nu tomando banho com uma arminha de água nova em folha; uma Lamborghini usada como carro oficial dos Correios; cinco palmeiras imensas, pintadas de branco das folhas às raízes. Havia murais por toda parte. Abrimos as janelas para sentir o cheiro de tudo, como cachorros faziam — Los Angeles cheirava a comida salvadorenha, linguiça, anis e curry.

—Vire à esquerda no Sunset Boulevard — disse a van.

Um cínico diria que o Sunset Boulevard era como qualquer outra rua naquele País das Maravilhas pós-apocalíptico esquecido por Deus. Mas não era. Era uma cobra gigante de trinta e tantos quilômetros de comprimento cuja cabeça não fazia a menor ideia do que a própria cauda estava fazendo.

Em uma ponta, ficava um simpático parque de esculturas, então vinha um complexo hospitalar reluzente, depois uma porção de estúdios célebres, então a sede mundial de uma seita global. Aí vinham os hipsters com suas velharias e ironias, seguidos por artistas de rua com as pontas dos dedos tingidas e uma sequência de lojas de guitarra povoadas por roqueiros à paisana, usando jeans preto.

Então se chegava à Sunset Strip, que o mundo todo conhecia. Era uma casa de shows depois da outra, onde estrelas surgiam, decaíam e literalmente morriam. No imaginário coletivo, era na Strip que o Sunset Boulevard se encerrava. Mas, na verdade, a rua seguia até o mar, passando por Beverly Hills e Bel Air, enclaves parasíticos muito bem cuidados, muito brancos e muito sem graça, cuja única obsessão era sugar tanta riqueza do resto de Los Angeles quanto possível. Ninguém se importava com aquela parte do Sunset Boulevard.

Quem se importaria, com o Miss Mayhem bem ali na frente?

—Vida longa ao rock 'n' roll — disse a minivan.

Fiquei olhando para a Los Angeles fumegando atrás de mim. Gostavam de dizer que os moradores da cidade eram farsantes, porque seriam capazes de dizer e fazer qualquer coisa para que seus sonhos de estrelato se tornassem realidade. De acordo com a internet, Andy Warhol uma vez disse: "Amo Los Angeles. Amo Hollywood. São lindas. Todo mundo é plástico, mas eu amo plástico. Quero ser plástico".

Andy Warhol, abraçando a farsa. Um artista pop por completo.

Quanto ao resto de nós, não éramos todos farsantes? Só um pouco, todo dia, na escola, no trabalho?

Não era mais irracional esperar que alguém fosse perfeitamente sincero, inabalável e inflexível em cada momento desperto de sua vida?

Estaria eu me perguntando tudo aquilo só para tentar me sentir melhor comigo mesmo?

—Vamos descarregar — gritei, e saí para o calor.

Ergui os olhos para a marquise iluminada.

A ESCOLA DE ENSINO MÉDIO DE RANCHO RUBY APRESENTA
8º SHOW DE TALENTOS ANUAL — EVENTO BENEFICENTE

Carreguei o equipamento escada acima — uma escada, que maravilha —, chegando ao "camarim" nos bastidores, cheio de autógrafos de milhares de roqueiros de todas as épocas, em volta de uma moldura prateada ornamentada com uma foto da própria srta. Mayhem, que dava nome àquele lugar.

Eu precisava dar uma olhada. Procurei atentamente por alguns minutos.

Então encontrei, na letrinha de Gray:

OS MORTAIS 2017

— Que a gente detone o show de talentos desta noite — pedi à srta. Mayhem.

Por mim tanto faz, respondeu a srta. Mayhem. *Os ingressos já foram comprados pela escola.*

Dei língua para o retrato.

Jamal e Milo subiram com o restante das coisas. Outros alunos foram chegando. Logo a sala estava lotada.

— Muito bem, pessoal — disse uma voz familiar, e o sr. Tweed surgiu por trás de uma cortina. — Primeiro, vamos ver os objetos de cena e os equipamentos, começando pela apresentação mais simples, ou seja, pelos Acrobatas Juggalo, até a mais complicada, a dos Imortais.

Olhei para Jamal e Milo. Estava tudo sério demais, acelerado demais.

— Aí vamos passar o som, está bem? — continuou o sr. Tweed. — Depois que acertarmos a apresentação de vocês, continuem no palco para que Gunner possa marcar a posição dos microfones com fita adesiva.

Gunner apareceu. Usando uma camiseta dos Imortais. Aquela visão fez meu cérebro apagar momentaneamente.

— O que você está fazendo aqui? — perguntei.

— Matando aula. *E* treino! — disse Gunner, animado. — Meu pai vai ter um treco!

— Depois da passagem de som — continuou o sr. Tweed —, vocês estão livres para almoçar, perseguir celebridades ou o que quiserem fazer. Só precisam estar de volta a esta sala às três, para fazer maquiagem às três e meia. As cortinas abrem às quatro. Qualquer mercadoria a ser vendida para a arrecadação de fundos deve ficar nas mesas lá embaixo. Está todo mundo pronto para dar um show?

Batemos palmas. E mãos à obra. Todos se ajudaram na montagem de equipamentos, enchendo o piso do palco de fita adesiva fluorescente e coisas do tipo. Distribuímos comida enquanto Gunner controlava a cabine de som, vociferando ordens para deslocar a luz ou ajustar um microfone. Ele era bom naquilo. Me perguntei se não poderia vir a ser útil nos nossos próximos vídeos do DIY Fantasy FX.

A calmaria se estabeleceu afinal. Todos estavam de boa, sentados com as pernas penduradas para fora do palco, tirando selfies para disfarçar a ansiedade.

— Imortais no palco para passagem de som — gritou o sr. Tweed.

Dei um pulo, batendo em uma coluna e depois em outra.

Jamal e Milo assumiram suas posições. Assim que me juntei a eles, Gunner ligou nossos instrumentos e correu de volta para a mesa de som para ajustar tudo.

— Pronto, Imortais — disse Gunner, pelos alto-falantes.

Em toda a nossa volta, havia alunos, pais e professores, todos carregando coisas, prendendo fios no chão com fita adesiva ou fazendo sei lá o quê no espaço vazio onde ficaria o público — que parecia grande demais, como um hangar.

Enquanto faziam suas coisas, todos olharam para mim, com uma expressão que dizia: *Ah, então essa é a apresentação que vai encerrar o show, e Sunny é o vocalista.*

Fiz uma careta para Milo e Jamal. Eles fizeram o mesmo. Então começamos a tocar a introdução.

Jamal ia tocar com um Orange impecável, com tensão e qualidade de som ilimitados. Milo finalmente estava sentado diante de uma bateria de verdade, uma fera capaz de mover enormes quantidades de ar percussivo — muito melhor que aquele conjunto desengonçado que parecia um vaporizador da fazenda dos Skywalker.

E eu? Eu tinha um microfone num pedestal com uma echarpe pendurada. Tinha um monitor de chão ao qual recorrer e acres de palco a meu dispor para pontuar no quesito estilo. Tinha uma torre Marshall assomando atrás de mim, como um moai cego e todo-poderoso esperando para libertar seu grito ancião.

Tocamos. Abrimos as portas do inferno, só uma frestinha, o suficiente para aparecer uma estreita chama ardente e laranja com gritos ao fundo. Eu me debrucei no microfone — gostava que ele ficasse alguns centímetros fora do meu alcance — e gritei aqueles primeiros versos que Gray havia escrito tanto tempo antes:

Você desaparece, eu procuro
Se abre o chão, tudo escuro

Depois de dezesseis compassos, fiz um sinal cortando minha própria garganta para Milo e Jamal pararem. Eu podia ver Gunner nos fundos, refletindo as luzes cor de laranja da mesa de som. Ele parecia demoníaco, mas simpático, um demônio simpático, e fez sinal de positivo.

— O som está ótimo — gritou Gunner.

O pessoal à nossa volta aplaudiu com vontade.

O sr. Tweed pulou no palco e gritou em um microfone:

— Uau, Sunny e os Imortais estão mandando ver! — ele disse. — E isso foi só uma amostra!

Todo mundo ali olhou para mim. Só pude acenar em troca, como um manequim motorizado tentando atrair clientes do outro lado da estrada.

Mais tarde, nos bastidores, Jamal e Milo massagearam os poucos músculos que conseguiram encontrar nos meus ombros.

—Você consegue — disse Jamal. — Foca na recompensa. Uma vida nova com Cirrus. Live com Lady Lashblade amanhã. Tudo de volta aos trilhos.

—Você está tremendo? — perguntou Milo.

— Eu consigo — repeti. — Eu consigo euconsigo euconsigo.

—Você meio que tem que conseguir — disse Jamal.

Inspirei e expirei.

—Tá.

Sentei diante do espelho do camarim e comecei a pintar meu rosto com lágrimas escuras como cinzas. Jamal e Milo se juntaram a mim, depois olhamos para nosso reflexo juntos.

— Parecemos uma capa de disco das antigas — disse Jamal, satisfeito.

Ficamos ali, olhando uns para os outros, os metaleiros góticos mais ansiosos da história. Esperei por alguns minutos, até que tivéssemos o lugar só para nós; então peguei uma caneta do meu kit de emergência para desastres, encontrei um espaço na parede e escrevi:

OS IMORTAIS 2020

Sem dizer nada, fiz sinal para Jamal e Milo se aproximarem para tirar uma selfie.

Nos esprememos diante da tela para ver como tinha ficado a foto.

— Saímos ótimos — eu disse.

— Parece que precisamos de uns baldes para vomitar — Jamal disse.

— Tem baldes na área de carga e descarga — Milo disse.

Ouvimos uma comoção, depois aplausos distantes. Eu me agachei e dei uma espiada para além do palco, onde estava o sr. Tweed. Ele murmurava alguma coisa para uma pequena multidão.

— Já chegaram? — me perguntei.

Milo se aproximou.

— Quem?

— O público — disse Jamal, se ajoelhando ao meu lado.

Meu pai estava ali, estranhamente empacado, enquanto minha mãe segurava seu braço e dançava de leve ao som da música ambiente que saía dos alto-falantes. Ela deu um soquinho de brincadeira nele, que saiu do transe em que se encontrava para abrir um sorrisinho forçado.

Ao lado deles estavam Jane e Brandon Soh, observando o palco com binóculos de latão. Os dois pareciam ter acabado de sair de uma perfuratriz movida a vapor, chegada momentos antes de uma civilização secreta no centro da Terra.

Trinta outras pessoas encheram o espaço, vindas do nada, e de repente o lugar ficou escuro a não ser pelas luzes do palco.

— Bem-vindos ao oitavo show de talentos dos alunos do último ano da Escola de Ensino Médio de Rancho Ruby, um evento beneficente! — disse o sr. Tweed.

O público aplaudiu.

— Não achei que fosse começar tão cedo — comentei.

— Está no horário marcado, na verdade — Milo disse.

— Passou rápido — falei. — Não parece que passou rápido demais?

Nós três nos abraçamos como se estivéssemos em meio a um bombardeio.

— Primeira apresentação, lá vamos nós — disse Jamal. — Esses caras cantam rap *e* fazem malabarismo ao mesmo tempo.

Um a um, os números iam para o palco e se apresentavam.

Ficamos vendo. Esperamos.

Alguém imitou personalidades. Depois veio uma esquete. Uma apresentação de mágica e sapateado. Uma dupla acústica. Cada artista tinha sua pequena legião de fãs, e todos se curvavam diante da onda vigorosa de aplausos que apenas amigos e familiares poderiam proporcionar.

Finalmente, o sr. Tweed subiu no palco de novo, com a tranquilidade lânguida de um apresentador de talk show, e murmurou alguma coisa ao microfone. Alguém no público gritou. Eu nem precisava olhar para saber que era Cirrus.

O sr. Tweed disse mais alguma coisa, tipo: "Esses caras estão ensaiando há semanas. Se você acha que o rock morreu, é melhor rever seus conceitos". Fingi não ter ouvido. Ergui os olhos e notei Jamal e Milo trocando tapas para entrar no clima.

—Vem — disse Jamal, me estendendo a mão.

—Vamos detonar — disse Milo, estendendo a mão também. Ele olhou para mim. — Um brinde.

— Pela última vez — disse Jamal.

Estendi a mão também. Contamos até três e saudamos o ar.

—Ao metal.

nerds

Pisei no palco.

Pisar no palco foi como entrar num cômodo com todas as paredes pintadas de preto.

Então vi as luzes multicoloridas e ouvi o zumbido do microfone.

O público, parecendo aplaudir em silêncio.

E Cirrus, bem no meio, cobrindo um sorriso incontrolável com as costas da mão.

Eu já não tinha visto tudo aquilo?

Já, e agora estava tudo ali, diante de mim. Tudo tinha se tornado real.

Ninguém gritou "Pensei que estávamos em Hollywood, e não Nerdwood" nem nada do tipo. Mal me lembrei do microfone. Não percebi, mas acho que no final das contas dei uma olhadela para que Milo começasse a contagem, porque de repente ele tinha feito um-dois-três e já estávamos tocando a introdução.

Sol, SOL, SOL, sobe pra si na escala cromática

Como um carro seguindo direto para um penhasco, chegamos à parte em que eu tinha que encostar o queixo no microfone e cantar.

Você desaparece, eu procuro
Se abre o chão, tudo escuro

Movi os lábios?

Sim.

Cantei no microfone? Franzi os lábios, mostrando os dentes?

Sim, sim, sim.

Eu estava fazendo tudo aquilo. Estava acontecendo. Se eu parasse, tudo pararia — o que era uma ideia assustadora. Então não parei. Aumentei o volume e a intensidade, porque tudo se resumia àquilo. Depois, seria o fim. Havia uma luz no fim daquele túnel, e me certifiquei de sair queimando as paredes pelo caminho com uma chama verde — a mais quente que havia.

O público gritava de alegria. Olhei para Cirrus — ela e um grupo de cerca de dez colegas usavam camisetas pretas dos Imortais e pulavam no lugar, incluindo Oggy. Cirrus apontava animada para mim, depois para si mesma, como se dizendo: *Olha lá meu namorado!*

Olhei para minha mãe. Ela sorria para mim, em um deslumbre estupefato. Ao seu lado, estavam os pais de Cirrus, fazendo sempre o mesmo movimento com os braços a intervalos constantes, como aqueles gatos da sorte chineses. Vi minha mãe gritar algo no ouvido do meu pai. O que teria sido?

Primeiro Gray, agora Sunny?

Você fazia ideia?

Meu pai deu de ombros, animado — *Não tenho ideia do que está acontecendo!* —, então levou as duas mãos em concha à boca para gritar meu nome. Não consegui ouvir, mas não importava.

Olhei para o lado e localizei Gray na coxia, de pé sob a luz fraca. Ele estava recostado e ergueu a cerveja em um brinde a mim.

Passamos correndo por cada parte da música: o primeiro refrão, a batida eletrônica produzida por nossos instrumentos não eletrônicos, tudo aquilo. Girei o braço, metralhei o público e até encontrei um ou outro momento para atirar o microfone e puxar de volta, como se fosse o cantor dos Repugnantes. Milo acertou o giro das baquetas todas as vezes, com um único deslize quase imperceptível, do qual ele se recuperou perfeitamente graças às baquetas de reserva em bolsos à esquerda e a direita da caixa da bateria. Jamal fez o bate cabeça com tanta vontade que fiquei preocupado que ele pudesse se machucar.

Ergui minha guitarra e me concentrei na minha expressão: *Te amo tanto Cirrus depois de hoje à noite seremos só você e eu e vou te mostrar todas as partes que vim escondendo não importa quão esquisitas sejam sem qualquer medo ou vergonha.*

Quando chegamos na parte *a cappella*, todos pegaram os celulares, como se seguissem nossa deixa.

Os retângulos de luz branca, azul, verde e cor de laranja pareciam confete.

Era lindo.

A verdade é que há beleza na mentira
A verdade é que há beleza na mentira
A verdade é...

— ... *que há beleza na mentira* — gritou Gray.

O que estava acontecendo?

Olhei para Gunner na mesa de som ao longe. Ele se levantou, apontando para a direita do palco. Continuei colado ao microfone e dei uma olhada.

Meu irmão tinha entrado e sequestrado o microfone de Jamal.

— *A verdade é que há beleza na mentira* — cantou Gray.

O público aplaudiu, para meu horror.

Por que não aplaudiria? Era tudo parte do show, até onde sabiam. Ele era lindo! Ele cantava bem! Talvez fosse uma subcelebridade fazendo uma participação especial!

Gray deixou o microfone de Jamal e veio na minha direção, como um bêbado em um vagão do metrô em movimento, porque ele estava mesmo bêbado, muito, muito bêbado. Fui envolvido por sua nuvem de bafo de cerveja quando ele veio dividir o microfone comigo.

— *A verdade é que há beleza na mentira* — cantamos juntos.

Eu tinha que cantar. Não podia simplesmente parar.

Não ousava olhar para Cirrus. Estava certo de que ela também aplaudia. Que bonitinho, Sunny, a estrela do rock, tinha convidado seu irmão trabalhador corporativo para subir ao palco com ele!

Gray se apoiou em mim, primeiro alegre, depois, quando perdeu o equilíbrio, com todo o seu peso.

Caímos muito, muito lentamente.

Nossa queda demorou tanto que tive tempo de me dar conta de que eu estava passando de um ponto sem volta, como se estivesse cruzando um portal de mão única para outra dimensão, e uma dimensão pior. Do outro lado do portal ainda aberto, eu podia me ver chegando ao fim de "Beleza é verdade" com a perfeição de um verdadeiro guitarrista de rock; podia ouvir o público explodindo; podia ver Cirrus, o núcleo reluzente daquilo tudo.

O portal encolheu até se transformar em uma fagulha, que morreu no instante em que tocou o chão.

Jamal e Milo pareciam congelados. O sr. Tweed entrou depressa no palco.

— Está tudo bem? — perguntou, baixinho.

Ele me ajudou a levantar primeiro, depois Gray.

— Quanto tempo, hein, Gray Dae? — comentou o sr. Tweed.

Murmúrios tomaram conta do público.

Incapaz de me segurar, olhei para Cirrus, que tinha levado as duas mãos cruzadas à boca, como alguém que testemunhava um acidente.

Gray cambaleou — era como se seu vagão de trem fantasma fizesse uma curva em S — e bateu com força no microfone, preenchendo o ar com um som sobrenatural.

Afastou o microfone do corpo até que o bramido cessasse, depois voltou a aproximá-lo, e foi possível ouvir sua respiração pelos alto-falantes.

— Desculpa, *garela*.

O que estava acontecendo? A confusão entorpecia meu cérebro.

— Pessoal — continuou, com a fala arrastada —, vamos pegar do último compasso, antes do apaquela, capa pela, *a capella*... *afe*!

O sr. Tweed bateu palmas uma vez.

—Vamos encerrar por aqui. Bom trabalho, garotos.

Eu o vi fazendo sinal para Gunner apagar as luzes do palco. Ficamos no escuro, enquanto a multidão balbuciava baixinho.

Vamos encerrar?

Como podíamos encerrar do nada? O que eu devia fazer com toda a adrenalina que ainda percorria meu corpo? Para onde aquele sangue quente todo deveria ir?

Não podia ser o fim. Não era justo.

Íamos ter nosso momento, e não tivemos. Porque Gray o roubou.

— O que foi isso? — perguntei.

No escuro, Milo sussurrou alguma coisa para mim, mas o ignorei. Eu estava falando com Gray.

— O som de vocês estava meio fraco — disse Gray. — Eu só estava *tentano* ajudar.

— Era a minha noite! — eu gritei.

Gray gritou de volta:

— Mas é minha música!

Os ânimos se exaltaram rapidamente.

— Mas…

— Eu deixei que pegasse emprestado — interrompeu Gray. — Mas a música é *minha*, e eu que sei como tocar.

— Pessoal… — Milo começou a dizer.

— Pra fora do palco, por favor — disse o sr. Tweed.

— Vocês nunca tinham se apresentado! — disse Gray. — Nem estariam aqui se não fosse por mim!

— Meninos — disse o sr. Tweed.

Mas mal o ouvi. Minhas mãos pulsavam com o excesso de energia. Eu sentia a maquiagem no meu rosto, que já não parecia nem um pouco legal. Só idiota mesmo.

— Você achou que a gente não ia conseguir — sibilei —, porque somos só um bando de nerds patéticos fingindo ser legais.

— Eu só estava *tentano* ajudar — repetiu Gray.

— Ajudar a provar que somos patéticos? Nesse caso, bom trabalho. Já éramos patéticos antes, mas agora somos ainda mais.

— Eu te deixei continuar como vocal principal — disse Gray. — Relaxa.

Depois, eu pensaria em muitas coisas para dizer a ele. Cortantes, descaradas, profanas, profundas. Mas, naquele momento, nada me ocorreu. Tudo o que pude dizer foi:

— Valeu mesmo, *Gray*.

Finalmente, uma mão forte me agarrou. Eu virei.

— Está todo mundo ouvindo — gritou Milo.

Ele apontou com vigor para o microfone à minha frente, cuja luzinha estava verde. Estava ligado.

— E não vem chamar a gente de *patético* — acrescentou Milo.

Ele jogou as baquetas no chão e puxou Jamal, que tirou o baixo com repugnância.

Olhei para meus amigos, aterrorizado. Minhas entranhas se

transformaram em gelo, que se estilhaçou em lindas camadas cintilantes.

Em toda a nossa amizade, eu só tinha visto Milo bravo — bravo de verdade — duas vezes. Era ao mesmo tempo assustador e emocionante, porque ele se tornava capaz de causar sérios danos físicos aos outros, então precisava se retirar. Exatamente como havia acabado de fazer.

Eu tinha magoado Milo.

E tinha magoado Jamal também.

Alguém — uma mãe de headset trabalhando como voluntária — nos conduziu para a esquerda do palco, com os braços abertos.

—Vamos para os bastidores? — ela disse.

Notei que um holofote voltou a ser aceso atrás de mim.

— Essa é uma maneira interessante de encerrar um show de talentos — disse o sr. Tweed no que antes fora meu microfone. — Palmas para os Imortais!

Outro holofote me seguiu enquanto eu era escoltado para fora, e sob seu brilho multicolorido vi o público meio encolhido, aplaudindo obedientemente, apesar de desnorteado. Vi Cirrus agarrada a punhados de cabelo em uma paralisia perplexa. Em sua camiseta, as palavras perdiam sentido a cada segundo:

OS IMORTAIS 2020

ÚNICA APRESENTAÇÃO

SUNSET STRIP, HOLLYWOOD

Então ela foi embora.

dó

Parei assim que pisei na rua. À minha volta, o movimentado Sunset Boulevard se empenhava em reforçar sua fama: bêbados cambaleando, roqueiros fumando, turistas com câmeras a postos.

Vi Cirrus virando apressada a esquina da casa de shows. Dava para ouvir meu coração batendo. Corri, virei e quase trombei com ela.

Cirrus tinha virado a camiseta do avesso. Ali, na minha frente, parecia que ela podia me transformar em geleia só com o poder da mente.

A Cidade dos Anjos entoava sua música noturna em toda a nossa volta.

— Me diz que o que eu acabei de ver não é o que acho que acabei de ver — pediu.

Eu não tinha ideia de como fazer aquilo, então acabei ficando em silêncio.

— Fiz papel de idiota? — perguntou Cirrus.

De novo, nada.

Ela arregalou os olhos.

— *Esse tempo todo?*

Finalmente, minha boca começou a se mover. Enxuguei o suor da testa e dos olhos, depois vi minhas mãos voltarem sujas de maquiagem preta. Meu rosto devia parecer uma pintura a dedo naquele momento.

Estendi as mãos na versão mais fraca daquela história de "só me ouve".

— Não queria que você pensasse... que você pensasse...

— Que eu pensasse o quê? — perguntou Cirrus.

— Que eu era um nerd, então...

— E por que eu pensaria isso? — perguntou Cirrus, inclinando a cabeça com ultraje.

— Então fiz... *isso* — continuei. Meus olhos estavam tão agitados que me deixavam tonto. — E depois tive que continuar fazendo, porque senão... sei lá. E sinto muito, posso só dizer isso? Sinto muito, muito mesmo.

Uma limusine passou. Duas pessoas muito amigas se inclinaram para fora da janela e gritaram para o mundo com alegria. Tudo deveria estar perfeito dentro daquela limusine.

Ou não. Ou todo mundo só fingia estar se divertindo.

— Neste momento — disse Cirrus, por entre os dentes cerrados —, tudo em que consigo pensar é: sobre o que mais ele está mentindo?

— Era só isso. — Eu não conseguia acreditar nas idiotices que estava dizendo. Mas segui em frente. — Só menti quanto a isso, eu juro.

Cirrus mordeu a parte interna da bochecha.

— O que é que estou fazendo aqui? — murmurou. — Por que estou aqui, por que ainda me dou ao trabalho?

Senti as mãos pesarem, mas as mantive erguidas.

—Você tem todo o direito de...

— É claro que eu tenho — gritou Cirrus. —Você mentiu por meses. *Meses!*

Ela chutou uma cerca de tela de arame.

— Se eu bancar a Sherlock — disse Cirrus —, posso deduzir que você não demorou nem dez minutos depois de me conhecer para mentir para mim. Estou certa, não é?

Fiquei quieto.

— E... espera aí. Jamal e Milo também? — perguntou Cirrus.

De novo, fiquei quieto.

— Ah, não, não, não — disse Cirrus, chocada diante da resposta que minha falta de resposta fornecia. — Em todo lugar idiota pra onde eu vou tenho que descobrir o que é que está acontecendo, porque sempre chego sem saber nada. Sem conhecer ninguém. Isso significa que ainda devo estar sendo feita de boba agora mesmo, porque eu achava de verdade, tinha certeza, de que desta vez eu havia acertado. Você me fez um monte de perguntas, como se realmente quisesse saber as respostas. Isso *nunca* tinha me acontecido.

Sua expressão se contraiu enquanto Cirrus desdenhava das próprias lágrimas, que estavam por vir. Ela voltou a chutar a cerca.

— E eu disse aos meus pais que queria ficar — ela falou. — Porque tinha um namorado ótimo que amo de verdade, e amigos ótimos, e uma vida ótima. Mas nada disso era ótimo, porque nada era real. Era tudo de mentira.

Um horror renovado tomou conta da expressão de Cirrus quando ela abriu tanto os olhos que pude ver suas íris pretas tremendo.

— Gunner também participou, e na minha própria casa — continuou ela. — E aquele amigo dele. A escola *inteira*.

—A escola inteira não — eu disse.

— Ah, isso resolve tudo.

Posicionei as mãos do jeito que as pessoas fazem quando um leão está prestes a atacar.

—A ideia foi minha — eu disse.

308

— Eu fiquei lá, sorrindo feito uma idiota. — Ela ergueu o queixo, impressionada. — Feliz de estar ali.

— Obriguei todo mundo a participar. Ninguém tem nada a ver com meus erros.

— Eu te mostrei minha lata — disse consigo mesma, como se estivesse em outro lugar. — É melhor eu tirar a palheta de lá, né?

— Tudo isso é muito real, eu juro — falei, mas sentia que ela estava escapando de mim.

— Não sei quem você é — concluiu Cirrus.

Inspirei fundo. Era minha última chance de me explicar.

— Fiz isso porque você parecia tão legal e tinha viajado o mundo todo e sabia de tudo e eu era só um nerd que se escondia no quarto com um monte de brinquedinhos e que queria te impressionar — falei.

— Sunny — disse Cirrus, fraquejando um pouco agora. — Você me impressionou.

Entrei sob a luz de uma lâmpada de vapor de sódio, expondo meu rosto marcado e arruinado.

— Será?

Cirrus fez menção de esticar o braço na minha direção, então parou e abraçou a si mesma.

— Nos primeiros sessenta segundos.

Ela tinha chegado ao limite, e lágrimas amargas escorriam.

Estiquei as mãos.

— O que eu quero dizer é: foi o Sunny de verdade que impressionou você? Ou o Sunny de mentira?

Cirrus baixou os braços.

— Foi você, Sunny. Não vem querer virar o jogo.

— Só estou dizendo que você gostou muito do Sunny de mentira — falei. — E eu gostei *de ser* o Sunny de mentira. Mas morri de medo o tempo todo, porque, em algum lugar lá no fundo, me perguntava se você gostaria do Sunny de verdade, com todas as minhas imperfeições.

Cirrus me lançou um olhar firme, seu rosto uma mistura de raiva e confusão, mas também de dó.

— O que você quer dizer? — perguntou ela.

— Sou um superultrameganerd — respondi. — Desde o fundamental, ninguém me acha legal. Desde o fundamental, sofro bullying. Gosto de me fantasiar e de fingir que estou vivendo uma aventura em um mundo de fantasia. Passo os fins de semana criando armas mágicas. O que eu quero dizer é: você teria gostado desse Sunny?

— Claro que sim — disse Cirrus, mas sua expressão reflexiva me dizia que ela não podia saber com certeza.

Ela nunca poderia saber com certeza.

Porque fazia tanto tempo que eu vinha sendo o Sunny de mentira que o Sunny de verdade, em sua forma original, em sua forma pré-Cirrus, não existia mais.

E já nem fazia diferença.

À nossa volta, as luzes do Sunset Boulevard exalavam ciano, tangerina e magnésio. Gritos animados chegavam da rua, mas foram sufocados pelos motores de uma frota de Harleys passando.

— Eeeeei — alguém disse. — Aí está você.

Gray veio na nossa direção, desfilando daquela maneira cuidadosa dos bêbados. Encontrou um poste onde se recostar.

— Olha — ele disse para Cirrus. — Se quiser culpar alguém, pode me culpar, beleza?

Cirrus só pôde ficar olhando, e eu não tinha como culpá-la.

Vai embora, Gray, ordenei mentalmente, mas não funcionou.

Um neon vermelho piscou acima de nós, e Gray sorriu para aquilo.

— Eu sou a fraude aqui — continuou. — Não o Sun. Meu

irmãozinho, Sunny Dae, tocou a única música que o irmão mais velho, Gray Dae, nunca teve coragem de tocar em público. Porque sou um fracasso e não presto pra nada.

—Vai embora, Gray — eu disse, daquela vez em voz alta.

— Tipo, ele pode ter começado mentindo — prosseguiu ele. — Mas, no fim, virou um troço legítimo. E tudo por você. Acho que a maioria das meninas acharia isso até fofo. Opa. Preciso sentar.

Gray foi escorregando até o chão.

Notei que os olhos perplexos de Cirrus se alternavam entre os dois irmãos à frente dela.

Mais motos fizeram o céu tremer: *dr-r-rum!*

— Foi legal te conhecer — ela disse, e se afastou.

Cirrus tinha ido embora.

—Você vai conquistar essa garota de volta — disse Gray.

— Não vou, não — falei, chutando a cerca e fazendo barulho.

— Isso vai passar.

—Te odeio.

—Também me odeio.

—Você não é o foco aqui.

—Você não faz ideia — disse Gray, o que talvez fizesse algum sentido em sua mente inebriada, mas para mim só pareceu irritante e ilógico.

Gray cambaleou para trás, mas conseguiu ficar de pé. De repente, eu queria brigar com ele, fisicamente. Claro que não fazia ideia de como aquele tipo de coisa funcionava — só sabia de ataques de fogo, golpes de espada e mísseis mágicos, tudo de mentira —, então só consegui dar um empurrão patético nele, com as duas mãos, mas fui facilmente impedido.

— Para com isso — disse Gray.

— Eu achava que você era legal — falei, enquanto o céu ficava verde-escuro. —Você não é legal. Você é patético.

Gray se limitou a reconhecer minhas palavras. Franziu a testa para a cidade brilhando à nossa volta.

— Gastei três anos da minha vida neste buraco. Sabia que eu tinha marcado uma reunião com uma das executivas de gravadora mais importantes e não apareci porque não acordei? Isso foi o fim. Acabou comigo.

Dr-rum-dum-dum-dum!

Só consegui ficar olhando para Gray. Ele tinha acabado de estragar meu show e agora ia começar aquela história de ficar remoendo a pena de si mesmo?

— Tudo o que eu precisava fazer era deixar você se apresentar esta noite. Mas estraguei isso também.

Ele deu uma risadinha. Uma risadinha!

— Estou indo — falei. — Sinta-se livre para passar o resto da eternidade nessa calçada tão incrível.

Gray olhou para mim, irritado.

— Vocês vão voltar, *afe*! Ou não vão, e vai ficar tudo bem! A gente tem *tantas* segundas chances nesse mundo, você nem imagina. Ao contrário do que acontece na indústria da música. Isso é bobagem, confia em mim.

Algo nas palavras "confia em mim" me fez parar. Quando o paladino Gray fora reduzido a um toco, o verdadeiro Gray não viera em minha defesa. O verdadeiro Gray já havia ido embora fazia tempo.

Daquela vez, ele não estava preparado para o empurrão. Tropecei em um cano para fora do concreto; Gray caiu de costas no chão.

Recuperei o equilíbrio bem a tempo de ver meu irmão dando uma cambalhota e caindo na pista da direita do rio impetuoso de luzes brancas e vermelhas que era o Sunset Boulevard. Ele se levantou, olhou para a direita e ergueu a mão educadamente enquanto os pneus guinchavam.

Então ele foi ao chão.

legal

Fiquei só olhando o preto, o branco e o vermelho escorrendo pelo ralo. Precisei lavar três vezes para que a maquiagem saísse totalmente. Depois enxaguei a pia, então enxaguei de novo, e de novo, e de novo.

— Acho que já está limpo — ouvi alguém dizer.

Ergui o rosto e vi meu pai.

— Está tudo bem? — perguntou.

Fiz um movimento de cabeça rígido: *não*.

A porta do banheiro abriu, e um enfermeiro entrou.

— Disseram que é uma concussão leve — comentou meu pai. — Mas querem que ele fique aqui até que o hematoma diminua. É o hematoma que causa aquele calombo na cabeça.

— Isso — disse o enfermeiro, antes de entrar em uma cabine.

De volta ao corredor do hospital, meu pai encontrou um banco acolchoado perto das máquinas de venda automática e me fez sentar.

— Quer conversar sobre o que aconteceu? — perguntou.

Fiz que não.

— Será que você ainda sabe falar? — meu pai insistiu, tentando ser engraçadinho.

— Sei.

— Sabe, eu admirava meu irmão mais velho quando era novo. Tipo, muito.

— Não assim, eu aposto — falei.

Apertei minhas bochechas com força o bastante para formar uma careta.

—Você cometeu um erro. Mas vai ficar bem.

Franzi os lábios, resignado, ainda que não conseguisse ver como eu ia ficar bem.

—Vamos pegar alguma coisa pra você comer — meu pai disse, e começou a mexer na máquina.

Peguei o celular e fiquei olhando para a tela preta. Era tarde. Eu não sabia com quem falar. Talvez Gunner? Certamente não com Milo, Jamal, Cirrus, óbvio, e nem mesmo o sr. Tweed. Eu sentia que ninguém aguentava mais ver a minha cara aquela noite. E o que eu ia dizer? *Estou me sentindo péssimo por ter empurrado meu irmão no meio da rua sem querer?*

Minha mãe apareceu e fez sinal para meu pai entrar. Só podia ficar uma pessoa por vez dentro do cubículo circulado por cortinas do pronto-socorro.

— Quanto Gray bebeu? — ela me perguntou. —Você sabe?

— Não.

— E quando foi que ele começou a beber? — perguntou minha mãe.

Se vocês tirassem os olhos da tela do laptop de vez em quando, saberiam.

Minha mãe me ofereceu uma barrinha do tamanho de um baralho que devia conter umas mil calorias — um triunfo distópico de legiões de engenheiros alimentares misantropos —, mas recusei educadamente.

— Achei que podia ser como ele — falei. — Foi muito idiota ter pensado isso. Porque nem o próprio Gray consegue ser ele mesmo. E agora olha o que eu causei.

Minha mãe me abraçou.

— Não é culpa sua. Eu juro.

— Chamei Gray de patético — eu disse, chorando. — Antes de o empurrar.

Seu celular vibrou, e ela deu uma olhada.

—Vamos — falou. — Papai falou que eles vão para o quarto. Lá tem espaço pra todos.

Enxuguei os olhos.

— Não é culpa sua — minha mãe repetiu.

Fechei a porta. Estávamos em Rancho Ruby, e portanto todos os quartos de hospital tinham sofá, pia e vista para o mar. Por puro hábito, comecei a elaborar um discurso sobre nosso "sistema de saúde" (se é que podíamos chamar assim) falho e profundamente desigual, no qual só sobrevivia quem podia pagar mais. Quando vi Gray, parei na hora.

Ele estava dormindo. Seu cabelo estava repartido para o lado e grudado na cabeça, lembrando as cerdas de um pincel só que cortadas na diagonal. Ele era todo tubos e fios, saindo dos dois braços, do peito e da ponta dos dedos.

—Vocês não sabiam que ele tinha parado de tocar? — perguntei. — Que estava deprimido?

— Não — disse meu pai. — Eu não sabia.

Meu rosto se contorceu. Que família era aquela, que nem percebia uma coisa tão fundamental acontecendo com um de seus membros?

Perdi o controle.

— Qual é o problema de vocês?

— Sun — minha mãe repreendeu.

— Ele estava em Los Angeles, tinha se esforçado tanto e fracassado, estava totalmente destruído, e vocês não faziam ideia. Vocês não faziam ideia de como ele estava mal.

— Achávamos que ele estava bem — minha mãe disse.

— Ele estava tão triste — continuei. — E tudo o que fiz foi chutar meu irmão quando ele já estava no chão. Fui ruim com ele. Tudo por causa de outra idiotice minha.

Eu não estava gritando com meus pais. Estava gritando comigo mesmo.

Minha mãe me segurou e falou:

— Não vou dizer que você não fez idiotice. Mas você nunca deve sentir que precisa fazer algo ou ser alguém que não quer só para impressionar pessoas que não te conhecem de verdade.

— Concordo com isso aí que a mamãe falou — meu pai disse.

Olhei para ele.

— Estão falando sério?

Os dois me olharam, tipo: *Achamos que sim.*

— Tudo o que vocês fazem é tentar impressionar os outros. Trey Fortune.

— Isso é trabalho — disse meu pai. — É diferente.

— É mesmo? — perguntei.

— Todo mundo age diferente no trabalho — ele insistiu. — Vai ser assim com você também.

— Foi Gray que riscou seu carro — contei.

Meu pai franziu a testa, sem conseguir acreditar.

— Por quê?

— Qual era o nome da última banda dele? — perguntei.

Meu pai respirou fundo, mas não disse nada, porque não sabia.

— Fim de Jogo — eu disse. — O nome da banda era Fim de Jogo.

Meu pai pareceu inquieto, bateu duas vezes numa cadeira como se para testar se o material era resistente e fez uma careta, como se de repente sentisse um gosto amargo na boca.

— Sou um bom pai, não sou? — perguntou.

Meus olhos se dilataram em pânico. Eu havia acabado de dizer algo horrível?

— É claro que sim.

—Você é o melhor pai do mundo — minha mãe disse.

— Sou mesmo? — perguntou ele, enquanto duas lágrimas pesadas começavam a escorrer.

— É, sim — eu disse. —Você é o melhor pai do mundo.

— Por que está todo mundo chorando? — perguntou Gray. Todos levantamos o rosto. Corremos para a cama.

— Ai — fez Gray. — Minha cabeça está aberta ou coisa do tipo?

—Você está bem?

— Não.

—Você tem que estar bem, seu idiota — eu disse, abraçando meu irmão tanto quanto possível, considerando todo o equipamento hospitalar. Eu queria bater nele também, mas só chorei.

— Está sentindo dor? — perguntou minha mãe.

— Hum — fez Gray.

—Vou chamar a enfermeira agora mesmo, filhão — disse meu pai.

— Está tudo bem — disse Gray.

— Cadê aquele botão idiota? — resmungou meu pai.

— Eu disse que está tudo bem — insistiu Gray.

Todo mundo congelou. Gray fechou os olhos e prendeu a respiração por um bom tempo.

— Desculpa por ter riscado seu carro, pai — ele disse afinal.

—Você ouviu — eu falei.

Meus pais se inclinaram e pegaram a mão dele, o ombro dele. Foi esquisito, mas os dois não pareciam notar.

—Você está bravo comigo? — perguntou meu pai.

Gray deu um longo suspiro, como se aquela fosse uma pergunta idiota.

— Foram dez bandas em três anos — ele falou. —Vocês poderiam ter ido a pelo menos um show.

— Ah, Gray, filho... — suspirou minha mãe.

—Vocês estavam ocupados, e tudo bem — falou Gray. Então lhe ocorreu uma ideia, aparentemente dolorosa o bastante para fazer seus olhos lacrimejarem. — Eu só queria que vocês perguntassem, pelo menos uma vez, como as coisas estavam indo. Foi por isso que risquei seu carro. Seu carro idiota, metido, chamativo.

Meus pais recuaram, como se tivessem acabado de perceber que estavam tocando a pessoa errada.

Fiquei vendo as emoções passarem pelo rosto do meu pai: raiva, calma forçada, remorso. Ele murmurou:

— Filho, se você quer continuar no ramo da música, prometo que vou te apoiar cem por cento.

— A oportunidade passou — falou Gray. — E aceitei isso. Só não achei que fosse dar nessa confusão toda.

— Desculpa — meu pai disse. — Decepcionamos você.

—Também tenho que pedir desculpas — minha mãe disse.

Gray esticou os braços, fazendo uma ligeira careta, e apertou as mãos dos dois.

— Mas… agora moramos todos na mesma casa. Vamos ficar mais juntos, tá?

— Ficamos felizes de ter você lá — meu pai disse, não parecendo entender totalmente o que Gray queria dizer, mas talvez entendendo um pouco.

—Tipo, vocês foram no show do Sunny — disse Gray. — Não acharam legal?

Os olhos da minha mãe brilharam quando ela virou para mim.

—Você parecia uma estrela do rock.

Dei risada, e a sensação foi boa, depois de tanto tempo.

— Ah, tá.

— É sério — disse Gray. —Você se concentrou nisso e bum, um mês depois estava tocando no Miss Mayhem. Você é assim. Vai em frente e faz o que quer. Como sempre fez.

Pisquei. *Verdade?*

Os aparelhos não paravam de bipar.

— Sun — Gray disse —, sinto muito, muito mesmo por ter estragado tudo.

— Não importa — eu disse, e estava falando sério.

— Sou tão idiota.

—Você não é idiota.

— Sou, sim.

—Talvez um pouco.

Gray riu, depois cerrou os dentes para tossir. Minha mãe pegou para ele um copo de água do tamanho de um dedal, que depois apareceria na conta do hospital como HIDRATAÇÃO DO PACIENTE X I UNIDADE: $ 300.

— Sabia que a última vez que toquei no Miss Mayhem foi a última vez que toquei em qualquer lugar? — Gray disse. — Depois foram só testes para trabalho de estúdio até o final.

Ele riu com aquelas últimas palavras: "até o final".

— Sério? — perguntei, franzindo a testa.

Gray havia mencionado que tocara no Miss Mayhem. Todo aquele tempo, eu o imaginara tocando em toda a Los Angeles e além. Aquela história de pagar para tocar provavelmente havia se tornado insustentável.

Nós três — eu e meus pais — nos sentamos para ouvir. Estávamos finalmente descobrindo a história real dos tempos que Gray passou em Hollywood.

— Os produtores sempre diziam: vocês parecem com aquela banda, ou aquela outra, vocês precisam focar em definir seu som. — Gray fez uma imitação, sacudindo a cabeça. — Tipo, *sua própria identidade.* Tipo: *O que te define?*

— Foi por isso que você desistiu? — meu pai perguntou. — Porque talvez você só precise se concentrar em criar um...

— Xiu — eu fiz. — Deixa o Gray falar.

Meu pai assentiu, com uma expressão que parecia dizer: *Deixar o Gray falar, claro. Por que não pensei nisso?*

— O lance é que os produtores todos estavam certos — disse Gray. — Todo show, todo teste, eu parecia estar tocando em uma banda muito, muito boa, mas de covers. Não era um artista. Me saí superbem copiando sons, visuais e tendências enquanto estava em Hollywood. E durante todo o ensino médio. *Afe.*

Gray assentiu para a gente, sério, com a cabeça cheia de revelações que eram fruto daquela noite. Ficamos esperando que ele continuasse a falar.

— Sabe, quando nos mudamos para Rancho Ruby — ele disse —, tipo, no segundo dia, me perguntaram se eu comia cachorro.

— Pra mim também! — soltei.

Gray olhou para mim, de repente preocupado: *Sério? Aconteceu com você também?*

Minha mãe tocou meu ombro.

— Por que vocês não contaram pra gente?

Meu pai estava furioso.

—Vou ligar para a escola amanhã cedo.

— Não faz isso, por favor — pedi.

Minha mãe parecia doente de preocupação.

—Aqui é bem diferente... não é?

Gray e eu só nos entreolhamos, sem dizer nada. Minha mãe suspirou. Ela sabia que aquilo significava "sim".

— Tenho saudade da casa antiga — eu disse apenas.

— É — acrescentou Gray.

Minha mãe olhou para meu pai, que mantinha os olhos no chão. Ela apertou a mão dele. Ele apertou de volta. Aquilo era o máximo de contato físico que eu tinha visto entre os dois em anos.

— O pessoal da escola dizia essas coisas com muita frequência? — perguntou meu pai.

— Dizia — respondeu Gray, dando de ombros. — "Você é chinês? Você sabe kung-fu?" Uma vez me perguntaram até se eu sabia cantar K-pop.

— Odeio K-pop — eu disse, com um grunhido.

— Na verdade, tem uma coisa incrível no K-pop que é o jeito de misturar gêneros completamente diferentes na mesma música — disse Gray. — Foi meio que uma grande inspiração para "Beleza é verdade".

Repassei a estrutura de "Beleza é verdade" na minha cabeça. Era rock, trap e música acústica, tudo numa coisa só.

— Escrevi "Beleza é verdade" só pra mim. Todas as outras músicas, *pff*... — Gray levou as mãos ao rosto e falou por entre elas. — Só compus todas as outras músicas porque queria fazer amigos.

— Funcionou — eu disse. — Você ficou todo popular.

— Eu era o especial da semana. Só que por umas cem semanas. Aquilo me deixava muito cansado.

— Você tinha tantos amigos — falei.

Gray contestou aquilo com um olhar.

— Não amigos como Jamal. Ou como Milo. Nem de perto. Você tem ideia da sua sorte?

— Eu? — perguntei.

Gray esticou as mãos, imitando flagrantemente minha pose de "só escuta".

— Você começou numa escola nova, onde não conhecia ninguém e todo mundo tirava sarro de você, então bum! Você foi lá e encontrou um grupo de irmãos de sangue pro resto da vida. Porque você é o Sunny, e é isso que o Sunny faz.

— É? — perguntei.

— Eu sempre quis ter o que você tinha — Gray disse. — Porque, se você tem um troço desses de base, pode fazer qualquer coisa. Pode se tornar uma estrela do rock em pouco mais de quatro semanas.

Ele sorriu e fez um gesto com as mãos: *voilà*.

Aquilo me fez abrir um sorriso torto.

—Vocês três se mantiveram juntos por anos — disse Gray. — Não importava como os outros chamavam vocês: nerds, bocós...

— Sei — eu disse.

— ... panacas, fracassados...

— Já tá bom — insisti.

— ... encalhados, esquisitões...

— Já deu para entender, Gray — minha mãe disse.

— Obrigado — falei.

—Você nunca se importou com o que os outros achavam — disse Gray. — Sempre invejei isso. E você está mandando muito bem. ScreenJunkie, Miss Mayhem. — Ele fez uma pausa. — Cirrus.

Gray começou a chorar de verdade.

— Sinto muito, de verdade.

— Eu também — falei.

Todos choramos juntos, como não fazíamos desde o dia em que tínhamos deixado Arroyo Plato.

coldplay

Gray recebeu alta algumas horas depois, assim que a medicação intravenosa acabou. Eram quase cinco da manhã. Nós o levamos para a cama — em um pequeno desfile — e corremos de volta para cima, para deixá-lo dormir.

Bocejando, comecei uma lenta busca por um copo para beber água. Meus pais estavam sentados à bancada da cozinha, ambos perdidos em pensamentos.

— Mãe? — eu disse.

— Sim?

— Pai? — eu disse.

— Oi — ele disse, se alongando e dando um de seus longos bocejos de pai.

—Vocês estão felizes? — perguntei.

— Ei, ei, ei — minha mãe fez, em um arpejo descendente. — Por que a pergunta?

— Não sei.

Meu pai se endireitou na banqueta.

—Você quer que eu me envolva mais com o negócio do RPG? Porque eu adoraria, como não, meu bom senhor?

— Estou vendo que você faz uma ótima imitação barata de Shakespeare — eu disse, dando uma risada.

—Você está tentando dizer que trabalhamos demais, não é? — perguntou meu pai.

— Não sei — repeti.

Uma notificação soou no laptop do meu pai, roubando sua atenção momentaneamente. Minha mãe o fechou com delicadeza.

Respirei fundo e disse o que vinha querendo dizer havia anos:

—Vocês trabalhavam muito menos na casa antiga.

Entrelacei os dedos à frente da barriga por um momento, depois decidi parar com aquilo e apoiei as mãos na cintura. Eu queria respostas. Então esperei.

Meu pai olhou para a minha mãe, como se perguntando: *Quer contar você?*

Minha mãe retribuiu o olhar do meu pai e levou a mão a seu rosto. Foi um gesto simples, mas que eu não me lembrava de já ter visto. Dizia: *Conta você.*

Meu pai afastou o laptop e se sentou na bancada.

— Era uma vez um menino — ele apontou para si mesmo — que conheceu uma menina — ele apontou para minha mãe — e se apaixonou perdidamente.

Minha mãe pegou a mão dele. Notei que suas alianças se alinharam.

Alianças, mãos, o anel de Bafomé, Cirrus.

Meu estômago se revirou.

Meu pai prosseguiu.

— Os dois se casaram e começaram a trabalhar, eu no escritório do vovô e sua mãe em outro lugar, depois eles tiveram filhos — ele apontou para mim — e a partir de então trabalharam dia e noite para se certificar de que seus lindos bebês nunca tivessem que trabalhar dia e noite.

— Foi difícil — minha mãe disse. Ela apertou a mão do meu

pai como se estivesse se preparando para a batalha. — Todo fim de semana, todo minuto livre, era como uma panela de pressão.

— Não entendi o que você quer dizer com isso — falei.

— Mas vai entender — meu pai disse, então caiu em si e sacudiu a cabeça fazendo *brrr*, como um robô em curto-circuito. — Quer dizer, espero que nunca precise entender, claro.

— Meu bem — minha mãe disse.

— Desculpa — meu pai disse.

— O que estou dizendo é que os dois queriam se certificar de que nunca faltaria nada para seus lindos filhos — prosseguiu ela.

Olhei em volta, para nossa cozinha planejada absurda.

— Hum, acho que já temos o bastante.

O rosto do meu pai se contraiu em pesar.

— Mas esses pais estavam tão preocupados em ganhar mais dinheiro que se esqueceram de prestar atenção no que já tinham.

Meus pais ficaram em silêncio. Baixei a cabeça. Eu vinha exigindo resposta dos dois, e agora que tinha conseguido só sentia uma melancolia ainda maior.

Vocês se esqueceram de prestar atenção em muitas coisas, eu queria dizer.

— Nos esquecemos de prestar atenção em muitas coisas — minha mãe disse.

— Passo o dia todo tentando manter uma atitude superultrapositiva — meu pai murmurou. — Que está mais para uma atitude superultraidiota.

Era uma piadinha de tiozão, mas não ousei dizer nada. Estava tão grato pela nossa conversa que apenas prendi a respiração para preservar o momento.

Meu pai desceu escorregando da bancada. Minha mãe deu um passo à frente. Fui para os braços deles.

—Vamos nos esforçar para trabalhar menos — ela disse. — E

para não nos comparar com os outros. Vamos nos concentrar em nós. Não é, meu bem?

— Isso — confirmou meu pai.

Ela bateu com força na altura do rim dele, provocando alguma dor.

— NÃO É?

— Isso, *afe* — meu pai gemeu, como Gray teria feito.

— Seu bebezão — minha mãe disse, então deu um bocejo tão grande que quase caiu.

Quando nos soltamos, vi de relance minha mãe enxugando os olhos.

— Boa noite — ela disse.

— Não se preocupe com Cirrus — meu pai disse.

— Pai — chamei, já me afastando.

— As luzes vão te guiar até em casa — ele falou. — Como diz aquela música "Fix You", do Coldplay.

— Coldplay é U2 pra iniciantes — falei, e abri um sorriso cansado para os dois. Pendurei minha pochete da GeoCities no ombro. —Vou tomar um banho.

— Coldplay é muito bom — disse meu pai.

— Sunny não sabe de nada — respondeu minha mãe, e levantou a mão para que meu pai desse um tapa.

Fui lá para cima. Parei ao ver o quarto de Gray, e me senti puxado para lá.

Tirei o anel de Bafomé e o deixei exatamente onde o havia encontrado muito tempo antes. Cortei um quadradinho de papel e cobri o IM de IMORTAIS no folheto, retornando a seu estado original rasgado.

Devolvi a cadeira giratória ao lugar, alisei a cama. Arrumei tudo dentro do engradado — cabos, adaptadores e afins — e peguei o iPod antigo para enfiá-lo no fundo. Guardei a caixa embaixo da escrivaninha, onde a havia encontrado.

Voltei para o meu quarto, peguei um monte de roupas antigas de Gray e fui guardá-las no armário dele, onde era seu lugar. Fiquei só de cueca e guardei as roupas que usava também.

Depois fiquei meia hora debaixo do chuveiro. Eu não costumava tomar banhos tão quentes. Banhos quentes desproviam a pele de seus óleos essenciais, o que a deixava mais propensa a ressecamento e coceira, o que alimentava a indústria mundial de hidrantes e cremes.

Mas a sensação era boa. Fiquei olhando para meus pés, desejando que as coisas fossem tão simples quanto deixar a água levar tudo pelo ralo.

Saí do chuveiro, vesti o pijama e posicionei minhas pantufas para quando acordasse. Mordi meu protetor bucal.

Comecei a escrever "desculpa" em uma mensagem para Cirrus, mas deletei depois de perceber que aquilo era ridículo. Decidi que falaria com ela pessoalmente no dia seguinte.

Deitei e bati palmas para apagar as luzes. Lá fora, o sol já estava saindo.

Não cheguei nem perto de dormir. Imaginei doar todo o conteúdo das minhas caixas organizadoras, depois lavá-las com uma mangueira de jardim e doá-las também. Imaginei doar todas as minhas roupas e começar a usar apenas branco pelo resto da vida, para me anular naquela monotonia perpétua. Eu passaria anos daquele jeito e me transformaria em algo que não era nem exatamente adulto nem exatamente criança. Me tornaria algo para que a sociedade ainda não tinha nome.

Não fiz nada daquilo, é claro, porque ainda tinha responsabilidades a cumprir com Jamal, Milo e o DIY Fantasy FX. Se eles ainda quisessem minha participação.

E não vem chamar a gente de patético, Milo tinha dito.

Saí das cobertas e enfiei os pés nas pantufas. Fiquei sentado ali, só respirando. Peguei meu fone de ouvido gigante e botei um clássico para tocar, que eu havia encontrado durante minha pesquisa — tinha literalmente só três acordes e acompanhamento de bateria e baixo de nível elementar. Aumentei o volume ainda mais. Não estava nem aí para a perda auditiva em consequência do excesso de ruído.

A-with the record selection, and the mirror's reflection, I'm a-dancin' with myself.

Com a seleção de discos e o reflexo do espelho, estou dançando sozinho. "Dancing with Myself", eu concluí, era o hino oficial dos nerds de coração partido em todo o mundo.

acredite

Quando acordei, a tarde já estava avançada. Eu havia dormido o dia todo. Se fosse capaz de dormir o ano todo, dormiria. Mas aquilo não resolveria nada, e havia muitas coisas a resolver no momento.

A luz do sol preenchia o quarto, refletindo nas minhas caixas organizadoras brancas e lhes emprestando um brilho laranja-amarelado. Elas sempre ficavam mais bonitas àquela hora do dia. Eram testemunhas de anos de acúmulo, organização e construção. Eu esperava que ainda significassem alguma coisa.

Levantei, vesti uma bermuda cargo horrível e uma das minhas camisetas preferidas, uma da F*cked Company, que era de 2003, mas estava quase nova. Escovei os dentes com a escova elétrica, passei o jato de água que substituía o fio dental e fui lá para baixo preparar um almoço atrasado/jantar adiantado: salada de ovos com maionese em torradas com alto teor de fibras e uma tigela de melão cortado de sobremesa.

Imaginei que deveria contar a alguém aonde ia. Procurei pela casa. Gray estava deitado na cama lá embaixo, cochilando tranquilamente, com um livro aberto a seu lado.

A cozinha estava vazia; meus pais ainda não haviam descido.

Deixei todo mundo dormindo.

Me pus a postos na Velociraptor, me sentindo muito intrépido de capacete e antiderrapante. Abri a porta da garagem. Achei que alguém deveria saber sobre aquilo que eu estava indo fazer, e não consegui pensar em ninguém mais para quem escrever.

Oi, mandei para Jamal.

Oi, mandei para Milo.

Esperei cinco minutos completos. Sabia que eles tinham visto minha mensagem, porque, como tolos que flertavam com a morte, mantinham o celular sempre no bolso.

Nem Jamal nem Milo responderam. Estavam bravos, ou se fazendo de ocupados, ou ambas as coisas. Eu faria as pazes com eles naquele mesmo dia. Ia consertar as coisas. *I will try to fix you*, Coldplay tocou na minha cabeça.

Que seis maldições recaíssem sobre meu pai, por ter feito aquilo comigo.

Saí da garagem com toda a graciosidade. Desci a ladeira devagar. O que eu tinha a dizer a Cirrus? Não sabia. O mais importante era chegar lá antes que eu perdesse a coragem, voltasse para o calor da minha linda cama e me escondesse pelo resto da vida.

A casa dela parecia igual. Eu queria que tivesse se transformado de maneira drástica, refletindo como eu me sentia, o que era absurdo. Mas por que aquilo teria acontecido? Por que qualquer coisa teria acontecido?

Baixei o apoio da Velociraptor com um chute, desci, fui até a porta da frente e toquei a campainha. A campainha me encarou de volta, com o olhinho impassível que era a lente da câmera de segurança. Um momento passou. Depois dez. Toquei de novo. Ela tinha me visto?

Recuei e olhei para a janela dela. A cortina se agitou.

— Cirrus — chamei, tão baixo quanto pude, o que era idiota, porque era impossível gritar com delicadeza.

Nada.

— Preciso me explicar — falei.

O vidro da janela do quarto abriu uns dez centímetros. A mão dela surgiu, atirou uma pétala de rosa e voltou a fechar o vidro.

Me apressei a pegar a pétala.

Não era uma pétala.

Era uma palheta de guitarra.

Meu coração despencou para o estômago, para ser digerido e depois excretado como tantos outros resíduos que iam descarga abaixo, chegavam ao sistema de esgoto e finalmente se tornavam comida invisível para muitos pequenos habitantes das águas do mar. Guardei a palheta no bolso. O recado estava dado.

Ia devolvê-la ao quarto de Gray, onde era seu lugar.

O caminho ladeira acima parecia ficar mais íngreme a cada movimento de pernas. Quando cheguei à casa de Jamal, avancei pela entrada de pedras em padrão espinha de peixe, passei pela garagem dos moradores, atravessei o átrio iluminado pelo sol e cheguei à garagem de visitantes, que estava aberta.

Jamal e Milo estavam ali. Eles me observaram em silêncio enquanto eu chutava o apoio do Velociraptor e tirava o capacete e os antiderrapantes.

— Acabamos de arrumar as coisas agora mesmo — Jamal disse.

— Seus serviços não são mais necessários.

Ai. Acerto crítico.

— De repente posso fazer a narração cantando — eu disse. — Hahaha?

Milo fez que não com a cabeça, devagar.

— É cedo demais pra isso.

—Vim pedir desculpa a vocês — falei. — Por tudo.

— Gray também está arrependido? — perguntou Jamal.

— Na verdade, está — respondi. — Mais do que você deve imaginar.

Jamal e Milo olharam um para o outro, depois para mim.

Milo mantinha a mandíbula cerrada.

— Hum.

— Bom, o resto do ensino médio vai ser bem desconfortável agora, imagino — disse Jamal, então ergueu as sobrancelhas. — O treino vai ser desconfortável. O almoço vai ser ainda mais desconfortável.

Algumas centenas de segundos se passaram. Eu não conseguia pensar em absolutamente nada para dizer.

— Você falou que a gente era patético — continuou Jamal.

Tentei virar.

— Eu não quis dizer "patético". Quis dizer...

— Eu ouvi você dizendo "patético". Milo?

— Eu também — confirmou Milo.

Mais silêncio. Minha mente parecia estar desacelerando até parar.

— Eu tinha pensado — disse Jamal —, no pior dos casos, vamos fazer papel de bobos antes da nossa banda de mentira se separar de verdade, sabe? Estamos acostumados a fazer papel de bobos. Não ligo pra isso.

Olhei para ele.

— Não achei que as coisas fossem...

— Mas não achei que fôssemos acabar sendo *odiados* — continuou. — Humilhados, desprezados. Ah, não. Isso foi bem inesperado.

Fiquei quieto. Olhei para Milo. Os olhos dele pareciam uma lâmpada tubular de LED, inabaláveis.

— Tem noção de que a escola inteira sabe o que fizemos? — perguntou Jamal.

— Desculpa — pedi. — Desculpa por ter dito... o que eu disse.

— Então você está admitindo oficialmente que chamou mesmo a gente de patético ontem à noite? — perguntou Jamal.

— Desculpa por ter sugerido fortemente que vocês eram patéticos por associação, infligindo assim o mesmo dano que se eu tivesse chamado vocês de patéticos diretamente.

— Esse pedido de desculpas não é nem um pouco satisfatório — disse Jamal. — Nem um pouco mesmo.

— Faz muito tempo que tenho vergonha — falei.

Jamal e Milo pararam o que estavam fazendo e me encararam. Milo deu um passo à frente.

— Do quê?

— De mim mesmo — eu disse.

— Isso é idiotice — disse Jamal.

— Jamal — interrompeu Milo.

— É mesmo. Quando você chegou a Rancho Ruby todo mundo achou que você era o cara mais legal do mundo — disse Jamal, irritado.

Fiz uma cara sofrida, porque aquela era a melhor coisa de se ouvir, só que no pior momento possível.

— Vocês nunca se perguntaram por que não falo da minha casa antiga em Arroyo Plato? — perguntei.

Jamal e Milo olharam para mim, com cautela e curiosidade.

Inspirei e soltei o ar.

— Vocês não vão acreditar em mim, mas Gray e eu éramos melhores amigos.

Milo cedeu um pouco. Jamal se manteve firme. *Continua*, ele fez, com um movimento de cabeça.

— E vocês definitivamente não vão acreditar nisso, mas Gray e eu jogávamos RPG juntos. LARP, na real.

Milo e Jamal fizeram a mesma cara, exatamente ao mesmo tempo.

— Não — Jamal disse.

— Na verdade, ele era o mestre de jogo.

— Não — Jamal disse.

— Xiu — Milo disse.

Eles estavam ouvindo. Segui em frente.

— Então nos mudamos para cá, por motivos que ainda estou tentando fazer meus pais admitirem, e desde o começo fui zoado a torto e a direito. Gray também. Vocês sabem do que estou falando.

— *Pff* — fizeram Jamal e Milo, assentindo.

— Gunner começou a pegar no meu pé, tivemos que parar de jogar e tudo o mais. Gray me deixou de lado, porque tinha seus próprios colegas de classe com quem se preocupar. De repente, eu estava sozinho.

— Hum — Milo fez.

— O que eu quero dizer é: quando mudei pra cá, foi a primeira vez que me senti patético de verdade. — Eu esfregava sem parar as costas da minha mão. — Queria me esconder num buraco e morrer. Mas não podia fazer isso, então me fechei. Passei a refletir sobre cada passo. Fiquei cínico.

— Você nem sempre foi cínico? — perguntou Jamal.

— Construí minha estranha fortaleza com caixas organizadoras...

— Sua Fortaleza da Solidão — disse Milo, muito sábio. — Você estava protegendo a si mesmo.

Apontei para ele.

— Exatamente. Mas sabe qual é o lance?

Eles me ouviam com atenção. Na tela de um computador que havia ali, notei o tempo passando no relógio. Não podia deixar que eles perdessem — nós perdêssemos? — eles perdessem? — a transmissão ao vivo com Lady Lashblade.

— O lance é que eu não estava me protegendo nem um pouco — continuei. — Porque comecei a acreditar no que os outros achavam. Comecei a acreditar que era patético. Nunca quis chamar vocês de patéticos. Eu estava falando de mim mesmo.

—Você não é patético — disse Jamal. — Acabei de te dizer.

— E agora sei disso. Porque outra coisa que aconteceu quando me mudei para Rancho Ruby foi que encontrei dois palhaços que se tornaram meus melhores amigos, e é por causa deles que não sou patético.

Jamal baixou os olhos. Continuava bravo. Mas eu sabia que ele detestava ficar bravo.

Milo me olhou de uma maneira encorajadora, como quem dizia: *Você está indo bem, continua.*

— Nenhum cinismo, nenhuma Fortaleza da Solidão nem nada do tipo seria capaz de me proteger da minha vergonha de mim mesmo — falei. — Mas vocês fizeram isso.

— Sun… — Milo disse.

—Vocês são meus protetores. Eu estaria morto e enterrado em um campo de beisebol se não fosse por vocês.

Percebi que eu estava tremendo e respirando com dificuldade. Por alguma razão, meu nariz escorria. Eu o enxuguei. Jamal e Milo olharam um para o outro, depois para mim, depois para o chão. Estavam pensando. Talvez me julgando.

E por que não? Eu não faria o mesmo no lugar deles?

Não sabia o que esperava, falando tudo o que havia falado. Seria ingênuo pensar que eles me aceitariam de volta simples assim, que tudo seria perdoado instantaneamente.

De repente, me senti muito exposto. Senti uma necessidade esmagadora de correr até em casa e me esconder no quarto. Então subi na Velociraptor.

A tela do computador estremeceu.

— Faltam quinze minutos para a live — eu disse. — Boa sorte pra vocês.

De volta à rua, me recusei a chorar. Não dava para andar de bicicleta e chorar ao mesmo tempo.

Lentamente, eu constatava que não tinha mais amigos.

Pelo menos Gunner ainda devia ser meu amigo, não?

Nada de chorar andando de bicicleta.

A maior ironia era que, até pouco antes, eu finalmente não me sentia mais patético. Gunner tinha passado de babaca a amigo; eu tinha Cirrus; fingia ser uma estrela do rock, descobrira que de fato tinha o necessário para *ser* uma estrela do rock.

Mas agora estava sozinho, sem nada mais a fazer a não ser recolher os cacos do meu irmão destroçado, Gray.

Quanto a Cirrus, eu a veria nos corredores e do outro lado do campo de trevos durante o treino, mas nossos olhares nunca mais se cruzariam. De modo geral, eu ia me tornar um excluído na escola — patético por culpa própria.

Talvez Milo, Jamal e eu permanecêssemos amigos, ainda que num nível completamente diferente. Como colegas de classe — o tipo de pessoa com quem só se fala na escola, e apenas conversas superficiais.

Talvez nem isso.

Talvez voltássemos a ser apenas conhecidos que se cumprimentam no corredor e ponto-final.

De uma só vez, nosso capacitor de fluxo tinha se fragmentado em braços separados, fluxos separados, ou sei lá o quê. Eu nem gostava muito do *De volta para o futuro*, na verdade. Jamal, Milo e eu tínhamos visto pela primeira vez no quintal de Milo: éramos crianças, a mãe dele estendeu um lençol e instalou o projetor, enquanto o pai dele nos dava milho mexicano para comer e…

— Sunny! — gritou Milo.

Olhei para trás. Em uma bicicleta convencional, tal movimento certamente ocasionaria em perda de controle e queda inevitáveis, seguidas por danos materiais, ferimentos pessoais e até mesmo morte e desmembramento. Mas não com a ultraestável Velociraptor® Elite.

Milo estava em uma bicicleta elétrica pequena, com as pernas encolhidas, parecendo um palhaço de circo. Jamal estava atrás. De algum modo, andavam juntos naquela coisa minúscula.

— Sunny! — gritou Jamal.

— Faz a volta — disse Milo.

— Oi?

— Não temos tempo — Milo disse. — Lady Lashblade nos mandou uma mensagem dizendo que está pronta. Jamal, fala com ele.

— Sunny, a gente te perdoa.

—Vocês não precisam fazer isso. Eu não me perdoaria.

— Para com essa bobagem de sentir pena de si mesmo — disse Jamal. — Ninguém sabe o que faria no lugar de outra pessoa… Mas não é disso que estamos falando.

— Se bem que eu fico feliz por não estar no seu lugar — Milo disse.

— Precisamos de você — Jamal disse.

— Para fazer a live? — perguntei

— Não, seu idiota — Jamal respondeu.

— Estou brincando — falei. — Também preciso de vocês.

— Que maravilha — disse Milo. — Agora meia-volta, volver.

— Faz o retorno logo e vem com a gente! — Jamal reforçou.

— Teste, um, dois, som — eu disse.

— Tudo certo — Jamal disse.

— Lady Lashblade entrando — Milo disse.

Todos prendemos o fôlego enquanto um retângulo com vossa eminência em pessoa aparecia na tela. Lady Lashblade era uma das poucas mulheres racializadas proeminentes no mundo do RPG, conhecida por mudar o cabelo em todo o seu esplendor arquitetônico a cada semana. Daquela vez, estava em camadas sobrepostas com muito laquê, formando um halo pontiagudo na parte de trás. Uma presilha de hipogrifo segurava o penteado. Seus cílios brilhavam e combinavam com o tom carmesim da presilha.

— Boa tarde, meus bons senhores. É um grande prazer fazer parte do seu maravilhoso programa.

— A honra é toda nossa satisfação estamos muito felizes de receber você obrigado esta tarde — dissemos todos ao mesmo tempo.

— Minha nossa — disse Lady Lashblade. Então foi direto ao ponto. Lives não eram nada para ela. — Que formato vocês preferem?

— Oi, eu sou o Sunny. Hum, então, bom, são vinte minutos de comentários, depois dez minutos de apresentação e demonstração do adereço, depois meia hora respondendo a perguntas do público.

— Então é um programa típico — disse Lady Lashblade, tomando de canudinho um gole de vinho tinto servido em uma taça de cristal.

— Eu sou o piadista — disse Jamal. — Sunny é o cara das ideias.

— Eu sou o terapeuta e filósofo — disse Milo, se aproximando do microfone de Jamal. — Tipo a Oprah, mas não tão bom ouvinte, principalmente quando fico nervoso...

— Meninos, meninos — disse Lady Lashblade. — Só sejam vocês mesmos. Vão se sair *muito* bem.

Ela estava certa. Claro que estava. Era Lady Lashblade em pessoa.

Começamos a transmitir.

Fomos nós mesmos.

E nos saímos *muito* bem.

O número de pessoas acompanhando era ridículo, na casa das dezenas de milhares. Ganhamos centenas de novos seguidores. Depois que aquelas pessoas começaram a avisar outras pessoas, Lady Lashblade também ganhou centenas de seguidores. É preciso compreender que não se tratava de quaisquer seguidores — não eram aquelas pessoas que estavam sem fazer nada na internet e acabavam seguindo os canais oficiais da Skittles por impulso, por exemplo. Aqueles eram fãs devotos. Do tipo que fazia — e nunca comprava — seus próprios figurinos de cosplay. Do tipo que jogava RPG *live action* até mesmo na chuva. Do tipo que peregrinava até a Feira Fantástica todos os anos, religiosamente.

No fim da live, Lady Lashblade falou o que queríamos ouvir.

— Estou ansiosa para ver todos vocês na feira, em… opa, falta só um mês! Todos os meus amigos mais próximos estarão comigo, incluindo estes bons senhores do DIY Fantasy FX, com quem todos tivemos o prazer de aprender esta tarde. Se a agenda deles permitir, é claro.

Meu rosto congelou. Assim como os de Milo e Jamal. Jamal só afastou a cabeça alguns centímetros, para surtar devidamente fora do enquadramento.

— Eu ai-ai-acho que estamos livres — falei.

— Estamossimsimsimsimsim — disse Milo.

— Nos vemos lá! — disse Lady Lashblade. Ela sacudiu os dedos cintilantes e se despediu com sua frase de efeito: — Faça e acredite.

— Corta — disse Jamal. — Estamos fora do ar.

— Lady Lashblade, deusa do RPG, eu venero a ti! — gritei.

— Ainda estou aqui — ela disse.

— Obrigado, Lady Lashblade! — gritamos todos ao mesmo tempo.

— Vocês são tão fofos — ela disse, e depois de uma piscadela sumiu da tela.

Jamal foi pegar Ramune pra gente. Abrimos os refrigerantes e erguemos em um brinde.

— Gente — falei, soltando o ar depois de ter dado um longo gole. — Juro deste dia em diante nunca voltar a trair vocês. Nunca agir sem seu consentimento quando todos nós estivermos envolvidos. Juro...

— Dane-se! Lady Lashblade! — disseram Jamal e Milo.

Eu não podia concordar mais.

beautiful

Quando cheguei em casa era noite.

Dei uma olhada no celular no mesmo desespero inútil de usuários de celular patéticos no mundo todo.

Adeus, amigo.

Uma ilustração da Cirrus dava um sorriso triste e uma piscadela, um sorriso e uma piscadela.

Quando ela havia mandado aquilo? O que significava?

Fiquei olhando por um minuto inteiro. Não cheguei a nenhuma conclusão.

Meu pai surgiu da escuridão.

— Ei, filhão — sussurrou. —Vimos seu programa na internet. Vocês estavam ótimos.

— Sério? Como vocês sabiam do programa?

—Você tem uma voz de apresentador de telejornal — meu pai disse.

Eu não sabia o que dizer. Minha família tinha visto? E gostado? Mas eles não estavam envolvidos com aquele mundo. Quanto teriam entendido?

Só aceita o elogio, tonto.

— Obrigado — falei.

Meu pai ficou em silêncio por um tempo, depois disse:

— Os pais de Cirrus contaram pra gente.

Todos os sons foram interrompidos por um momento, como às vezes acontecia. Visualizei Cirrus, do outro lado da janela do segundo andar da casa dela, assistindo a tudo em seu celular, com milhares de outras pessoas. Tinha ficado sabendo do DIY Fantasy FX por outra pessoa? Gunner? Artemis?

Tinha curtido o vídeo?

— Eles tinham outra coisa pra contar — prosseguiu ele. — Você não vai gostar.

Adeus, amigo.

— O projeto deles em Los Angeles está parado na prefeitura. Então eles vão fazer um trabalho rápido em Yiwu.

— É no interior?

— Fica a quatro horas de Xangai.

— Na China! — gritei.

Minha mãe apareceu, de pijama.

— Quem gritou? — perguntou, então ficou quieta ao ver meu pai e eu.

— Quão rápido é um trabalho rápido? — gritei.

—Vão ser só alguns meses — meu pai disse, subindo e descendo um único ombro.

— São doze meses — corrigiu minha mãe. — Com a opção de renovação de contrato se o governo gostar dos resultados.

— Eu estava tentando aliviar o golpe — explicou meu pai.

Foi mal, dizia a cara da minha mãe.

— Um ano? — choraminguei.

— Por que os gritos? — Gray perguntou lá de baixo.

—Volta a dormir — disse minha mãe.

—Ah, não — disse Gray. —Vocês contaram a ele sobre amanhã.

—Amanhã? — gritei.

— Por favor, fala mais baixo — pediu meu pai. — Eles vão embora amanhã cedinho.

Sentei ali mesmo na entrada, em meio a todos os sapatos. Os Dae não deixavam seus sapatos alinhados. Cirrus deixava. Então comecei a alinhar, com uma preocupação milimétrica.

— Sun? — chamou minha mãe.

Peguei meus sapatos, os alinhei e depois atirei longe. Peguei o celular.

Oi, escrevi.

Você está indo embora?

Simples assim?

Oi?

Nada de Cirrus digitar.

— Ela está logo ali na rua e não consigo falar com ela — eu disse.

Meu celular era lixo pré-histórico e inútil. Daria no mesmo estar olhando para um azulejo solto de banheiro em minhas mãos. Depois daquela noite, Cirrus teria ido embora. E teria ido embora para sempre, porque era muito boa nisso. Ela tinha ido embora a cada poucos meses, a vida toda. Era sua especialidade.

Na verdade, Cirrus devia ter escolhido ir. *Mudei de ideia*, ela devia ter dito aos pais. *Estou pronta para outra aventura.*

Da janela, sem dúvida ela observaria Rancho Ruby e toda a Califórnia se tornarem apenas outra paisagem esvanecendo, abrindo caminho para o interminável e ondulante oceano Pacífico. Ela consideraria toda aquela história de Sunny como uma de suas paradas obrigatórias mais esquisitas, então a detonaria ao longe, em segurança, como tinha precisado fazer com todas as suas lembranças, para preservar seu coração.

Eu nunca mais a veria ou ouviria falar dela, por anos e anos. Talvez, em algum futuro inconcebível, acabássemos nos encontrando em um shopping qualquer, acompanhados de nossos cônjuges e filhos, e tivéssemos aquela conversa desconfortável, atualizando sobre o status da vida, que os adultos parecem ter o tempo todo, quando no fundo só querem sentar no sofá e ficar vendo programas antigos até que seus dedos dos pés se transformem em raízes que penetrem o chão para retirar minerais que logo calcificam todas as veias do corpo e os deixam em um estado anômalo que os cientistas não poderiam chamar estritamente de morte.

Minha mãe se ajoelhou e me abraçou.

— Olha — meu pai disse —, isso pode não ser o que você quer ouvir agora, mas... vocês são jovens... e...

— Pai — interrompeu Gray. Ele tinha vindo até nós, usando uma calça de moletom larga e horrível e uma blusa de moletom larga e horrível. Em uma das mãos, segurava um violão. Na outra, um lindo bandolim degradê. — Deixa comigo.

— Hum... tá — disse meu pai, perplexo.

— Levanta, Sunny — Gray disse. —Vamos.

—Vamos aonde? — perguntei. — Fazer o quê?

— Ai, meu Deus — minha mãe disse, percebendo com carinho alguma coisa misteriosa. Ela apertou meu pai. Então lhe deu um beijinho. O beijo pareceu disparar uma faísca de compreensão que correu até o cérebro dele, porque seu rosto se iluminou como uma lâmpada.

— Não custa tentar — meu pai disse para Gray.

— Faça ou pelo menos tente, não existe não faça — disse Gray.

— Nunca mais tenta citar *Star Wars* — falei.

Gray abriu a porta da frente com um floreio de capitão Picard. —Vamos lá.

Saímos para o frio da noite que avançava. Gray afinou o violão enquanto andava. Era o primeiro instrumento que ele havia ganhado, no primeiro ano do ensino médio: um violão clássico pequeno, com cordas de náilon. Ele o passou pra mim.

— Você conhece "You're Beautiful", do James Blunt? — perguntou Gray.

— Essa música é muito melosa — eu disse. — O tipo de coisa que a mãe de Milo cantava quando ele ainda estava na barriga.

— É essa música que você vai cantar.

— Não tem uma parte que ele fala que nunca vai ficar com ela?

— É exatamente esse verso que faz de "You're Beautiful" uma ótima música romântica.

Estranhei a lógica paradoxal de declarar seu amor a uma garota cantando que nunca vai ficar com ela. Talvez o desejo fosse convincente por si só?

— Vamos mesmo fazer isso? — perguntei.

— *Você* vai mesmo fazer isso — disse Gray. — Eu não conseguiria. O vocal é agudo demais. Mas falsetes são sua especialidade. E você sabe a letra.

Era verdade. Sempre que a música começava a tocar, no carro a caminho da escola, eu cantava junto. Era engraçado que Gray se lembrasse de algo tão insignificante.

— Os acordes são muito simples — ele disse. — Capotraste na oitava, sol, ré, mi menor, dó e no refrão dó, ré, mi menor, ré, dó, ré e de novo sol. É só me acompanhar.

— É sério mesmo?

— Você por acaso tem outra coisa pra fazer hoje à noite? — perguntou. — Ela vai embora amanhã.

Repassei os acordes com Gray, que me guiou tocando algumas notas no bandolim.

A casa de Cirrus ficava na descida da ladeira. Parei de andar, mas Gray me empurrou para que eu seguisse em frente.

Então me dei conta — de novo — de que na manhã seguinte

Cirrus ia embora. O que eu ia conseguir com uma serenata? Ela ia mudar de ideia de novo e pedir a seus pais que abandonassem o outro projeto e ficassem por ali, só para que a filha tivesse uma chance com alguém em quem nunca poderia voltar a confiar de verdade?

No lugar dela, eu já teria começado a aprender mandarim básico.

Mas eu não estava no lugar dela, e não podia negar que alimentava uma migalha de esperança de que um milagre pudesse acontecer. Aquela migalha era do mesmo pão sem gosto e vagabundo de que se alimentavam pessoas que compravam bilhetes de loteria, crianças que esperavam o Papai Noel (ainda bem que elas existiam) e todos os participantes de reality shows da história, inclusive e especialmente o finado *X-Factor*.

Chegamos à casa de Cirrus. Uma luz automática nos iluminou automaticamente.

— É a sua deixa — disse Gray.

Ele ficou a alguns passos de distância, me deixando sob o foco de luz, então fez a contagem.

De repente, congelei. Minhas mãos congelaram. Mas coloquei o capotraste e toquei o primeiro sol, me lembrando de fazer aquele lance do ligado.

— Aqui vamos nós — disse Gray.

Ele me conduziu com o solo que eu conhecia bem. Era uma frase simples tocada duas vezes ao longo de quatro compassos em um ritmo vagaroso, o que dava oito compassos completos para limpar a garganta, deixar os medos de lado e mergulhar no estranho e enganoso fragmento inicial da letra...

My life is brilliant

... cantado antes que a música começasse de fato, ponto ao qual logo chegamos, em três compassos curtos.

My love is pure
I saw an angel
Of that I'm sure

VERSO 1 → REFRÃO
VERSO 2 → REFRÃO
PONTE → REFRÃO

Mais simples impossível. Minha voz entrava de maneira tão confortável naquele registro agudo que nem me preocupei com a afinação. Eu tampouco precisava me preocupar em lembrar a letra. A porção do meu cérebro usada na apresentação estava livre para buscar pontos de estilo, e me esforcei ao máximo, acrescentando adornos musicais e notas de passagem diferentes aqui, murmúrios e sons indistintos ali. Gray estava certo: falsetes eram minha especialidade. Aquela era uma das vantagens de ser um *castrato*.

As luzes da casa continuavam apagadas.

Eu olhava para meu irmão de vez em quando. Ele assentia, sorrindo feito idiota. Dedilhava baixo em mezzo piano, apoiando meu mezzo forte. Porque queria ter certeza de que todos soubessem quem era a estrela ali.

A música era curta, não durava mais que três minutos. Ainda assim, era capaz de retratar toda uma jornada de um desejo estupefato por parte de um romântico desesperado (e desesperadamente chapado) que se apaixonava por uma garota em um vagão. Acho que eu preferia que Gray não tivesse me obrigado a cantar aquela música de final tão trágico, como um lembrete que eu jamais ficaria com ela:

I will never be with you.

Mas a música também era de uma ironia charmosa, meio inglesa, e a ironia inglesa tinha tudo a ver com Cirrus, então que fosse, àquela altura não importava mais. Porque tínhamos chegado ao fim.

O sensor de movimento que acionava a iluminação não identificou mais nada por um tempo, e ficamos no escuro.

— Foi maravilhoso — alguém disse. Uma voz de senhora. A mãe de Cirrus?

Ergui os olhos. A casa continuava na escuridão. A voz não vinha de lá.

Vinha da porta ao lado.

— Hum, obrigado. — Movi o braço para acender a luz.

— Eu adorava telegramas cantados quando era criança — comentou minha sonâmbula preferida.

Gray falou em um ritmo lento mas constante:

— Não é um telegrama cantado. É uma serenata.

— Ah — disse a senhora.

Gray sussurrou para mim:

— Quer tentar outra música?

A mulher o ouviu.

— Eu adoraria ouvir outra, mas os Soh partiram há uma hora. Vão demorar meses para voltar.

— Achei que eles fossem amanhã de manhã — disse Gray.

— Eles conseguiram passagens de primeira classe a um preço ótimo — disse a senhora.

— Desculpa incomodar seu sono — falei.

— Você é muito bom — falou a mulher. — Tem um talento natural.

— É tudo de mentira. — Fui embora.

V

Observe com paciência e com certeza voltarão
meteoros veranis deslumbrantes na escuridão

fim

O que restava a dizer?

Nada.

Eu tinha feito uma serenata para uma casa vazia.

Como um dos milhões de párias infelizes e indesejados gritando silenciosamente para um mundo assassino e indiferente pelo menor resquício de atenção, por mais zombeteiro e desdenhoso que fosse, abri o aplicativo de rede social que tinha o monopólio do compartilhamento de fotos, conhecido como Snapstory. A cidade chinesa de Yiwu, de acordo com minha pesquisa com olhos cheios de lágrimas, era o lar do maior mercado atacadista de quinquilharias baratas, dez vezes maior que o maior shopping dos Estados Unidos. Eu queria ver aquilo com meus próprios olhos. Precisava ver.

Só que ela não estava no Snapstory.

Deletei o aplicativo. Qual era o sentido de ter um aplicativo que ninguém tinha?

Levei Gray para Los Angeles — ele havia esquecido a carteira com a carta de motorista no Miss Mayhem. Voltar ao Sunset Boulevard parecia uma punição autoinfligida. Doeu ver a marquise da casa de shows em branco, sem nenhuma letra. Também doeu — e pareceu surreal — ver três moradores de rua usando camisetas dos

Imortais. As camisetas devem ter sido deixadas para trás e doadas pela casa de shows. Cirrus teria ficado de coração partido. Ou não, porque pelo menos tinham sido aproveitadas por quem realmente precisava.

Nada daquilo deveria ter acontecido.

Se eu tivesse agido normalmente, Cirrus teria dito aos pais que queria ficar e concluir a escola, e ainda estaria ali.

De qualquer modo...

Escolas eram todas iguais.

O que se podia dizer sobre elas?

Tinham armários. Sinal de saída e entrada. O panteão de arquétipos de alunos.

Tinham velhos amigos, como Jamal e Milo.

Tinham novos amigos, como Gunner e August. Os dois haviam se juntado à guilda SuJaMi, formando o que agora devia ser a galera SuJaMiAuGu. Era até meio legal. Além de inevitável, porque todos compartilhávamos uma história absurda que nos mantinha unidos como balas de gelatina molhadas.

Gunner ainda conseguia me intimidar, mas por causa de suas trombadas de brincadeira e seus apertos de mão de esmagar os ossos. Eu ia aos jogos dele de vez em quando, se não despertassem lembranças demais. Ele ia às minhas festas (levando dados) e eu ia às festas dele (levando cerveja).

Ele continuava sendo o atleta violento?

Eu continuava sendo o maior nerd?

Talvez fosse hora de esquecer aquele panteão.

Eu andava pelos corredores, nem com as camisetas de empresas ponto-com extintas nem o preto da época dos Mortais, e sim camisetas lisas e jeans comuns. Meu estilo não tinha nome, porque eu ainda estava no processo de descoberta.

Quando eu passava, sentia que me olhavam *daquele jeito*.

Era um jeito diferente agora, claro, mas sempre vinha acompanhado de sussurros. Eu sabia que todo mundo tinha sua própria versão dos acontecimentos daquela noite, no show de talentos. Não importava. O interesse ia passar, como quase tudo na escola. As fofocas iam morrer. Os olhares iam dispersar. E eu retornaria à obscuridade de onde tinha vindo.

Eu seria apenas um cara chamado Sunny.

O armário de Artemis, a menina popular, ainda ficava ao lado do meu.

— Oi — eu disse.

— Oi — ela disse.

Estava digitando alguma coisa no celular. Dei uma olhada, em dúvida se poderia perguntar sobre sua amiga e colega de atletismo pouco talentosa. Em dúvida se tinha o *direito* de perguntar.

—Você, hum, tem falado com...?

— Cirrus está bem — disse Artemis, presa ao compromisso de nunca fornecer nenhuma informação além das mais triviais. — Ela disse que a China é bem bonita.

Visualizei a boca de Cirrus formando as palavras reunidas naquele comentário banal.

A China é bem bonita.

— Isso foi por aquele AlloAllo? — perguntei.

Artemis apenas assentiu. Ela sabia que não podia me dar o nome de usuário de Cirrus, e eu sabia que não estava em posição de perguntar.

Gunner interrompeu o momento desconfortável me dando um tapa nas costas forte o suficiente para soltar todo o catarro dos meus pulmões.

— Oi, Gun — eu disse.

— Oi, Sun — disse Gun.

Ele virou para Artemis para dar um "oi" mais lento e sincero.

Depois passou a mão pelo cabelo, claramente para ver se ela ia notar, e ficou encantado quando ela de fato notou.

— Achei seu post sobre fantasy game engraçado — disse Artemis.

Gunner apontou com as duas mãos para ela.

— É D&D para torcedores, haha.

E Artemis riu!

Antes de ir embora, lembrei a Gunner:

— Live hoje à noite.

Gunner sabia que eu estava falando do DIY Fantasy FX, e assentiu. Enquanto me afastava, eu o ouvi falando com Artemis:

— Passamos de mil seguidores esta semana. Legal, né?

Era mesmo bem legal. Talvez não o sentido de "legal" em que as pessoas pensavam logo de cara, mas por mim tudo bem. Era legal para mim.

A voz da vice-diretora ecoou dos alto-falantes da escola:

— O trem do cérebro está partindo da Grande Estação Mental, todos a bordo.

O sr. Tweed tinha me incentivado a usar a sala de música como santuário para desenvolver o que ele acreditava ser um verdadeiro talento musical escondido em meio a muita mentira, mas eu ainda não estava pronto para voltar lá.

Precisava de uma motivação para tocar, e minha motivação tinha ido embora de primeira classe.

Na pista, fiquei olhando com melancolia para as meninas, à espera de que Cirrus aparecesse ao lado de Artemis, então baixei os olhos para um trevo. Arranquei as pobres plantinhas com um dedo, dois dedos, um dedo, dois dedos.

— Vamos lá — disse o treinador Veteraníssimo.

— Sim, senhor — eu disse.

— Vamos subir os degraus da arquibancada aos pulos hoje — disse o treinador Veteraníssimo.

— Sim, senhor — disse Jamal.

Nós três levantamos como velhinhos em um dia nublado.

Por puro tédio, percebi que estava me esforçando de verdade.

Fiz meus saltos à distância e cheguei a uma média de cinco metros, um recorde pessoal.

Milo arremessou o peso a incríveis vinte e dois metros, o que ninguém notou, porque ninguém se importava com arremesso de peso.

Jamal conseguiu prender o sarrafo entre as pernas no meio do ar e machucou um músculo da virilha, perto do testículo direito.

Uma noite, me arrumei para sair. Gray botou a cabeça para fora da escada do porão e perguntou se podia ir também. Eu disse que sim, claro.

Gray e eu saímos juntos.

— Então, vou começar amanhã — disse Gray.

— No trabalho? — perguntei.

Gray girou os pedais da bicicleta para trás uma volta inteira.

— Isso é segunda. Amanhã vou gravar.

— Gravar — repeti.

— Tenho falado com um casal de músicos nos Classificados Anônimos. São uns veteranos raiz a fim de experimentar e criar um som novo. Eles gostaram do meu material.

— Você tem material? — perguntei.

— Só uma música.

Eu queria subir com a bicicleta na calçada, de pura alegria. Ainda não havia um torneio de acrobacias com bicicleta elíptica, e o motivo era um completo mistério para mim. Talvez eu criasse um — todo mundo acharia manobras com a bicicleta elíptica muito legal —, no estilo dos X Games.

Passamos depressa na frente da casa de Cirrus, que agora era a antiga casa de Cirrus. Havia uma pilha de jornais abandonados à entrada.

Chegamos à casa de Jamal e seguimos até a garagem dos fundos, onde ele, Milo, Gunner e August já se encontravam.

Estacionamos as bicicletas, demos oi e brindamos com Ramune. Gray ficou imediatamente encantado com a aparelhagem de som de Jamal. Os dois começaram uma conversa nerd sobre criar batidas e padrões, depois juntar tudo para produzir a trilha sonora épica e em constante evolução da nossa noite, em tempo real.

Milo mostrou a Gunner todos os adereços que já tínhamos feito. Depois de fazer dezenas de perguntas técnicas, ele envolveu August, que não desconfiava de nada, nas centelhas brilhantes do Raio de Raiden. August retaliou com um ataque do Caçador de Crucifixos — uma besta de pvc e arame galvanizado capaz de lançar marshmallows a até dez metros de distância. Antes que percebêssemos, nós quatro estávamos em meio a uma batalha no pátio pavimentado.

Jamal tinha uma coleção de chapéus, então os usamos. Como mestre de jogo, eu ditava os parâmetros da situação em que nos encontrávamos no momento, depois trabalhávamos juntos — ou não — para encontrar uma saída.

Estávamos jogando de novo.

Finalmente estávamos ali.

A Feira Fantástica, onde as estradas de Delgado Beach e Glass Harbor se encontravam, na saída 28b na direção da Hardware Gloryhole Parkway.

Atravessamos um portão de ferro forjado e entramos em um

desfiladeiro de fardos de feno, com serragem espalhada pelo chão. Havia uma bela fila para entrar — pessoas jovens e velhas, vestidas de elfos, orcs, Stormtroopers, Dora, Bob Esponja e de tudo um pouco. Passamos direto por todas.

— Tem uma mulher usando um biquíni de cota de malha — murmurou Gray, admirado.

— É — eu disse, dando passos largos.

— Aquele cara de verde está pelado — disse Gunner, pasmo.

— Peladão! — disse Oggy, os olhos tão arregalados que quase caíram das órbitas.

Gray, Gunner e Oggy tinham concordado em vir — e inclusive em se fantasiar — para me apoiar, como mandava a etiqueta da amizade. Eles não faziam ideia de quão maravilhoso era esse baile de fim de ano nerd, ou de quantas celebridades compareceriam.

Sorri, orgulhoso daquilo tudo, no melhor estilo "é ruim mas é bom".

— Bem-vindos à Feira Fantástica — eu disse.

Viramos à direita, mostramos nossos crachás de expositores para um cavaleiro fumando um cigarro diante de uma corda de veludo e — bum — entramos direto.

Então chegamos à feira em si: um vasto vilarejo com construções de todos os estilos e eras — desde que os estilos e eras nunca tivessem realmente existido —, tudo coberto por cordões de bandeirinhas coloridas com aspecto antigo.

Eu era um paladino. Usava uma armadura de espuma pintada em tom metálico e empunhava uma espada que exalava névoa.*

Jamal era um mago usando vestes de nômades do deserto co-

---

* O mecanismo era o mesmo do Véu de Esmeralda, mas numa arma de contato. O botão estava escondido sob o punho da espada, que ainda contava com um gerador de ruído branco.

bertas de runas brilhando em verde. Ele era capaz de lançar raios da ponta dos dedos.*

Gunner era um orc de pele grossa como couro, com uma maça explosiva na mão verde.**

Gray usava um traje ornamentado de tecido que ele achava que parecia legal, mas na verdade significava que não passava de um guardião, uma das classes de personagens mais inúteis dos jogos modernos.***

Milo era um soldado espartano de alabarda, usando nada além de uma braguilha de aço e uma capa vermelho-fogo, com o abdome definido à mostra.****

Oggy estava de Oggy medieval.*****

— Um passo para trás! — gritou Jamal para a multidão sorridente. Ele lançou um raio, depois recolheu os fios e lançou outro. — Abram caminho!

Gunner representava seu papel com um entusiasmo surpreendente, fazendo sua maça estalar para crianças que gritavam alegremente e visitantes que o filmavam.

— Eu ordeno que abram caminho! — gritou Milo, com um floreio da capa, fazendo mulheres e homens sentirem uma necessidade súbita de beber água gelada naquele dia tão quente e sensual.

---

* Folhas eletroluminescente costuradas em buracos abertos no tecido, alimentadas por uma bateria de íon-lítio presa à cintura, com dois mecanismos de Raio de Raiden escondidos em cada manga.

** Um mecanismo escondido de arma de espoleta com um efeito adicional de luzes brancas em LED.

*** Não tire sarro: fazia anos que Gray estava fora do mundo do jogo. Ele não tinha ideia.

**** Só o abdome mesmo.

***** Igualzinho.

— Lady Lashblade exige nossa presença! — gritei, e fiz um movimento com a espada diante de um pai tirando foto.

A multidão nos amava, e nós a amávamos.

Eu estava em casa.

Quando chegamos ao palco, Lady Lashblade nos abraçou (especialmente Milo, e duas vezes). Ela era menor do que eu imaginava, mas não menos imponente. Em minutos, todos os bancos de madeira do anfiteatro a céu aberto estavam ocupados com a mais maravilhosa e heterogênea mistura de personagens, todos vivendo suas fantasias e seus desejos secretos.

Ela nos apresentou, um a um, em uma voz tão grandiosa que não havia necessidade de alto-falantes.

— Abençoem este espaço com aplausos estrondosos para os feiticeiros das trevas do DIY Fantasy FX!

A multidão aplaudiu muito. Então ficou quieta. Cavaleiros de dragões sentaram em silêncio. A Morte abaixou sua foice para que as pessoas mais atrás pudessem ver. Pais vestidos no estilo Daimiô pediram que os filhinhos samurais fizessem silêncio.

Estavam esperando pela *magia*.

Então tirei a cobertura de um barril próximo, cheio de adereços, que tínhamos passado todas as noites aperfeiçoando.

Um a um, deslumbramos o público não apenas com efeitos elaborados, mas com instruções e dicas de especialista sobre como fazer seus próprios adereços a partir de componentes baratos e acessíveis, fáceis de montar, com efeitos incríveis, portáteis e seguros.

Magia para todos, com mais investimento de tempo que de dinheiro.

Nenhum dos adereços estava à venda. Estávamos ali para compartilhar conhecimento, e não vender produtos.

Depois da nossa apresentação, nos alinhamos e fizemos uma

reverência coletiva enquanto Lady Lashblade distribuía folhetos com nossos nomes. Nossos nomes!

— Faça e acredite! — todo mundo entoou.

— Vocês vão ganhar um zilhão de inscritos no canal depois disso, então se preparem — ela disse no meu ouvido. — Tenham conteúdo pronto e continuem produzindo.

— Obrigado — falei.

— Quando os primeiros anunciantes aparecerem, me liguem — ela disse. — Posso ajudar. O poder de venda de vocês é gigantesco.

Tive vontade de chorar.

— Muito, muito obrigado, Lady Lashblade.

— Por favor. Pode me chamar de Destiny.

Autografamos folhetos.

Apertamos mãos.

Posamos para uma selfie depois da outra, com antigos e novos fãs.

Vi Gunner sentado a um toco de árvore um pouco mais para o lado, conversando animadamente sobre alguma coisa enquanto Oggy descansava a seus pés. Gunner falava com uma donzela de vestido contemporâneo. A donzela era Artemis, e parecia feliz. Gunner parecia feliz. E eu fiquei feliz por ambos.

Gray havia tirado a fantasia, declarando em voz alta que estava "quente pra caramba", e em seguida um "afe".

Depois de uma hora, a multidão finalmente começou a se dispersar para explorar o restante da feira. Já fazia tempo que eu tinha saído do personagem. Tagarelava feito uma criança fantasiada, saltitando. Todos fazíamos aquilo.

— Foi incrível! — gritei. — Foi incrível!

Jamal parou de pular abruptamente e apontou.

— Cara.

— Foi incrível! — Milo e Gray disseram.

— Cara — Jamal repetiu.

Olhei na direção que ele apontava.

Nas árvores mais além, dava para ver uma sílfide. Havia muitas sílfides na feira, mas ela era diferente de todas as outras.

Porque brilhava.

Brilhava no tom mais puro de azul.

Luz irrompia de baixo de seu corpete e de sua saia, ambos brancos. De trás dela, brotava um leque de aço impenetrável, composto por lâminas que faziam as vezes de asas radiantes, polidas uma a uma de modo a intensificar a luminescência. Cada uma estava marcada por triângulos de sangue carmim — aquela sílfide tinha estado na batalha, mas não havia uma única mancha em suas vestes.

A multidão atônita à sua volta palpitou quando ela deu um passo embaixo dos ramos das árvores e o tom do brilho passou para um amarelo forte e depois para laranja. À sombra, ela ficava ainda mais brilhante.

Eu queria saber o quanto ela me cegaria na escuridão da noite. Nunca tinha desejado nada com a mesma intensidade.

Ela me atraiu para si com um simples curvar de seus dedos estendidos. Deixei a espada cair. Ignorei os gritos maravilhados dos meus compatriotas.

Fui até ela.

—Você está incandescente — falei.

— Na verdade, é tudo LED — disse Cirrus. — Em Yiwu, dá pra comprar cinquenta mil fios de três metros com apenas cem dólares. Aprendi a instalar e configurar o controle no Nerdsweat.

— Conheço o Nerdsweat — eu disse.

— Demorei uma eternidade para cortar e montar essas lâminas de metal — continuou Cirrus. — Quase cortei meus dedos fora. Depois quase queimei tudo na hora de soldar os servomotores.

— Servomotores? — repeti. — Para quê?

Cirrus me olhou como quem dizia: *Você vai ver.*

— Basta dizer que assisti a uma tonelada de vídeos do NeoForge — ela disse.

— Conheço o NeoForge.

— E tem que conhecer. Eles seguem vocês. Todo mundo segue vocês. Porque sabem que ninguém chega nem perto do DIY Fantasy FX, liderado por Sunny Dae.

Assenti, com um orgulho tímido, porque era verdade. Éramos imbatíveis em termos de quantidade e qualidade de seguidores, em toda a categoria "faça seus próprios adereços de efeitos especiais para cosplay de fantasia e ficção científica". E eu vinha apresentando todos os vídeos desde o show de talentos. Dava para dizer que era o líder do grupo.

— Andei explorando esse seu estranho mundinho — disse Cirrus. — É bem nerd.

— Eu sei.

— Obsessivamente nerd. As pessoas entram em cada discussão... Dumbledore contra Gandalf?

— Pois é — falei, como se dissesse "fazer o quê?".

— Queria que você tivesse me mostrado quem realmente era quando nos conhecemos.

Eu não disse nada por um momento.

— Você sente falta do Sunny Estrela do Rock? — perguntei.

Cirrus pareceu refletir.

— Senti a perda dele. É verdade. Num dia eu o conhecia, e no outro ele tinha ido embora.

— Sinto muito por tudo. Sou um idiota.

— Mas nem tudo dele foi embora — disse Cirrus, olhando nos meus olhos. — Eu o vi nos seus vídeos. Não o Sunny Estrela do Rock nem o Sunny Nerd, mas uma Sunnydade em estado puro.

— Sunnydade — repeti, dando risada.

— De qualquer forma, sou uma idiota também. Porque estou aqui.

— Senti saudade.

— Eu senti mais.

— Não tanto quanto eu.

— Cala a boca — ela disse. — Olha. O lance em Yiwu terminou antes do esperado. Ê! Fiz meus pais voltarem pra cá em vez de irmos pra outra cidade.

Pisquei, surpreso.

— Eles piraram?

— Não tanto quanto eu esperava. Mas estou tentando superar essa história. Meus pais têm o jeito deles.

— Então você voltou mesmo.

— Queria conferir essa história do verão californiano infinito de que todo mundo fala.

— Posso te mostrar.

Ela deu um passo para perto de mim.

— Gostei do seu vídeo. Gostei muito.

Dei um passo à frente também.

— Obrigado.

— Não estou falando do vídeo do Véu de Esmeralda — ela disse. — Estou falando do outro.

Oi?

— Da gravação da câmera de segurança — ela disse.

A porta de Cirrus, com seu olho eletrônico impassível.

Ela sorriu, respirou fundo e começou a cantar baixinho:

— *You're beautiful. You're beautiful.*

Cantei com ela.

— *You're beautiful, it's true.*

Nos beijamos, e os lindos nerds à nossa volta riram e comemoraram.

Era um pouco de exposição demais para Cirrus, imaginei, porque ela ativou os servomotores para fechar suas asas ao nosso redor e bloquear a multidão, criando uma cobertura escura dentro da qual ela brilhava sem parar, enquanto um som leve ecoava pelas camadas de metal.

Cirrus fechou bem aquelas lâminas afiadas e mortais, para não deixar nenhuma possibilidade de fuga.

Era o meu fim.

agradecimentos

Bem-vindo, aventureiro! Você chegou ao Reino dos Agradecimentos. Espero que tenha se divertido durante a jornada. Sei que eu me diverti muito a criando. Afinal, este é meu livro *divertido*: uma história feliz, boba, despretensiosa, muito intencionalmente pensada para trazer um pouco de alegria e luz muito necessárias a um 2020 difícil e enlouquecedor.

De qualquer maneira, sabe aquelas pessoas a quem agradeci em *Frank e o amor*? Elas continuam aqui, e continuam maravilhosas. Nossa trupe de aventureiros inclui:

Jen Loja, nossa destemida líder guerreira nível 27, leal e boa, assim como sua compatriota Jocelyn Schmidt.

Jen Klonsky, uma ladina caótica e boa, com pelo menos 19 de carisma. Nem consigo acreditar na minha sorte de ter uma editora como você.

As sábias clérigas Elyse Marshall e Lizzie Goodell, do clã do marketing.

Todo mundo na Casa Marketing: sua benevolência Kara Brammer, o guardião neutro e bom Alex Garber, a druida e elfa negra Felicity Vallence, leal e má, e o fiel aprendiz de bruxo James Akinaka. E não podemos nos esquecer de Shannon Spann, uma feiticeira de nível não especificado que pode transitar entre os mundos do TikTok e do Rec-A-Reads conforme sua vontade.

Felicia Frazier, uma feiticeira de nível 25 leal e boa, e todos os seus magos ungidos do departamento de vendas.

Caitlin Tutterow, Theresa Evangelista e Eileen Savage, monjas leais e boas abençoadas com 20 pontos de constituição cada, assim como as ladinas das sombras Laurel Robinson, Elizabeth Lunn e Cindy Howle.

Aqueles videntes místicos da Montanha Alloy: Les Morgenstein, Josh Bank, Sara Shandler, Joelle Hobeika e Elysa Dutton.

Preciso incluir ainda o bardo viajante Timba Smits, por sua ilustração de capa linda, precisa e evocativa, assim como a bárbara Judy Bass, armada com um espadão.

Na torre central do Castelo Yoon está sempre Lady Nicola, meu eterno amor. Juntos, somos governados pela amável e um pouco confusa rainha e imperatriz Penny. Soem os alarmes!

E tenho que concluir agradecendo a meu irmão mais velho, Danny, artista, consertador e arquinerd, a quem eu sempre admirei, e ainda admiro. Quando pequenos, conquistamos a Tumba dos Horrores no topo das planícies da mesa de sinuca da casa dos irmãos O'Bitz. Danny foi o melhor mestre de jogo que já houve.

ESTA OBRA FOI COMPOSTA PELA VERBA EDITORIAL EM BEMBO
E IMPRESSA PELA GRÁFICA BARTIRA EM OFSETE SOBRE PAPEL PÓLEN SOFT
DA SUZANO S.A. PARA A EDITORA SCHWARCZ EM SETEMBRO DE 2021

A marca FSC® é a garantia de que a madeira utilizada na fabricação do papel deste livro provém de florestas que foram gerenciadas de maneira ambientalmente correta, socialmente justa e economicamente viável, além de outras fontes de origem controlada.